Ich bin eiskalt

Mirco Krättli

Mirco Krättli

Ich bin eiskalt

Thriller

Bibliografische Information der Deutschen Nationalbibliothek:
Die Deutsche Nationalbibliothek verzeichnet diese Publikation in
der Deutschen Nationalbibliografie; detaillierte bibliografische
Daten sind im Internet über http://dnb.dnb.de abrufbar.

Herstellung und Verlag: BoD – Books on Demand, Norderstedt

ISBN: 978-3-7504-3093-8

Gewidmet:

~ Meinem Heimatdorf Untervaz und seinen Bewohnern.

~ Meinen Freunden, mit denen ich hier aufwachsen durfte.

Herzlichen Dank für die Gestaltung des Covers, Moritz Cahenzli.
Fürs Testlesen, die Kritik und die wertvollen Tipps danke ich Simon Eckert, Elia Cahenzli und Moritz Cahenzli.

Diese Geschichte spielt sich in meinem Heimatdorf, Untervaz, ab. Sie ist frei erfunden. Natürlich sind einige Gedankengänge von mir in der Geschichte mit eingebaut. Einige so wie ich darüber denke, einige überspitzt, einige provokativ und einige ins Extreme gezogen. Sie sollen der Spannung dienen und den Figuren eine gewisse Tiefe verleihen. Bei den Charakteren und Namen habe ich an niemand bestimmten gedacht. Allfällige Ähnlichkeiten wären zufällig.

August 2019, Mirco Krättli

I.

Ich sitze in meinem Garten. Meine Hände zittern. Ich muss die Kaffeetasse absetzen. Krampfhaft lege ich meine Hände auf die Knie und starre auf das Gebüsch. Kalter Schweiss rinnt mir die Stirn herunter und in meinem Magen sticht es gewaltig. Ich versuche mich zu beruhigen, atme die kühle Frühlingsnachtluft ein. Erst schnappend, dann immer ruhiger. Es funktioniert, meine Hand hat aufgehört zu zittern und in meinem Kopf breitet sich ein beruhigendes Gefühl aus. Mein Blick wandert nach oben. Der Mond steht hoch am Himmel. Er beleuchtet das Feld mit seinen schlangenförmigen Wegen, die sich in der Mitte und bei den Strommasten kreuzen. Vor einigen Stunden hat es noch geregnet. Es verleiht den Feldwegen eine glitzernde Struktur, die mystisch wirkt. Gelegentliches Dröhnen der Motoren, der auf der weit entfernten Autobahn fahrenden Autos dringt in mein Ohr. Einige Katzen die sich streiten, einige Kuhglocken die aus der Dunkelheit heraus leise bimmeln. Die Bauern liegen bereits in ihren Betten. Von dem am kürzest entferntesten Stall dringt mir der Geruch von Mist und Stroh in die Nase. Sanft und nicht drückend. Ich mag es. Es fühlt sich nach Heimat an. Ein Bauerndorf ist es schon immer gewesen. Am Ausgang eines Tobels liegend, am Fusse des Calandas. Der dunkle Wald, der den Berg hinauf reicht, gespickt mit Maiensässen die stolz an den Hängen des Berges thronen und auf das Dorf hinunterblicken. Drei Burgen! Welches Dorf besitzt schon drei Burgen?! Die eine steht majestätisch und gut sichtbar auf einem Felskopf, die andere geheimnisvoll eingebettet in eine Felsgruft und die Burgruine Friewis, voller Geschichte. Ein circa 2500 Einwohner-Dorf. Ich liebe es. Der Stadtmensch würde wohl sagen, dass es ein verdammt langweiliges Kaff sei in dem es nach Kuhfladen riecht. Dazu wird es noch Schattenloch genannt. Zugegeben, im Winter scheint die Sonne ziemlich mager auf das Dorf hinunter, doch was macht das schon? Was für eine oberflächliche, unüberlegte Aussage! Und langweilig? Unwillkürlich schnaube ich auf, schüttle den Kopf wenn ich darüber nachdenke. Die zweitgrösste Fasnacht in Graubünden und eine uralte, tief verankerte Tradition. Junge Leute die sich für das Dorfleben einsetzen, einen Partywagen aus einem Anhänger bauen und damit Feste veranstalten. Leute die dem Beizensterben entgegenwirken wollen und eine neue Beiz eröffnen, Leute die Freitagstreffen ins Leben gerufen haben, damit die Bevölkerung zusammenrückt. Vereine die an der Fasnacht schuften, den dummen Nörglern trotzen, denen es an der Fasnacht zu laut ist…

Ich merke wie ich wütend werde. Ich schlürfe ein wenig von meinem Kaffee und zünde mir eine Zigarette an, doch die Wut verschwindet nicht. »Scheisse!«, entfährt es meinem Mund.

»Warum machschder au immer söttig Gedanka?«, höre ich eine leise Stimme in meinem Hinterkopf sagen. Schön und gut, ich versuche mich abzulenken. Fussball, die WM steht vor der Tür. Hoffentlich erreicht die Schweiz endlich einmal einen verdammten Viertelfinal. Es geht noch zwei Wochen und ein paar Jungs aus dem Fussballklub haben das Public-Viewing im Rüfeli bereits aufgestellt. Alle Jahre wieder. Schon wieder etwas, was der Langeweile im Dorf entgegenwirkt. Und im August selbstverständlich das Summernachtsfäscht beim Flügerliplatz. Oh ja, es wirkt. Ich beruhige mich wieder ein wenig. Ich ziehe noch einmal an meiner Zigarette und drücke sie danach aus. Mein Blick wandert wieder hoch zu dem Mond und zu den Sternen. Das Universum. Ein Thema, das mich schon immer interessiert hat. Die dunkle Unendlichkeit, nur durchbrochen von glitzernden Galaxien. Wenn ich daran denke, wie klein wir Menschen darin sind ... klein und unbedeutend, wie ein Sandkorn in der Wüste ... wie wenig wir über die Geheimnisse des Lebens wissen und was wir alles noch entdecken können. Ich kriege Gänsehaut. Faszinierend und beängstigend zugleich. Eine ganze Viertelstunde kann ich mich locker mit diesen Gedanken befassen, doch dann ist auch schon wieder Schluss. Ich schüttle wieder den Kopf. Warum kann ich nicht einfach normal sein? Ist es eine gewisse Einsamkeit? Brauche ich jemanden, der mir zuhört? Dem ich zuhören kann? Meine Freunde können dieses Bedürfnis schon lange nicht mehr befriedigen. Und schon ist es wieder da, das krampfhafte Gefühl in der Magengegend. Die Arbeit kotzt mich an. Wo liegt bloss der Sinn? Ein Leben lang fünf Tage in der Woche krüppeln. Alles für zwei Tage

Wochenende und fünf Wochen Ferien im Jahr? All der häusliche Luxus, zwei Fernseher, Essen im Überfluss, mein Hobby, das Fussballspielen, Kleider, Schuhe, Wein, Bier, zwei verdammte Kühlschränke, fliessendes Wasser, eine Badewanne … für was denn genau?

Ich verkrampfe mich so fest, das ich mich wieder vorbeugen muss. Ich versuche nicht auf den Boden zu kotzen. Lange bin ich zufrieden mit diesen banalen Dingen gewesen. War froh, dass ich sie haben kann und es ist mir nach wie vor tief im Bewusstsein verankert, dass in der Schweiz eine extrem gute Lebensqualität herrscht. Doch da sind auch diese anderen Gedanken. Ich bin zu Höherem bestimmt. Ich will nicht das ganze Leben lang dem langen, gewöhnlichen Tritt folgen, nein, ich kann nicht. Doch für was bin ich denn bestimmt? Wäre ich Fussballprofi geworden? Noch nie daran gedacht. Keine genügend gute Qualität vorhanden. Noch nie. In die Politik? Interessiert mich nicht. Selbstständig arbeiten? Möglich, doch was genau? Keine Ahnung, keine dafür geeigneten Fähigkeiten.

Zitternd greife ich nach meiner Kaffeetasse. Trinke das braune Gold in drei Zügen leer. Ich lecke mir die Lippen und entzünde mir erneut eine Zigarette. Ein brutaler Stich zuckt mir durch die Magengegend, als mich einen Gedanken durchfährt, wie ein Blitz. Kein gutes Aussehen, keine Freundin. Niemand der mich anhört. Kein Gefühl gebraucht oder gar geliebt zu werden. Meine Finger drücken den Filter der Zigarette so fest, dass er bricht. Ich schmeisse sie in den Aschenbecher und unbeholfen greife ich nach dem nächsten Glimmstängel. »Und doch häsch a Fründin!«, flüstert mir die Stimme im Hinterkopf zu. Ich nicke heftig mit dem Kopf und meine Mundwinkel verziehen sich beinahe krampfhaft zu einem Lächeln. »Du häsch Rächt! I wärda d Angela schu bald wider go bsuacha goh«, flüstere ich leise in die dunkle Nacht hinaus. Ich ziehe mein Handy aus der Hosentasche hervor. Facebook befindet sich auf der Startseite. Ich klicke auf die Suchfunktion, gebe ihren Namen ein und finde sie tatsächlich. Noch immer, ich kann es nicht glauben. Ich verliere mich an ihren schönen blonden Haaren, die ihr weit über die Schultern reichen, an ihren grünen Augen, die wie ein Smaragd funkeln, an ihrem langen rosa Kleid, dass sie auf diesem Bild getragen hat, muss an ihre freundliche, unbekümmerte Art denken, an ihren starken Charakter … »Oh Angela«, flüstere ich leise und bemerke, wie mir eine Träne über die Backen rinnt. Es ist eine Träne der Freude, ganz ehrlich. Nur Angela kann mir dieses Gefühl geben. Eine innere Ruhe, eine Zufriedenheit und ein Drang zugleich kriecht durch meinen Körper. »I muass si wider gseh!«, denke ich mir bestimmt. »Geduld! Bald isch Wuchaend! Dänn gömmersi go bsuacha!«, sagt mir meine Stimme im Hinterkopf. »Jo, nuno mora schaffa und denn …«, flüstere ich mir zu. Ich blicke auf das Handy. Zehn vor Zwölf. Höchste Zeit für das Bett. Ich stehe auf, lösche meine Zigarette und packe meine Kaffeetasse. Ich stosse die Gartentüre auf und begebe mich in mein dunkles Wohnzimmer hinein. Ich schliesse die Haustüre ab und ohne meine Zähne zu putzen stosse ich die Türe zu meinem Schlafzimmer auf. Mein Bett liegt da, einsam auf mich wartend. Bücher stapeln sich in einem Bücherregal. Verstaubt und seit Jahren ungelesen. Ausser »Märchen aus der Vergangenheit«, mit der Sage von Blaubart, liegt aufgeschlagen auf meinem Nachttisch. Ein vergilbter Spiegel, ein riesiger Flachbildfernseher, ein Fenster dessen Storen stets geschlossen sind. Ich muss würgen ab der Einsamkeit dieses Zimmers. Rasch ziehe ich mich aus und lege mich nackt in mein Bett. Ich ziehe die Decke hoch und bevor sich meine Augen schliessen, durchzuckt mich dieser letzte, befriedigende und beruhigende Gedanke.

»Oh Angela … mora werden sich üsari Händ wider berüara. Dini chalta und mini warma. A perfekts Duo. I werda diar dini Hoor strähla und neus Make-Up ufsetza, dis süassa Chlaid richta und di uf dini tota, violetta Lippa chüssa.«

II.

Der alte Steinbruch-Hans, Schindel-Sepp und Forst-Gregor sitzen am Stammtisch in der Sterna. Jeder von ihnen hat eine Fläscha vor sich stehen. Ihre alten, verrunzelten Gesichter sind von dem Alkohol gerötet und ihre lallenden Stimmen sind gut vernehmbar in der kleinen, feinen Dorfbeiz.

»Moins zämma!«, sagt Jan laut und er bekommt drei freundliche »Hoi« zurück. »Chumm, döt hinna isch doch guat«, sagt er zu seinem Freund, Mateo. Die Sporttaschen und die Squash-Schläger haben sie am Eingang hingestellt. Die beiden Männer freuen sich nun auf ein kühles Bier nach der Anstrengung. Sie setzen sich an den leeren Tisch und warten auf die Kellnerin, die nach wenigen Sekunden bereits bei ihnen steht und freundlich fragt, was es denn sein darf.

»Zwai Stanga gära, Hernanda«, sagt Mateo und lächelt die Bedienung dabei charmant an. Jan grinst, als die Kellnerin etwas verwirrt wirkend hinter die Bar verschwindet um das Bier zu besorgen. Der alte Charmeur! Bereits seit dem Kindergarten kennt er Mateo Er ist sein bester

Freund und lebt, genau wie Jan, seit je her in Untervaz. 26 Jahre sind die beiden Männer alt und haben so manche Gemeinsamkeiten. Sie arbeiten beide bei der Südostschweiz-Zeitung in Chur. Beide als Kundenberater. Beide spielen sie Fussball im FCU. Sie wohnen gemeinsam in einer WG, in den einigermassen neuen Bauten im Chriesibühel. Nur bei der Figur unterscheiden sie sich doch ziemlich beträchtlich. Jan, 1.85 Zentimeter gross, schlank, dunkelbraune Haare, blaue Augen und ziemlich muskulös und ziemlich beliebt bei den Frauen. Mateo hingegen ist 1.73 Zentimeter klein, etwas rundlich, hat ein Doppelkinn und verfilztes, blondes Haar und graue Augen. Mateo hat sich schon oft darüber beklagt, dass sich die Frauen nur für Jan interessieren würden und nicht für ihn. Dieses typische Männergespräch. »D Mädels sind so oberflächlich. Sie gsehn nu din Adoniskörper und schu schmelzens diar vor der Nase dervo!« Humoristisch sind die beiden Männer ebenfalls auf einer Wellenlänge. Jan kann locker zurückgeben: »Denn mach doch öppis! Muasch halt der Ranza wägkriaga und weniger spachtla!

Usserdem hett di d Antonia letschtmol am Biarfescht zimmli fescht agmacht!«

»Hörmer uf! A gwüssi Idee und Vorstellig vum Usgseh funera Frau hani schu! An mi chunnt ma au nid aifach so dra, Alter!«, ist oftmals die prompte Antwort von Mateo. Jan muss immer wieder lachen ab dem Typen. Diese Freundschaft hält doch einiges aus. Da können solch lumpige Sprüche keinen der beiden aus der Bahn werfen. Zumal Mateo überhaupt nicht dick und unsportlich ist. Er isst einfach gerne, ist klein und dies macht sich trotz Fussball und Squash bemerkbar an seinem Körper.

Grölendes Gelächter schallt von den drei älteren Vazern am Stammtisch zu Jan und Mateo herüber. Die drei Herren haben sich nun vom Bier ab- und dem Schnaps zugewandt. Wieder grinsen sich Mateo und Jan an. Sie finden es witzig und die älteren Herren mögen es immer, wenn sich junge Vazer in der Beiz aufhalten. Die Männer haben bemerkt, dass sie von Jan und Mateo beobachtet worden sind. »Chömmen überi, i spendiar eu no Ais!«, dröhnt Schindel-Sepp und schielt Mateo und Jan dabei mit blutunterlaufenen Augen an.

»Warum au nid, i varreck ab da Gschichta fu da Alta!«, flüstert Jan grinsend an Mateo gewandt. Mateo nickt mit dem Kopf und steht auf. Sogleich sich die beiden auf ihren Stühlen niedergelassen haben, beginnt bereits die übliche Zeremonie der Alten. Jeden Freitag sind Jan und Mateo in der Sterna, jedes Mal nach dem Squashspielen in der Tennishalle. Nicht selten sitzen diese drei alten Vazer dann am Stammtisch und lustigerweise erinnern sie sich dabei kaum noch an die letzten Begegnungen.

»Du bisch fum Roger, oder?«, sagt Forst-Gregor keuchend an Jan gewandt. Ein Grinsen macht sich auf dem Gesicht von Jan breit.

»Jo, Forschti, das hander vor zwai Wucha schu gsait. Und der Hammer-Roger isch min Neni«, antwortet er dem alten Mann, der einige Sekunden verwirrt wirkt.

»Stimmt worschinli schu. Waisch, in minam Alter vergässemar das zimmli schnell wider!«, brummt Forst-Gregor zurück, etwas zu ernsthaft für Jans Geschmack, doch Steinbruch-Hans rettet die etwas drückende Situation.

»Tuan doch ahständig, Forschti! Luagna doch ah, er gsiat doch genau glich us wia der alt

Hammer-Roger. Gsesch doch, das au der Jung fum Jung hammermässig usgsiat!«

Gellendes Gelächter schallt durch die Beiz. Forst-Gregor stimmt donnernd in das Gelächter mit ein und bejaht übertrieben zustimmend.

»I ha immer gmaint er wird so gnännt, willer sona grossa Hammer hät!«, sagt Mateo unverhofft, als das Gelächter bereits wieder abflachte. Jan brüllt vor Lachen und auch die Alten schüttelt es ziemlich heftig. Schindel-Sepp verschüttet sich gar seinen Schnaps auf den Schoss vor Lachen. Oh ja, das ist typisch Mateo. Ab und zu trifft er mit seinen dämlichen Sprüchen völlig ins Schwarze.

»Iar sinn doch Affa!«, brummt eine Stimme hinter Jan und eine Hand mit einer neuen Stanga bewegt sich neben seiner Schulter vorbei. Hernanda hat die von den alten spendierten Stanga gebracht und blickt die alten Herren mit einer Mischung aus Belustigung und Unverständnis an. Hernanda ist eine hübsche Frau. Blonde, schulterlange Haare, schlanke Figur und ein glühendes Gesicht mit stechenden, blauen Augen. Sie ist meist freundlich und zuvorkommend, mag es wenn in ihrer Beiz etwas läuft, doch scheut sie nicht davor zurück ihre

Meinung offen zu sagen. Wenn ihr jemand komisch kommt, ist sie durchaus auch in der Lage ihn hochkannt aus der Beiz zu werfen.

»Mängmol muas ma a Aff si, Hernanda. Chumm, hock doch au hära. Isch jo niamert do!«, antwortet Steinbruch-Hans glucksend.

»Jo guat, der TV chunn erscht noch da Zehna«, antwortet die Kellnerin mit einem Blick auf eine Wanduhr und macht sich kurz davon, um sich ein Glas Wein einzuschenken.

»Chasch höra sabbera, an dia chusch eh ni zuahi« grinst Jan Mateo an, der der Kellnerin mit sehnsüchtigem Blick nachgeschaut hat.

»Schnauze, an Versuach wärs allemol wärt«, grummelt Mateo zurück und richtet seinen Blick rasch wieder auf Jan, da Hernanda gerade mit einem Glas Wein in der Hand sich zu ihnen gesellt. Jan muss sich das Lachen verkneifen, als Mateo überhastet Platz macht für die Dame.

»Kännsch dia zwei Purschta?«, fragt Steinbruch-Hans an Hernanda gerichtet. Die Kellnerin lehnt sich etwas auf dem Stuhl zurück, überschlägt ihre Beine und begutachtet Wein-nippend Mateo und Jan.

»Der Jung fum Roger und der Jung fum Albrecht«, antwortet die Kellnerin schliesslich kopfnickend. Mateo wird tomatenrot im Gesicht, als Hernanda ihn mit ihren stechenden, blauen Augen ansieht. Jan muss sich das Lachen verkneifen und er versucht die kurze Stille zu unterbrechen.

»Und, lauft öppis in der Baiz, Hernanda?«, fragt Jan an die Kellnerin gerichtet, obschon es ihn nur mässig interessiert.

»Mol meh, mol weniger«, antwortet Hernanda etwas verstimmt wirkend. »Der FC chunnt abitz zwenig noch da Trainings oder da Mätsch zu miar. Do chönnder eu fum TV a Schiiba abschnida!«

Mateo verschluckt sich an seinem Bier, als er überhastet etwas entgegnen will. Jan klopft ihm auf den Rücken, bis er sich beruhigt hat.

»Schu, jo. Miar hän aber au a Klubhus dunna ufam Rüfeli. Denn blibemer halt meischtens döt«, sagt Mateo schliesslich, beinahe mitfühlend.

»Isch schu guat. Dia neu Baiz machtmer meh Sorga«, antwortet Hernanda mit einem Anflug eines Zwinkerns, was Mateo beinahe schmelzen lässt.

»Git doch nüt bessers fürs Dorf, Hernanda. Noch all dem Baizasterba!«, sagt Forst-Gregor überschwänglich und seine trüben Augen schielen die Kellnerin dabei ernsthaft an.

»Jo schu, miar reden aber fu minera Baiz und nid fum Dorf!«, entgegnet die Kellnerin knurrend.

»Früahner isch das no ganz andersch gsi! Do simmer no …«

Jan wendet sich ab und klopft Mateo auf den Oberschenkel. Diese Geschichten, wie toll es früher gewesen ist und was nun alles falsch läuft im Dorf will er sich nicht noch einmal anhören.

»Was isch?«, fragt Mateo mit einem Seitenblick auf Jan. Er kann seinen Blick fast nicht von Hernandas Lippen abwenden, die dem alten Forst-Gregor gerade ordentlich die Meinung über das Dorfleben geigt.

»Gömmer nor langsam? Mer hend Matsch mora!«, sagt Jan mit einem breiten Grinsen.

»Scheiss ufd 5. Liga! Blibemer doch no bits!«, entgegnet Mateo träumerisch.

»Vergisses doch, Alter!«, brummt Jan. Er will nach Hause. Nach dem Sport machen sich die zwei Stangana bereits arg bemerkbar und er ist müde.

»Jo guat. Darfi aber no ds Biar ustrinka?«, antwortet Mateo grummelnd. Jan nickt, wirft seinen Kopf in den Nacken, streckt sich und gähnt herzhaft.

»Schu müad fu bits Spörtla?«, fragt Steinbruch-Hans an Jan gerichtet. Jan blickt den alten Mann belustigt an und antwortet: »Jo, au schu 26i, waisch Hans.«

Dem Alten entfährt ein mächtiges Schnauben bei diesen Worten und er will gerade etwas erwidern, als Schindel-Sepp, der bis anhin den ganzen Worten nur gelauscht hat, Steinbruch-Hans ins Wort fällt.

»Sinn iar aigentli glich alt wia das Maitli wo vermisst wird? Wia heisstsi nomol?«

Jans Müdigkeit ist von der einen zur anderen Sekunde wie weggeblasen und auch Hernanda und Forst-Gregor unterbrechen bei dieser Frage ihr Gezanke. Wie auch immer Schindel-Sepp nun auf dieses Thema kommt, es beschäftigt das ganze Dorf und ist immer wieder Thema in den Beizen oder an dem Fritigstreff in Untervaz.

»Nai. Sie isch zwai Johr jünger, also 24i. Angela heisstsi, Schindli«, antwortet Jan, nun mit ernster Miene und Worten. Eine traurige Geschichte. Die junge Dame ist sehr hübsch gewesen. Vor einem Monat und nach einem Spaziergang bei der Au und am Rhein fehlte allerdings jede Spur von ihr. Sie wohnt im Gufel, gemeinsam mit ihren beiden jüngeren Brüdern und noch bei ihren Eltern, die gerade schwierige Zeiten durchmachen müssen. Die beiden Zwillingsbrüder spielen bei den A-Junioren des FCUs und nicht selten wirft Jan den beiden Jungs am Dienstags-Training, das parallel zu ihrem läuft, einen mitleidigen Blick zu.

»Sie isch duazmol mit minera Schwöschter ind Schual ganga«, sagt Mateo betrübt.

»Heschsi amol gfrogt, was do los si chönnt?«, fragt Schindel-Sepp an Mateo gerichtet.

»Miar hänn schumol drüber gredet, sie chann sich das aber au nid erchlära. Problem dahai sind glaub nid bekannt ...«, antwortet Mateo an den alten Mann gerichtet.

»Säb heisst nonid viel. Wär weiss schu was in somna junga Ding vor sich goht? Dia hätt sich doch in Rhi gworfa!«, wirft Forst-Gregor unwirsch und taktlos ein, was Hernanda beinahe auf die Palme bringt.

»Jo genau! Das weisch etz du so genau, ha. Tuan doch bits normal Gregi! Isch trurig gnuag, dassi verschwunda isch!«, faucht die Kellnerin den Alten an, der daraufhin wenigstens ein klein wenig beschämt aussieht. Jan hat keine Lust über dieses Thema zu sprechen. Er wirft einen Blick auf die leere Stanga von Mateo und sagt: »Miar zahlen, Hernanda.«

Rasch bezahlen Mateo und Jan ihr erstes Bier und verabschieden sich mit einem Dankeschön fürs zweite, spendierte Bier. Sie durchlaufen den kleinen Raum und packen sich ihre Taschen auf die Schultern. Die Nacht ist angenehm kühl. Das Dorf scheint bereits um 21:45 Uhr wie ausgestorben zu sein. Schweigend machen sich Jan und Mateo auf den Weg. An der im Dunkeln liegenden Kantonalbank, der Gemeinde und dem Dorfplatz vorbei. Jan hat ein etwas mulmiges Gefühl in der Magengegend. Solche Geschichten gibt es im Dorf wahrlich selten und die Gemeinschaft ist so fest miteinander verbunden, dass ihm das Schicksal, welches es auch immer sein mag, von Angela sehr nahe geht.

»Was meinsch wo sei isch?«, fragt Mateo an Jan gerichtet, als die beiden die Kirchgasse hinunterlaufen.

»Kai Ahnig, hoffentli ds Züri aswo untertaucht«, antwortet Jan bedrückt und starrt dabei auf die Häuser zu seiner Rechten. Alle sind sie beleuchtet und er hört, aus einem offen stehenden Fenster heraus, wie ein Fernseher läuft.

»I sägs jo nid gära, aber i glaub der Forschti hätt schu Recht. Iara Fründ fu Chur hätt doch vor drei Mönet Schluss gmacht …«

Jan nickt mit dem Kopf und wirft einen Blick nach hinten. Kein Auto ist in Sicht und so überqueren sie die Strasse über den Zebrastreifen.

»D Hernanda hätt schu Rächt. Ma sött ni drüber Reda, oder Grücht ind Welt setza, wemma nid waiss was passiart isch«, wirft Jan ein, als sie die Cosenzstrasse hinter sich gelassen haben und nun am Werkhof vorbei laufen.

Mateo schnaubt laut auf und wirft Jan im Dunkeln einen Seitenblick zu. »Als ob d Vazer bekannt dafür wären, dass sie diskret sind und kai Grücht ind Welt setzen. Weisch no wo das Bai gfunda worda isch?«

Mateo und Jan diskutieren so lange, bis sie vor der Türe des Blocks ihrer WG stehen. Mateo schliesst noch den Briefkasten auf und zieht drei Briefe hervor. Die Diskussion zieht sich hin, bis die beiden Jungs schliesslich im ersten Stock an der Haustüre ankommen.

»I machmer no was ds essa«, gibt Mateo bekannt, als sie die Wohnung betreten. Jan spart sich für einmal den Kommentar, dass sie bereits in der Tennishalle nach dem Sport etwas Leichtes gegessen haben und sagt dafür: »Mach das, i gohn no unter d Duschi.«

Mateo nickt und begibt sich in die Küche. Jan macht die Türe hinter sich zu und steht an das Waschbecken heran. Er lässt eiskaltes Wasser laufen, beugt sich etwas vor und kühlt sich die Handgelenke damit. Er hat etwas Kopfschmerzen. Das Bier und diese Geschichten haben ihm zugesetzt und er atmet einige Male tief ein und aus. Dann will er sich gerade ausziehen, als Mateos laute Stimme durch die Wohnung und in das Badezimmer hallt.

»Ou Scheisse, Nai! Nai, Jan chumm do hära, Scheisse!«

Jan, der gerade halb sein T-Shirt ausgezogen hat, lässt es sofort wieder fallen. Die Panik in Mateos Stimme ist echt. Er kennt ihn zu gut, Mateo will ihn nicht verarschen. Vielleicht hat sich der Idiot an einem Küchenmesser geschnitten.

Rasch stösst Mateo die Türe auf und bereits vom Gang her, sieht er, wie Mateo über dem Küchentisch gebeugt einen Brief liest.

»Was lauft mit diar? Hämmer a Rächnig nid zahlt oder was?«, fragt Jan leicht verärgert, als er sieht, dass Mateo nicht verletzt ist. Doch als sich Mateo ihm zuwendet sieht er die Angst, die ihm in sein Gesicht geschrieben ist. Kreideweiss und Schweiss rinnt ihm die Stirn herunter. Er deutet mit seinem Zeigefinger auf das Stück Papier, das auf dem Küchentisch liegt. Jans Blick wandert von Mateos Gesicht zu dem Stück Papier hinunter. Mit Zeitungsbuchstaben ist da ein Text hin geklebt worden. Bereits die Zeitungsbuchstaben sehen irgendwie bedrohlich aus, doch der Text raubt Jan beinahe die Sinne.

Angela liegt in der Au begraben. Tot, leblos, steif, makellos. Die Idioten der Suchtrupps haben sie nicht gefunden. Denkt an mich, wenn sie ihren wunderschönen Körper aus dem Sand ziehen. Ihr werdet dieses Schreiben direkt der Südostschweiz übergeben, ich weiss, dass ihr dort arbeitet. Morgen will ich die News darin lesen und wenn ich heute Nacht noch Bullen sehe, die mit

Taschenlampen an der Au entlang laufen, wird es weitere Morde im Umkreis der Fünf-Dörfer geben. Keine Mätzchen, darauf würde ich mich nicht einlassen!

GDR

»Scheisse!«, entfährt es auch Jan und seine Hände zittern gewaltig. »Mer müan zur Polizei, Mateo!«, fügt er mit schwacher Stimme an Mateo gewandt hinzu, der sich inzwischen hingesetzt hat.

»Luagder doch mol der Briafumschlag ah«, bringt Mateo nur leise krächzend hervor. Jan dreht den Brief um. Da steht nur sein und Mateos Namen. Keine Briefmarke ist daran befestigt. Jan schluckt einmal schwer. Der Brief ist direkt in ihrem Briefkasten gelandet. Dies ist Drohung genug.

»Gömmer ind SO. Viellicht chönnses no drucka für Mora«, murmelt Jan bedrückt.

»Si müan, sus simmer am Arsch!«, entgegnet Mateo, kreideweiss und starr, beinahe wie die Leiche, die kaum zwei Kilometer Luftlinie entfernt von den beiden Männer im Gebüsch liegt.

III.

Der Freitag ist nur langsam vorangegangen. Das Konzentrieren ist mir heute extrem schwergefallen. Doch nun ist endlich Feierabend! Wochenende! Ich starte den Motor und lasse meine Playlist laufen. Sido, »Endlich Wochende«, dröhnt es aus den Autoboxen heraus. Wie passend. Eine gewaltige Freude ummantelt mich. Adrenalin pumpt durch meine Adern. Ich steuere den Wagen aus der Tiefgarage hinaus. Kaum Stau aus der Stadt hinaus, meine Laune steigert sich noch mehr. Ich grinse in mich hinein und meine Hände am Lenkrad zittern ein wenig vor Erregung. Ich beschleunige mit voller Power auf die Autobahn und muss mich gleich selber bremsen. Einen Unfall käme jetzt ziemlich ungelegen! Ich halte mich an das Tempolimit und reisse mich zusammen. Mit meinen Gedanken bin ich allerdings nur noch bei Angela. Endlich sehe ich dich wieder, meine liebe Angela. Es braucht schon eine gewaltige Selbstbeherrschung, dass ich dich zwei Wochen lang nicht besucht habe. Ich habe genügend Filmmaterial und Serien angeschaut, dass ich weiss, dass es unklug gewesen wäre. Ich hätte jeden Abend bei dir verbringen können, doch ich tat es nicht. Meine Freiheit ist mir viel zu wichtig. Ich steuere mein Auto auf den Coop Pronto zu. Ich habe das Menü bereits im Kopf. Mein Lieblingsessen. Das gönne ich mir immer nach den Besuchen. Rasch habe ich die Kartoffeln, den Rahm und den Käse aus den Regalen genommen. An der Kasse bestelle ich dazu noch meine Zigaretten. Ich habe alles. Den Rest der Fahrt begutachte ich immer wieder den Himmel. Wolkenlos, es wird eine kalte Nacht werden. Ich weiss bereits, was ich anziehen werde. Meinen schwarzen Mantel und meine schwarzen, synthetischen Trainerhosen. Ein Haarnetz, darüber eine schwarze Kappe und natürlich schwarze Handschuhe. Das Profil der Schuhe habe ich mir bereits vor dem Date abgeraffelt. Trotz all den Vorsichtsmasnahmen ist mir bewusst, dass ich Spuren hinterlassen könnte. Das ist beinahe nicht auszuschliessen und ich kann dem nur vorbeugen. Dieses Bewusstsein habe ich schon längst erlangt. Die Kleider im Brokihaus kaufen und den Rest unauffällig mit

Bargeld bezahlen. Viel mehr kann ich nicht machen.

Ich stelle mein Auto auf dem Parkplatz ab. Freundlich grüsse ich meine Nachbarin, die gerade in ihrem Garten arbeitet. Kurzer Smalltalk mit ihr. Beiläufig sagen, dass es heute einen Fernsehabend geben wird. Reine Taktik. Meine Nachbarin ist nett, doch ist sie auch die grösste Wundernase, die ich kenne. Es kommt mir durchaus gelegen. Sie wirft bis anhin noch immer einen Blick aus ihrem Fenster und in mein Wohnzimmer. Da kommt meine Puppe wieder zum Einsatz. Perfekt!

Ich werfe meine Schlüssel achtlos auf den Küchentisch. In meiner Post ist nichts von Bedeutung. Ich lege die Briefe in das Fach der offenen Rechnungen. Mit einem Blick auf die schöne Wanduhr, die ich von meiner Mutter geerbt habe, entschliesse ich mich dazu, erst zu duschen und danach etwas Leichtes zu essen. Es ist erst 17:45 Uhr und bis zur völligen Dunkelheit wird noch ein wenig Zeit vergehen.

»Miau«

»Hoi Minzi«, sage ich und streichle meine getigerte Katze. Sie scheint hungrig zu sein, denn sonst würde sie kaum so heftig um meine Beine schleimen. Ich gebe ihr das Futter und wende mich mit einem letzten Streichler über ihren Rücken wieder ab.

Duschen ist angesagt. Ich mache es gründlich. Mit Seife und Schwamm. Hautpartikel, ich will der Gefahr vorbeugen und schrubbe mich sehr ordentlich ab. Kein parfümiertes Duschmittel, das mich verraten könnte. Nach beinahe einer Stunde bin ich fertig. Ich ziehe mich frisch an. Es sind bereits die Kleider, die ich unter dem Mantel anziehen werde. Ein schlichtes, schwarzes T-Shirt, dass ich vor dem Duschen mit einem Kleberoller so gut es ging entfasert habe und die Trainerhosen. Keine Socken! Ein Müsli muss genügen, bis ich spät in der Nacht mein Hauptgericht essen kann. Es reicht mir aus, dass ich ohne knurrenden Magen über das Feld schleichen kann. Nach dem Müsli packe ich meine Einkaufstasche aus. Ich schäle die Kartoffeln, schneide sie in dünne Scheiben und lege sie in die Form. Danach giesse ich den Rahm darüber und bestreue das ganze mit Käse. Mit einer Alufolie abgedeckt stelle ich die Form in den Kühlschrank. Den Backofen stelle ich so ein, dass er sich um halb Eins in der Nacht von selbst aufheizt. Sehr gut und nun? Ein wenig Fernsehen, denke ich mir. Erst noch eine Zigarette rauchen und einen Kaffee trinken, ja. Ich drücke den Knopf an der Kaffeemaschine und das braune Gold fliesst in die Tasse. Ich öffne die Fenstertüre und begebe mich in den Garten.

Im Garten stehen zwei Stühle. Ich setze mich hin und stelle die Kaffeetasse auf dem kleinen, runden Gartentisch ab. Seufzend lehne ich mich ein wenig zurück, geniesse den Kaffee und die Zigarette. Das Nikotin lässt mich ruhig werden. Es bremst meine Vorfreude und meine Hand zittert nicht mehr. Der weisse Dampf steigt über das Gebüsch hinweg und auf das Nachbarshaus zu. Nicht in das Nachbarshaus von Jolanda, meiner gegenüber lebenden Nachbarin, sondern in das von der Familie Knecht, gleich rechts von mir. Ich höre, dass sie gerade beim Nachtessen sind. Vater Gerd, Mutter Luzia, die fünfzehnjährige Tochter Eva und die neunzehnjährige Tochter Eveline. Kurz schnappe ich nach Luft, als mir der Name Eveline durch das Hirn schiesst. Eine rothaarige Schönheit, welche eine Ausbildung zur Bankkauffrau macht. Sie lächelt mich immer an, wenn wir uns sehen und grüsst mich äusserst freundlich. Ein Kribbeln breitet sich in meiner Magengegend aus, doch rasch wird es durch Schuldgefühle erstickt. Nein, der Mensch den ich liebe werde ich heute Nacht besuchen gehen. Ich bin kein Betrüger! Beinahe kommen mir die Tränen beim Gedanken daran, Angela zu betrügen. Wütend mache ich mit meinem Arm eine abfällige Bewegung in Richtung Nachbarshaus. Ein Glück, dass die Sicht vom Gebüsch versperrt wird, sonst hätten sie diese komische Geste gesehen. Wütend über mich selber drücke ich die Zigarette in den Aschenbecher. Vielleicht ein wenig zu wütend, denn er klimpert laut auf. Ich stehe auf, gehe in meine Küche und lege die Kaffeetasse unter die Kaffeemaschine. Der nächste Kaffee wird göttlich werden. Nach dem Abendessen um Ein Uhr!

Ich lege mich auf das Sofa, versuche zu entspannen. Es gibt nur zwei Serien, für die ich mich im Moment begeistern kann. Ich schalte auf den Sender Vox und dank Replay kann ich die Folgen von vergangener Nacht nachschauen. Medical Detectivs. Eine Sendung über Mörder und wie sie entlarvt wurden. Bei der Planung der

Entführung, dem Mord selber und der Vorgehensweise für die Besuche hat es mir geholfen. Doch mein Bewusstsein, dass keiner der Mörder davonkommt, rührt auch von dieser Sendung her. In der heutigen Zeit muss ich noch viel achtsamer sein. Moderne Technik erleichtert es ihnen natürlich. Die Bullen haben so einige Methoden! Mit dem Gedanken daran, geschnappt zu werden, beschäftige ich mich schon seit geraumer Zeit. Ich bin Realist, ich weis, dass es passieren kann. Nun, meine Waffe ist geladen und bereit. Was ich machen werde, lasse ich mir offen. Beide Varianten! Heute läuft eine Folge, die ich schon einmal gesehen habe. Dennoch schaue ich sie bis zum Schluss. Ein Schnauben entfährt mir, denn der Mörder hat die Leiche mit dem Auto transportiert und im Wald abgelegt. Nur wegen den Reifenspuren kamen die Ermittler dem Typen auf die Schliche. Unglaublich dumm! Dazu noch Blut und Fasern im Auto? Die Nachbarn, die sehen, dass das Auto nicht auf dem Parkplatz steht? Nein, viel zu riskant, das Auto bleibt zuhause. Ich blicke immer wieder auf die Uhr. Noch eine Folge und dann noch eine und noch eine.

Kurz vor 22 Uhr. In einer halben Stunde geht es los. Ich werfe einen Blick aus dem Fenster. Es ist dunkel. Sehr schön, doch der Mond und die Sterne leuchten hell in dieser wolkenlosen Nacht. Für mich noch lange kein Grund zuhause zu bleiben! Ich lasse den Fernseher laufen und stehe auf. Ich laufe gemächlich zum Lichtschalter. Ich schalte das Licht aus. Ich mache das immer so, nicht nur bei Besuchstagen. So entsteht eine Routine, für mich und für die neugierige Nachbarin, die nie vor 23 Uhr ins Bett geht. Ich gehe nicht zurück zum Sofa, sondern öffne eine Besenkammer in der ich mein Putzmaterial verstaut habe. Da steht meine Puppe. Bereits angezogen und bereit für ihren Auftritt. Der Winkel zu der Nachbarin ist ideal. Sie sieht das gleisende Licht des Fernsehers und das Sofa liegt im Schatten. Gerade einmal Umrisse sind darauf zu erkennen und die alte Dame kann die Puppe und mich nicht unterscheiden. Nichts desto trotz werfe ich noch einen Kontrollblick aus dem Fenster. Ihr Schlafzimmer liegt im Dunkeln, was bedeutet, dass sie sich noch in ihrem Wohnzimmer aufhält. Beruhigt setze ich meine Puppe auf dem Sofa ab. Mein Alibi sitzt und ich verschwinde im Schatten des Wohnzimmers. Nun werde ich wieder nervös und aufgeregt. Ich blicke auf die Uhr, es ist zwanzig nach Zehn. Zeit in den Keller zu verschwinden.

Ich schalte das Licht der Treppe nicht an. Erst als ich die Türe hinter mir geschlossen habe, zücke ich mein Handy und schalte die Taschenlampenfunktion ein. »I bin paranoid«, denke ich mir, denn kein Schwein würde sehen, wenn ich das Licht des Kellers entzünden würde. Keine Fenster, sondern nur ein kleiner Raum, der von dünnen Steinwänden umgeben ist. Mein Mantel und meine Schuhe liegen im kleinen, hölzernen Schrank. Das muss ich noch ändern. Falls die Bullen einmal mein Haus durchsuchen, würden sie die Kleidung viel zu einfach finden. Ich nehme mir vor ein Geheimversteck für die Kleider zu bauen. Nun ist es aber wirklich an der Zeit! Halb Elf. Mit meiner Handytaschenlampe beleuchte ich den Werkzeugbank. An der nackten Steinwand nebenan bleibe ich stehen. Ich schalte das Handy aus und lege es auf der Werkzeugbank ab. Handys sind verräterisch, das weis ich, es bleibt also hier. Ich verstaue meine Utensilien, die auf der Werkbank bereit liegen, in meiner

Manteltaschen. Mit ruhiger Hand ertaste ich den losen Stein. Ich drücke ihn und ein Klicken verrät mir, dass die Falltür offen ist. Ich knie mich hin und beginne damit dem dunklen Gang entlang zu schleichen. Er wird mich nach nur fünf Metern an den unteren Hang des Hügels bringen. Als der Gang ein Ende findet liegt die schwere Holzplatte vor mir. Das grösste Risiko entdeckt zu werden ist jetzt. Der nächste Bauernhof liegt beinahe fünfzig Meter entfernt, dennoch könnte sich jemand auf dem Feld aufhalten und mich sehen. Ich brauche immer etwa zehn Sekunden, bis ich mich entschliesse die schwere Holzplatte anzuheben und rasch zur Seite zu schieben. Ich krieche raus und schiebe die Platte gleich wieder in ihre Position. Wenn hier die Bauern nicht anfangen zu graben, werden sie niemals erfahren, dass hier eine Holzplatte liegt. Ich habe sie genügend gut präpariert und der Gang liegt beinahe fünfzig Zentimeter tief in der Erde.

Ich kauere einige Sekunden auf dem Boden und blicke mich in alle Himmelsrichtungen um. Niemand befindet sich auf dem Feld und auch die Nachbarn, welche oberhalb des Hügels hausen, sind alle in ihren Wohnungen. Nun folgt erneut ein schwieriger Teil. Ich muss geduckt gehen. Die Nachbarn könnten mich noch immer sehen, doch einzelne Bäume und hohes Gras erleichtern mir den Weg bis zur Feldstrasse.

Bei meinem allerersten Ausflug ist es einmal brenzlig geworden. Ich hörte wie das Ehepaar Lauwer auf ihrer Terasse sass und Wein trank. Ich musste durch das Gras robben und hatte Angst entdeckt zu werden, doch dem war nicht so. Heute sitzen sie in ihrem Wohnzimmer, ich kann sie sogar sehen.

Endlich bin ich auf dem Feldweg Unterm Rain angekommen. Nun ist es klüger aufrecht zu gehen und so auszusehen, als würde ich einen Spaziergang machen. Für den Fall, dass mich ein Bauer sieht, oder die Nachbaren. Wenn ich Leute oder Autos auf dem Feldweg früh genug erkenne, werde ich mich verstecken. Bei meinen früheren Besuchen habe ich keinen einzigen Menschen gesehen, nur Autos, die über den Feldweg rasten. Die Scheinwerfer sind so gut zu erkennen, dass ich mich, frühzeitig genug, flach in das Gras neben der Strasse legen kann. Heute ist nichts zu erkennen. Weder Autos, noch Menschen.

Bald erreiche ich den Strommasten und biege nach links auf den Baltschinweg ab. Geradeaus will ich nicht gehen, denn am Ende dieser Strasse befinden sich die Feldgärten. Ich entscheide mich, wie üblich, den Weg nach rechts zu dem Baggersee einzuschlagen. Die Arbeiter sind längst fort und es gibt gute Versteckmöglichkeiten, falls mir jemand entgegenkommt.

Dem ganzen Weg entlang bis zum Wald an der Au ist niemand zu sehen. Ich habe einen Rhythmus mit laufen. Nicht zu schnell und nicht zu langsam. Ich unterdrücke meine Vorfreude und versuche stets wachsam zu bleiben. Das Gefühl, es beinahe geschafft zu haben, kann trüben. Es würde mich unvorsichtig machen und meine Sinne vernebeln.

Endlich, umgeben von dunklen Bäumen erreiche ich den Unteräuligweg, der am Rhein entlang, vom Kieswerk bis zu der Ölbruck führt. Hier ist es stockdunkel. Ich höre den Rhein hinter dem Damm rauschen. Ein mächtiger Fluss, der mich unruhig werden lässt. Die Kraft des Wassers ängstigt mich. Nicht wegen mir, sondern wegen Angela. Sie hätte in der Zwischenzeit auch weggespült werden können. Vor einer Woche stand der Rhein hoch und mich hat die Panik gepackt. Ich traute mich allerdings nicht nachschauen zu gehen. Dieser Gedanke lässt meine Schritte beschleunigen und ich muss mich wieder zur Ruhe zwingen.

Nach zehn Minuten habe ich die Ölbruck erreicht. Ich sehe niemanden. Sehr schön. Nun kann ich meine Erregung nicht mehr unterdrücken. Ich erlaube mir schneller zu laufen. Weiter, an der Ölbruck vorbei. Nun ist der Weg nicht mehr geteert. Er ist erdig und ich stolpere über den unebenen Weg. Nach weiteren zehn Minuten erreiche ich den Punkt, an dem es drei Möglichkeiten gibt weiterzugehen. Nach links zum Mühleli und damit wieder in Richtung Dorf, geradeaus weiter zur Sandbank, oder nach Rechts, auch zur Sandbank und direkt an den Rhein. Natürlich entscheide ich mich für den Weg nach rechts. Doch nicht bevor ich nicht angestrengt gelauscht habe. Leute mit Hunden, oder Jugendliche, die hier oftmals Party machen, könnten sich hier befinden, doch es ist ruhig. Überhastet stolpere ich den Weg hinunter, der mich auf den Sand bringt. Rechts die Tonnen, in die wir früher massenweise leere Bierflaschen geworfen haben.

Eine Einbuchtung liegt vor mir. Ausgetrocknet, doch früher konnte man hier noch baden. Ich durchquere die ausgetrocknete Ausbuchtung und muss mich ein wenig durch das Gebüsch schlängeln. Selbst für mich ist es im Dunkeln schwierig dem Weg zu folgen. Eine grosse Rolle spielt es allerdings nicht, ich komme so oder so an den Fuss des vorbeirauschenden Rheins. Ein Ort, an dem wir als Jugendliche viele Sommerabende verbracht und Party gemacht haben. Ein schöner Fleck, an dem man ungestört ist.

Es ist wohl noch zu früh im Jahr, denn ich kann keine Anzeichen erkennen, dass die Jugendlichen schon hier gewesen sind. Es ist ihnen wohl noch zu kalt. Einen Augenblick lang bleibe ich stehen. Ich blicke nach rechts, denn dort ist die Ölbruck zu sehen. Ans andere Ufer, an denen Bäume liegen.

»Alles Ok, chasch d Angela go bsuacha«, flüstere ich mir selbst zu. Ich drehe mich nach links. Ich muss über die Steine am Ufer entlang gehen. Entlang am schmalen Grad zwischen dem Wasser und dem kleinen Hügel. Nur kurz, denn danach kommt gleich die Ausbuchtung. Ich steige den kleinen Hügel hinauf, keine zwei Schritte, und ich bin endlich bei ihr!

Augenblicklich sinke ich auf die Knie. Meine Augen werden feucht. Niemand hat sie entdeckt. Keiner! Ich beginne mit den Handschuhen zu graben. Ich habe sie nicht wirklich tief in den Sand vergraben und so berühre ich sie ziemlich schnell. Ich lege ihre Beine frei, dann den Rumpf und schliesslich den Kopf.

»Ach Angela, i han di vermisst«, flüstere ich leise und begutachte sie von Kopf bis Fuss. Das Mondlicht hilft mir dabei, ich kann sie gut sehen. Ich wische ihr den Sand von den Jeans und dem Pullover. Ich nehme eine Packung Feuchttücher aus meiner Tasche, ziehe ihr die Converse-Schuhe aus und wasche ihr die Füsse. Ich halte inne, ziehe roten Nagellack aus der Tasche und streiche ihre brüchigen Nägel neu. Dann wasche ich ihr die Knöchel. Weiter geht's mit den Armen und Händen. Die Fingernägel werden ebenfalls neu lackiert. Ein Fingernagel bricht ab und erschrocken blicke ich auf die Stelle. Nichts mehr zu machen. Die Kälte hat Angela wochenlang vor dem Zerfall geschützt, doch nun wird es immer deutlicher. Ich wende mich ihrem Kopf zu. Ihre starren, grünen Augen blicken in den Himmel. Ihr Mund ist halb geöffnet. Ihre Zähne splittern und fallen bereits aus. Ich werde unruhig. Ich lasse ihre blonden Haare durch meine Finger gleiten und sie lösen sich. Ich werde wütend. Die Haut geht immer mehr zurück, bereits erkennt man ihre Schädelknochen sehr gut.

»Nai, nai!«, knurre ich verärgert. Meine Wut wird immer grösser. Beinahe verzweifelt greife ich nach dem Puder und dem Liedschatten. Ich pudere ihren Hals, an dem noch immer Striemen zu sehen sind, ihre Backen und ihre Stirn. Dann schminke ich ihre Augenpartie, nehme die Bürste zur Hand und will ihre Haare glatt streichen, doch sie fallen aus. Ich fluche halblaut vor mich hin. Ich bin wütend auf sie.

»Zwai Wucha lang hani di ni gseh dörfa und jetz hausch aifach ab!«, flüstere ich in ihr Ohr. Ich lasse von ihr ab und setze mich neben sie hin. Ich muss eine Rauchen. Ich entzünde die Zigarette und ziehe daran, doch es hilft nicht mehr. Meine Wut auf Angela übermannt mich. Am liebsten würde ich sie anbrüllen. Verzweifelt blicke ich in ihr totes, blau gefärbtes Gesicht, doch ich merke es bereits. Ich liebe sie nicht mehr.

Tränen steigen in meine Augen und ich packe zusammen. Es ist an der Zeit sich zu verabschieden. Welche Enttäuschung. Eine weitere Frau, die mich enttäuscht. Die erste die tot ist und sich trotzdem von mir abwendet. Ich drücke meine Zigarette in ein leeres Marmeladenglass. Ich bin nicht so dumm und lasse Beweise, wie Asche und Zigarette, mit meiner DNA hier liegen. Ich will nur noch weg. Die Mühe Angela wieder zu vergraben spare ich mir. Sollen sie sie doch ruhig finden. Ich spüre wie mich die Vorstellung erregt, dass man Angelas Leiche findet. Wie der Schock durch das Dorf gehen wird wie ein eiskalter Luftzug und niemand weiss, dass ich es gewesen bin.

Ich werfe Angela einen letzten, grimmigen Blick zu. Ich danke ihr für die schöne Zeit, doch nun habe ich genug. Auf dem Rückweg plane ich die nächsten Schritte. Ich will, dass man Angela schnellst möglich findet. Ich gebe ihnen eine Woche. Wenn bis dahin nichts passiert, schreibe ich einen Brief und gebe ihn den zwei Schwachköpfen, die bei der Südostschweiz arbeiten. Diesen Gedanken hatte ich bereits im Vorherein. Es erregt mich mit ihnen zu spielen. Die Nacht ist dunkel, die Luft ist kühl. Es riecht nach Wald. Ich liebe diesen Geschmack. Meine Gedanken wenden sich weg von Angela und bereits ist es an der Zeit, mich einer neuen Freundin zu widmen. Meine Mundwinkel verziehen sich zu einem Grinsen. Das Spiel beginnt von Neuem.

IV.

Schreckliche Gewissheit über Angela Fornell.
Die seit rund einem Monat vermisste Angela Fornell ist angeblich tot. Zumindest behauptet das ein Unbekannter, der einen Brief bei zwei jungen Dorfbewohnern hinterlassen und sich zum Mord an der 24-Jährigen Frau aus Untervaz bekannt hat. Die Polizei will bis anhin noch keine Stellung dazu nehmen...

Jan spart sich den restlichen Text über Angela. Gemeinsam mit Mateo sitzt er auf dem Polizeiposten der KaPo Graubünden in Chur. Bereits seit vier Stunden. Andi, der Boss der SO hat sich in der Nacht persönlich um die Nachrichten gekümmert. Sofort hat er die Polizei allarmiert und nach gemeinsamer Absprache druckte man den geforderten Artikel. Die Leiche haben sie längst gefunden. Von der Zizerser Seite her setzte die Polizei mit einem Boot über den Rhein über und begann damit die Au, ohne Licht, auf der Vazer Seite abzusuchen. Es war keine

Stunde vergangen, bis die Meldung gekommen ist, dass man die Frau tot aufgefunden hat.

Mateo, der neben Jan sitzt, schluchzt leise vor sich hin. Es ist eine grausame Tatsache. Der Typ, wer auch immer es ist, hat ihnen tatsächlich die Wahrheit geschrieben. Die Polizei würde erst am Morgen, wenn die Zeitungen verteilt werden, ausrücken um die Leiche zu bergen. Im Moment könne man nur bei ihr sein und abwarten. Das Risiko, nicht auf den Mörder zu hören, will die Polizei nicht eingehen.

»Alles ok Jungs, miar händ alles, was miar fu eu bruchen, iar könn goh«, sagt ein Polizeibeamter.

»Überchömmer Schutz?«, fragt Mateo mit bleichem Gesichtsausdruck.

»Nai, iar sind kainera direkta Gfohr ussgsetzt. Vertrauen üs, miar werden dä Fall schu ufklära«, antwortet der Polizist mit ernster Miene. Mateo will gerade erwidern, dass er darüber ein wenig anders denke, doch Jan tritt ihm auf den Fuss, um ihn abzuwürgen.

»Blib doch ruhig, dia wüssen schu wases tüan.« Jan versucht es ruhig zu sagen, doch seine Stimme zittert leicht. Es ist noch dunkel, als die beiden in

Jans Auto auf dem Parkplatz der Kantonspolizei steigen. Die Müdigkeit ist wie weggeblasen. Schweigend fahren die beiden Jungs zurück nach Untervaz. Es ist ein komisches Gefühl, als sie die Rheinbrücke überqueren. Beide blicken sie automatisch nach rechts und zu der Au hinaus. Ein beängstigendes Gefühl, obschon nichts zu sehen ist. Keine Polizeiautos, keine Lichter und keinen Leichenwagen, der unweigerlich in wenigen Stunden auffahren wird. Jan fährt in die Tiefgarage des Wohnblockes ein und die beiden Jungs steigen aus und begeben sich zum Lift.

»Gosch go chnurra?«, fragt Mateo schwach wirkend an Jan gewandt.

»Als ob i etz chnurra chönnt«, antwortet Jan bedrückt.

»Trinkemer no a Kaffi ufam Balkon? Wa meintsch?«, fragt Mateo.

»Jo, chömmer«, antwortet Jan und schliesst die Wohnungstüre auf. Beide haben sie ein wenig Angst einzutreten. Doch als sie die Lichter anmachen und in jedes Zimmer blicken, stellen sie fest, dass sie alleine sind. Seufzend nehmen sie auf den Gartenmöbeln auf dem Balkon platz. Sie können die Baumspitzen der Au am Rhein gerade noch so erkennen. Mateo krächzt ein wenig auf. »Das isch doch ni mögli, Alter!«

»Hmm?«, macht Jan, der gerade mit den Gedanken bei den Eltern von Angela ist. Die Polizei hat die Eltern bereits telefonisch benachrichtigt. Sie wissen es also und das Schlimme ist, dass sie noch warten müssen, bis es Morgen ist, ehe sie ihre Tochter sehen können.

»Wia ischs nu mögli, das do an Mörder ummagoht? Das ma d Angela nid schu früaner gfunda hät? So Scheiss gits doch nu ds Amerika, Mann!«

Jan nippt ein wenig an seiner Kaffetasse, ehe er antwortet. »Ma isch halt nid dervo usganga, dass sie tötet worda isch. Denn hättma worschinli nu d Gegend abgsuacht. Der Heli mit der Wärmekammera isch worschinli ds spot cho … weiss doch au nid Mateo …«

Es wird Morgen. Die Sonne würde schon bald hinter der Bergkette im Osten aufgehen und bald würde die Zeitung das verkünden, was der Mörder Jan und Mateo bereits mitgeteilt hat. Der Unterschied ist allerdings, dass in der Zeitung kein Wort darüber geschrieben worden ist, dass die Polizei Angela bereits gefunden hat. Soll auch nicht. Sonst weiss der Mörder, dass man bereits in der Nacht nach Angela gesucht hat.

»Das wird a riesa Brimborium geh im Dorf, ha?«, murmelt Mateo fragend an Jan gewandt, gerade als die Sonne ihre ersten Strahlen über das Dorf hinabschickt.

»Chaschder jo vorstella!«, antwortet Jan kopnickend. »Nu schu bi dem Bai sinn dia wildeschta Grücht ummaganga!«

Die beiden würden Recht behalten. Im Verlaufe des Morgens beantworten Jan und Mateo einen Haufen Telefone. Natürlich weiss praktisch jeder im Dorf, dass die beiden gemeinsam bei der Südostschweiz arbeiten und so steht es ja auch im Brief. Die Bewohner sind ziemlich schnell drauf gekommen, dass es sich nur um Mateo und Jan handeln kann, welche den Brief bekommen haben. Die beiden beantworten alle Fragen, so wie es von der Polizei gefordert wird. Alles dürfen sie sagen, nur nicht das Angela bereits gefunden worden ist. Es ist schwierig das Geheimnis zu wahren, allerdings hält es nur bis zum Mittag an. Den Leichenwagen, der kurz nach dem Mittag über das Feld fährt, kann man beinahe nicht übersehen. Die Polizei hat das Feld längst abgesperrt. Von dem Kieswerk bis hin zum Rüfeli. Keiner kommt dort hinein, ausser er wohnt auf einem Bauernhof oder bei dem einsamen Haus vor dem Mühleli. Der heutige Fussballmatsch wird natürlich verschoben. Viele Freunde wollen mit Mateo und Jan sprechen und so entscheiden sie sich dazu, die Mannschaft zu ihnen nach Hause einzuladen, um am Abend ein Bier zu trinken und darüber zu sprechen. Viele melden sich im Gruppenchat auf WhatsApp an. Sehr viele. Nur jene, welche in den Ferien sind nicht. Dass sind beinahe Zwanzig Leute, die unbedingt kommen wollen.

Am Nachmittag dösen Mateo und Jan ein wenig. Richtig schlafen können sie nicht. Immer wieder wachen sie erschrocken auf. Um halb acht klingelt es schliesslich unten am Haupteingang. Jan drückt den Knopf um die Türe aufzuschliessen und lässt die Wohnungstüre offen. Nach einer Minute trudeln die ersten Mitspieler der zweiten Mannschaft ein. Alle scheinen sie fassungslos zu wirken. Die Tatsache, dass Angela gefunden worden ist, ist nunmehr also allen bekannt. Natürlich, in einem Dorf mit nur 2500 Einwohnern.

Um Acht Uhr steht schliesslich der letzte Spieler auf der Matte. Wildes Geplapper beherrscht bereits die Wohnung von Mateo und Jan. Als alle mit Bier versorgt sind, beginnen Mateo und Jan damit, die Ereignisse zu schildern, die sich seit gestern Abend zugetragen haben. Ihre Mitspieler hängen ihnen dabei begierig an den Lippen, wie hungrige Tiere.

»Händer d Laicha gseh?«, fragt Samuel, als sie die Geschichte zu Ende erzählt haben.

»Häsch nid zuaglost, du dumma Siach?«, antwortet Jan prompt und etwas unwirsch. »Miar hän zwor gwüsst, dassi tot isch, aber mer sinn jo ufam Polizeiposchta und am Morga dänn wider dahai gsi!«

Die Meute kommt nun richtig in Fahrt. »D Bulla hänn mi kontrolliart woni ahi gloffa bin und sie hän wella wüssa, was i um dia Uhrzit no dussa macha. Als ob i a Mord begoh chönnt!« … »As isch sicher der Spinner us der Vordergass gsi! Der alt Siach wo immer d Lüt abrüllt!« … »Nai Mann, dä chann jo chum meh laufa. I glaub as isch iara Ex gsi. Dä fu Chur!« … »Us wellem Grund au? Dä hät sie doch verloh und nid sie ihn!« … »Ufjedafall muaser zimmli starch si. I meinti dia

hätt doch sicher um dia 50 Kilogramm gwoga!« …
»Das schaffsch jo locker zum transportiara! Das
isch jo kai Gwicht!« … »Häsch schumol a schlaffa
Körper probiart ds Lupfa und derzua no
ummadsträga? Do muasch a Tiar si, au wenn sie
nu 50 Kilo schwär gsi isch!« … »Dä hättsi doch döt
hära glockt. Wia au immer!«

Je länger der Abend andauert, desto wilder
schleudern die Männer mit Theorien und
Gerüchten um sich. Schliesslich kommt man sogar
an einen Punkt, an dem zwei der Jungs sich
beinahe an die Gurgel gehen. »Wär seit denn,
dasses nid du gsi bisch?« … »Witsches usafinda?
Chum nu hära!«

Nach diesem Theater ist endgültig Schluss. Jan
und Mateo scheuchen die ganze Truppe aus dem
Haus. Nun überwiegt die Müdigkeit und beide
wollen nur noch ins Bett.

Am nächsten Morgen erwacht Jan schlagartig.
Grund dafür ist wildes Gefluche von Mateo. »Nid
schu wider!« Schnell steht Jan bei Mateo, der
einen Brief in der Hand hält und ihn zitternd an
Jan weitergibt. »Isch unter der Tür duragschoba
worda!« Jan sieht, dass der Brief abermals mit

Zeitungsbuchstaben beklebt worden ist. Seine Augen weiten sich, als er den Brief durchliest.

Gut gemacht Jungs! Nun habt ihr eine Weile Ruhe. Die Bullen sollen sich erst einmal den Kopf zerbrechen und das dauert!

GDR

Langsam faltet Jan den Brief zusammen. Seine Stirn liegt in Falten. Neben ihm hat Mateo sich auf den Stuhl gesetzt, der bei der Türe steht. Er sieht wie Mateo zittert und ratlos ins Leere blickt. Jan hingegen wirkt erstaunlich ruhig. Diese Worte im Brief lösen bei ihm keine Angst aus, sondern eher eine Vertrautheit.

»I glaub i züch us, Alter«, stammelt Mateo elendig wirkend.

»I glaub dä Typ brucht üs als Sprochrohr, Mateo«, murmelt Jan und geht damit nicht auf Mateos Aussage ein.

»Was?«, fragt Mateo etwas verwirrt, doch Jan weiss, dass er ihn verstanden hat.

»Jo. I glaub nid, dases dä Typ uf üs abgseh hät. Vielmeh bruchter üs, zum komuniziara«, führt Jan weiter aus.

»Häsch d Drohig gläsa?«, fragt Mateo ungläubig und deutet dabei auf den ersten Brief.

»Drum gömmer jo aunid zur Polizei«, antwortet Jan bestimmt. »Aber fallter nüt uf an dem Text?«, fügt er fragend hinzu.

»Nid würkli«, antwortet Mateo prompt und es scheint ihn auch nicht wirklich zu interessieren.

»Chunnter aswär in Sinn, wo üs mit Jungs aspricht?«, fragt Jan und ist gespannt ob Mateo auf den gleichen Gedanken kommt, wie er.

»Jo, d Jungs usem Fuassba …« Mateo bricht mitten im Satz ab. Nun dämmert es auch ihm. Die Jungs sind am vorherigen Abend zu Besuch gewesen, einige von ihnen verliessen die Wohnung einzeln und was erschwerend hinzu kommt ist, dass man für den Wohnblock bereits unten bei der Eingangstüre einen Schlüssel braucht um überhaupt in das Gebäude hinein zu gelangen. Der Mörder muss sich unter den 20 Mitspielern von Mateo und Jan befinden.

V.

Ich sauge die kalte Luft ein. Vor zwanzig Minuten hat es noch kurz geregnet. Es riecht nach dem kommenden Sommer. Ich liebe diesen Geschmack in meiner Nase. Gerade laufe ich gemächlich am Volg vorbei. Ich sehe einige Lichter der Kühlschränke in dem dunklen Raum leuchten. Die Sitzbank ist leer. Die Jugendlichen hängen heute nicht hier ab. Doch ich sehe den Abfall, den sie achtlos liegen gelassen haben. Wütend darüber muss ich kurz an meine Jugend zurückdenken. Partys ja, laut gewesen ja, doch immer den Abfall aufgeräumt und nicht einfach liegen gelassen. Etwas was mich mittlerweile mehr stört als mir lieb ist. Automatisch denke ich wieder über mein Heimatdorf nach. Immer weniger Leute, die mir »Hallo« sagen auf der Strasse. Immer mehr Bauten, die das Dorf erdrücken und dennoch wenden sich die Bewohner immer mehr voneinander ab. Der Gedanke an meine Freunde und an die Bewohner die ich mag, beruhigt mich wieder. Ohne es bewusst zu bemerken schreite ich bereits über den Dorfplatz. Es wird steiler und ich keuche ein wenig, während ich die Vordergasse hinauflaufe. Ein Mann mit einem Hund kommt mir entgegen, ich kenne ihn nicht. »Guata Obig«, sagt er freundlich und ich erwidere, mit einem Anflug eines Lächelns. Aha, also doch noch, vielleicht denke ich ein wenig zu kritisch über diese Dinge.

Weiter. Vorbei an der Bsetzi zu meiner Linken, der Kreuzgasse zu meiner Rechten und der Hintergasse, abermals zu meiner Rechten. Ich blicke bei der Einfahrt automatisch nach oben. Dort, in einer WG, wohnen drei meiner Freunde. Es ist erst kurz nach Elf und Freitag, doch die Lichter sind alle erloschen. Wohl alle unterwegs oder bereits am schlafen. Ich wende den Blick ab und schon stehe ich auf dem Büheli. Ich blicke mich kurz um. Ein Auto kommt vom Salavis her und biegt nach rechts ab. Ich warte einige Augenblicke ab und wende mich dann nach links. Porzli heisst es hier und die Strasse führt den Berg hinauf. Stockdunkel ist es. Niemand fährt nach oben ins Maiensäss oder kommt von dort hinunter. Es dauert nicht lange und ich habe mein Ziel erreicht. Ich blicke nach unten in die Tola und sehe die Strassenlaternen, die am Strassenrand leuchten. Vorsichtig steige ich nach unten in das Gebüsch. Schon des Öftern habe ich mich hier an dunklen Abenden versteckt. Ich kann die Strasse unter mir sehen, doch mich entdeckt hier niemand. Weder von oben, noch von unten. Auf einer Bank, etwas weiter die Strasse hinunter, treffen sich oft junge Leute. An einigen Abenden kann ich ihre Stimmen bis hier hoch hören. Ich höre ihnen zu wie sie über die Liebe sprechen, über die Lehre, über andere Jugendliche. Der Inhalt gefällt mir nicht. Die Stimmen der Mädchen allerdings schon. Die süssen, geschmeidig weichen Stimmen. Ich kann stundenlang im Gebüsch verweilen und den Mädchen zuhören. Manchmal fällt es mir schwer nicht herunterzusteigen und sie zu meiner Freundin zu machen. Doch sind sie hier immer in Gruppen unterwegs. Ich habe andere Methoden. Es hat schon einmal geklappt. In dieser Nacht befindet sich niemand bei der Bank.

Der Mond scheint wieder hell am Himmel und wieder ist es eine kalte Nacht. Mein Blick schweift über die Häuser von Untervaz hinweg und auf die Wälder am Rhein. Ich kann sie gut erkennen. Mein Magen verkrampft sich. Ich muss wieder an

Angela denken, die noch immer unentdeckt dort hinten liegt. Ich kann es kaum fassen, dass sie eine ganze Woche lang nicht gefunden worden ist. »Däm häsch hüt obed jo entgegagwürkt.« Ich spüre die Erregung in mir aufkommen. Ein neugieriges Kribbeln. »Ou jo, bald werdens d Angela finda«, flüstere ich leise. Trotz der schwierigen Trennung vor einer Woche sollte sie meiner Meinung nach doch eine anständige Beerdigung erhalten. Es ist eine kurze und gleichwohl so intensive Zeit mit ihr gewesen. Sie hat es trotz dem schmerzlichen Ende verdient. Die ganze Woche habe ich mich mit dieser Trennung beschäftigt. Beinahe wäre ich am Mittwoch noch einmal zurückgegangen, doch ich bin hart geblieben.

»As isch verbi, as isch verbi«, habe ich mir immer wieder zugeredet. Nun hat es geklappt, denn ich freue mich bereits auf meine neue Freundin. Ein freudiges Glucksen entfährt mir wenn ich daran denke. Noch habe ich sie nicht bestimmt. Alles zu seiner Zeit. Im Sommer ist es nicht optimal, das weiss ich. Sie würde viel zu schnell verwesen, sich viel zu schnell von mir abwenden. Doch im Spätherbst oder anfangs

Winter wird es wieder soweit sein. Ich spüre wie die Vorfreude in mir brennt. Ein schönes Mädchen aussuchen, sie beobachten, ihre Gewohnheiten merken.

Im Unterholz raschelt es ein wenig. Am ersten Abend hier habe ich noch einen gehörigen Schreck abbekommen, doch nun habe ich mich längst an diese Geräusche gewöhnt. Ein kleines Tier auf Nahrungssuche. »Genau wia du!«, sagt meine innere Stimme und ich muss einmal laut auflachen. »Stimmt sogar«, antworte ich mir selbst. Ich blicke auf meine Uhr, es ist bereits kurz vor 24 Uhr. Ich entscheide mich zu gehen. Immerhin will ich das grosse Spektakel ja nicht verpassen. Dumm bin ich nicht. Ich weiss genau, dass entweder Jan und Mateo direkt, oder spätestens die SO die Bullen informieren wird. Und die Bullen werden wohl auch nach der Leiche suchen, die haben da ihre Methoden. Und natürlich werden sie Angela rasch finden.

Ich steige die Böschung hinauf und wieder auf die Strasse. Seelenruhig liegt das schöne Dorf unter mir. Nichts ahnend, doch morgen wird es losgehen. Die Angst und die Ungewissheit, die mich begeistert. Beim Büheli laufe ich direkt ins

Gufel hinauf. Das Haus ist das Äusserste der Reihe. Um diese Uhrzeit liegen viele Häuser bereits im Dunkeln. Ab und an sehe ich flimmerndes Licht aus den Stuben oder Schlafzimmern hinausblinken. Fernseher die laufen. Ich höre auch Menschen, die zusammensitzen, den Anfang des Wochenendes mit einer Grillade geniessen. Doch die befinden sich wohl weiter unten. Patnalerweg oder gar Töbeli, vermute ich. Das Haus kommt in mein Blickfeld. Es liegt komplett im Dunkeln. Sie sind am schlafen, doch ich vermute nicht mehr lange. Neben dem Haus hat es genügend Versteckmöglichkeiten.

Ein herrlicher Blick auf das Dorf hat man von hier oben. Etwas weiter den Berg hoch befindet sich bereits das goldiga Brückli. Ich setze mich mit dem Rücken an einen Baum angelehnt hin. Ich blicke in die Dunkelheit hinein, höre den Cosenzbach unten rauschen. Höre den leichten Wind, der die Blätter der Bäume ein wenig rascheln lässt. Ich blicke auf die Strasse und in mir kommt ein Gedanke auf. »Wo witsch di mit dinera neua Fründin amigs treffa?«, frage ich mich selbst. Da kommen mir sehr viele Orte in den Sinn.

Nochmals bei der Au und am Rhein? Der Gedanke langweilt mich und sofort schliesse ich ihn aus. Beim Mühleli? Möglich, doch noch immer zu nah bei Angela. Das ist es, was mich stört. Meine neue Freundin darf nicht zu nah an der Ex-Freundin sein, sonst kommen in mir vielleicht wieder Gefühle für meine Ex hervor. Nun gut, in einer der beiden Burgen? Wieder eine unglaubliche Erregung. Burg Rappenstein, was für ein schöner Ort für eine Nachtbegegnung! Ist gespeichert. Was sonst noch? Dort wo sie vor einigen Jahren das Bein gefunden haben? Ich merke wie dieser Ort eine Faszination in mir weckt. Dort hätte es auch noch ein Wasserspeicher. Meine Finger zittern vor Erregung. In der Zwergahöhli? Riskant aber möglich. Weiter komme ich mit meinen Gedanken nicht.

Ich sehe das Licht, dass sich im Wohnzimmer entzündet hat. Ich verkrampfe mich beinahe vor Aufregung, als ich aufstehe und hinter dem Baum in das Wohnzimmer starre. Eine Frau im Pyjama läuft rasch auf eine Komode zu. Ich sehe wie sie ein Telefon in die Hand nimmt und es ans Ohr führt. Wie altmodisch. Ich schleiche mich etwas vor, auf die Strasse, um einen besseren Blick zu erhaschen. Ich sehe wie die Frau in sich zusammensackt. Ich höre ihre verzweifelten, markerschütternden Schreie. Sie ruft ihren Namen, sie ruft nach ihrer Tochter. Mit einem freudigen Lächeln auf dem Gesicht mache ich mich wieder auf den Weg nach unten auf das Büheli. Bei dem Anblick des dunklen Calandas, der sich mächtig vor meinen Augen erhebt muss ich unweigerlich an meine Liblingsserie, Game of Thrones und die Feuerlady denken.

Die Nacht ist dunkel und voller Schrecken!

Wahrlich, dass ist sie. Ich liebe die Nacht. Sie verbirgt magisches. Und sie entfesselt Geheimnisse. Heute Nacht meins. Sie haben Angela endlich gefunden.

VI.

Beinahe den ganzen Sonntag haben Jan und Mateo damit verbracht, ihre Mitspieler genauer unter die Lupe zu nehmen. Wer von ihnen könnte in der Lage sein einen Mord zu begehen?

»Also nomol«, beginnt Jan am Sonntagabend und stellt seine Bierflasche auf den Tisch. »Der Nicolas isch als Letschts us der Tür verschwunda … .«

Mateo schüttelt mit seinem Kopf und entzündet sich eine Zigarette. »Der witzigscht und liabscht Siach indr Gruppa. I chasmer aifach nid vorstella!«, sagt er schliesslich nach einem tiefen Zug an seinem Glimmstängel.

»Chaschders fu irgendwäm vu dära Affagruppa vorstella?«, antwortet Jan und öffnet sich eine Cola Büchse.

»Hät schu paar komischi Chöpf drunter«, murmelt Mateo nervös und nippt ebenfalls an seinem Cola. »Der Heci, zum Biispiel«, fügt er rasch hinzu. Jan schnaubt laut auf. Diese Theorie hat ihm Mateo bereits vor zwei Stunden erläutert.

»Los, nu will der Briaf uf hochdütsch gschriba chu isch und der Hector us Dütschland chunnt, heisst das no lang nüd!«

»Guat, lömmer dia Tatsach mol wäg, aber dä Siach läbt doch so zruggzoga und hät chum Fründa. Geschweige dänn a Fründin mit dem Raabagsicht!«

Jan hält kurz inne und macht sich darüber Gedanken. Es stimmt schon. Hector ist nicht gerade sehr offen, auch im Verein nicht. Wenn er besoffen ist labert der Typ viel von seiner Astronauten Sammlung. Space-Shuttle und solches Zeugs. Seine fettigen, schwarzen Haare und sein fleckiges Gesicht machen ihn nicht gerade attraktiv für die Damen. Typen die Abweisungen von Frauen bekommen, können motiviert sein einen Mord zu begehen. Zumal haben Jan und Mateo dies in einer Doku gesehen, die sie sich angeschaut haben. Doch selbst dann. Es braucht schon ein abgrundtiefer Hass und vielfach kommt dann noch eine traumatisierte Kindheit hinzu.

»Phaltemer das mol im Blick«, sagt Jan schlicht. Dieser Satz hat er heute schon einige Male gesagt. Bei Bruno, dem Typen der völlig Sexgestört ist und nur dieses Thema im Kopf hat, wenn er nicht gerade Fussball spielt. Bei Samuel, bei dem keine Beziehung länger als ein halbes Jahr dauert und er immer das Gefühl hat, dass die Frauen daran schuld sind. Bei Rino, der gefallen an Gewalttaten und Katastrophen hat, immer sagt, dass sie sich Dokus über den zweiten Weltkrieg und über Tschernobyl reindrücken sollen. Und bei Silvian, der ziemlich unbeliebt in der Gruppe ist. Der Typ ist taktlos und hat immer das Gefühl über allen zu stehen. Hinzu kommt eine tragische Geschichte in seiner Kindheit.

»Und i binmer immer nonid sicher, obs würkli eina fu da Jungs gsi isch«, sagt Mateo und reisst Jan dabei aus seinen Gedanken heraus.

»I aunid alter, aber mer chönnten jo versuacha bits öppis über dia Typa uf üserera Lischta in Erfahrig ds bringa«, antwortet Jan. Er spürt einen unbedingten Drang, den Mörder selbst zu finden. Ist es eine Art Heldenvorstellung? Er kann es sich selbst nicht genau erklären, doch der Drang und die Neugier kribbelt in seinem Bauch. Viel mehr als bei Mateo. »Lömmer das doch d Polizei macha, Alter«, quiekt er beinahe ängstlich.

»Nu bits ummaluaga und losa, Mateo, meh nid. Muasch kai Angscht ha. Dä Typ brucht üs als Sprochrohr und Verbindigsglied zur SO. I binmer hundert Prozent sicher!«

Mateo schluckt einmal leer und drückt seine Zigarette im Aschenbecher aus. »Chunnt nu drufah wia lang. Aber bits ummalosa und luaga schaded sicher nid. Was meintsch, gömmer go chnurra? Bin gspannt was der Chef mora ds säga hätt.«

Jan pflichtet Mateo bei. Sie wünschen sich gegenseitig eine gute Nacht und begeben sich in ihre Schlafzimmer. Einschlafen kann Jan allerdings noch lange nicht. Unweigerlich taucht das Bild von Angela vor seinen Augen auf. Wie hat sie wohl ausgesehen, als sie gefunden worden ist? Die Stelle, die ihnen der Polizeibeamte verraten hat, liegt dort, wo er und seine Freunde schon manch ein Fest gefeiert haben. Hühnerhaut breitete sich auf seinen Armen aus und Jan zieht sich die Bettdecke hoch bis zum Kinn. Ein Mord in Untervaz, es ist unglaublich. Mit diesen Gedanken schläft er ein.

»Kai Ahnig, i weiss aunid meh als iar. Üsseri Reporter sinn dra und der Polizei uf da Färsa. Nerven mi nid und gönn go Kunda berota!«

Mateo und Jan wenden sich von ihrem Chef ab und folgen seinem Befehl.

»Arsch!«, knurrt Mateo, als sie sich im Büro vor das Telefon gesetzt haben. »Chönnt aifach nai säga und guat isch!«

»Dä isch doch immer gstresst. Villicht chunnt im Verlauf fum Tag no öppis ussa«, antwortet Jan und blickt sich dabei im grossen Büroraum umher. Viele neugierige Blicke wenden sich sofort von ihm ab. Die SO Mitarbeiter haben wohl mitbekommen, dass Jan und Mateo den Brief des Mörders bekommen haben. Obschon ihre Namen nicht in der Südostschweiz-Zeitung vom Samstag erwähnt worden sind. Tatsächlich fällt Mateo und Jan das Konzentrieren auf die Arbeit an diesem Montag extrem schwer. Viele Mitarbeiter wollen die Geschichte über den Brief und Angela hören. Für sie ist es eine Erlösung, als es endlich fünf Uhr am Nachmittag ist und hastig verabschieden sich Mateo und Jan von ihren Arbeitskollegen. Sie wollen nur noch nach Hause. Jan fährt den Wagen gerade in die Einfahrt zur Autobahn Chur Süd, als

Mateo sein Handy zückt. Es vibriert und er nimmt es mit einem »Schwöschter, alles klar?« ab. Jan wirft einen neugierigen Seitenblick auf Mateo. Seine Schwester ist mit Angela in die Schule gegangen und kennt sie viel besser als er und Mateo. Mateo bemerkt seinen Blick und sagt: »Wart churz, schalta di uf Lutsprecher, der Jan fahrt.«

»Hoi Jan«, schallt es aus Mateos Handy heraus.

»Hoi Livia«, antwortet Jan gespannt.

»Also, was häsch wella säga?«, fragt Mateo mit einem Seitenblick auf den Media Markt, an dem sie gerade vorbeirauschen.

»Han wella über d Angela reda«, sagt Livia mit nüchterner Stimme.

»Witsch aber nid auno khöra, wia miar der Briaf übercho hän?«, fragt Mateo hörbar genervt.

»Das häschmer jo am Samstig am Telefon schu gseit, du Trottel«, faucht seine Schwester ihn an.

»Ok, ok, sorry, isch an Scheisstag gsi«, seufzt Mateo und reibt sich dabei müde seine Augen.

»Schaffen iar zwai Affa eigentli ni bi der Südoschtschwiz-Ziitig?«, fragt Livia schnarrend.

»Mol, als ob du das nid wüsstisch«, antwortet Jan unwirsch.

»Händers nid mitkriagt?«, ist die prompte Antwort Mateos Schwester.

»Was?«, fragen Jan und Mateo gleichzeitig.

»Das glaubi jo chum. As stoht sit zwei Stund uf der Onlinesiita fur SO«, sagt Livia lachend.

»Spinnsch a Art etz ds Lacha?«, nervt sich Mateo und rollt dabei mit seinen Augen. »Du bisch doch mit der Angela ind Schual ganga, was gits do etz ds lacha?! Also säg was online stoht!«

»Sorry«, faucht Livia an der anderen Leitung. »I muas das au zerscht verarbeita. Eu ds triza hillft! Aber guat … Sie isch erwürgt worda. Sie hett Striama am Hals kha. Und d Polizei vermuatet, dass si am Tag vo der Entfüahrig schu tötet worda isch.«

Weder Mateo noch Jan sagen ein Wort. Nur der heulende Motor des VW Golf ist zu hören. Jan hätte nicht gedacht, dass ihn diese Nachricht so mitnehmen würde. Es muss ein äusserst qualvoller Tod gewesen sein für Angela. Mateo fasst sich schneller wieder und fragt seine Schwester: »Und über da Täter isch schu öppis bekannt?«

»Nai, das sinn dia einziga Infos wo d Polizei ussaloh het. Und no a Warnig an d Vazer. Ma söll zwor nid in Panik verfalla, aber wachsam si«, antwortet Livia rasch.

»Das isch nid grad viel«, murmelt Jan, gerade als er den Wagen über die Einfahrt nach Untervaz herunterbremst.

»Nai, ischs nid«, antwortet Livia. Sie hat ihn offenbar gehört, trotz des Murmelns. »Losen, i lohn eu in Ruah. I han eigentli nu wella froga, ober au and Beerdigung chömmen? Am Mittwuch am Zwai bir katolischa Chircha.«

»Wemmer frei überchömmen schu«, antwortet Mateo ohne darüber gross nachzudenken. In Untervaz geht der Tod eines Bewohners nahe. Und der Tod der erst 24 jährigen Angela ist definitiv etwas erschütterndes, weshalb beinahe Anwesenheitsplicht besteht. Jan hat noch einen anderen Gedanken im Kopf, doch er wartet erst ab, bis Mateo sich von seiner Schwester verabschiedet hat, ehe er das ausspricht, was ihm im Sinn liegt. »D Beerdigung isch au guati Glegaheit sich abitz ummazluaga. Der Mörder wird sich das chum entgoh loh.«

»Wia du mainsch«, antwortet Mateo geistesabwesend. Es war ein anstrengender Tag gewesen und Mateo ist der sensiblere Typ von ihnen beiden. Jan bemerkt, dass sein Freund den Tränen nahe steht. Schweigend fahren sie über die Rheinbrücke. Erst beim Schützahüsli meldet sich Mateo wieder zu Wort. Seine Stimme klingt etwas dumpf und krächzend.

»Chömmer no gschwind zum Bluama-Vogel? I möcht no gschwind zur Mama goh. Muas bits reda mitera, mol luaga wass si zu däm ganza seit.«

»Jo, machi. Sölli öpps Znacht macha?«, fragt Jan ruhig.

Mateo schüttelt nur mit dem Kopf.

VII.

Ich betrachte mich im Spiegel. Die Kleidung sitzt. Sauber, gepflegt, doch nicht auffallend. Ich nicke zufrieden mit dem Kopf und pfeife leise vor mich hin. Ein Kaffee sollte noch drinnliegen. Ich werfe einen Blick auf meine Uhr, es ist erst kurz vor 13 Uhr. Ich brauche nicht länger als zehn Minuten bis ich bei der katholischen Kirche bin. Seufzend nehme ich auf meinem Gartenstuhl platz. Ich rauche eine Zigarette, dann noch eine. Meine Gedanken sind bei Angela. Ich habe gemischte Gefühle. Die Beziehung ist schön gewesen, doch es wird bestimmt auch komisch sein, sie noch einmal so nahe bei mir zu haben. Gedankenverloren drehe ich meine Zigarette ein wenig zwischen den Fingerkuppen. So ganz weg von ihr bin ich doch noch nicht. Ich erinnere mich an ihre grünen Augen, ihr wunderschönes Haar, ihr hübsches Kleid, ihren tollen Charakter. »Pffff«, entfährt es mir krampfhaft. Ich muss meine Gefühle bei der Beerdigung im Griff haben. Bestimmt sind ein paar Bullen in Zivil unter den Trauernden. Die werden sich denken können, dass ich dort sein werde, doch ich gebe ihnen keinen Anlass für eine Verhaftung.

Erst jetzt bemerke ich, dass es sanft nieselt. Erschrocken stehe ich auf, drücke meine Zigarette aus, gehe noch einmal in die Wohnung und begutachte mich noch einmal vor dem Spiegel. Sieht immer noch gut aus. Ich entferne den Stecker des Ladekabels vom Handy. Ich ziehe meine Schuhe an, schnappe mir meinen Regenschirm und schliesse die Haustüre ab. Langsam laufe ich die Strasse zwischen den Häusern vorbei. Viele Auswärtige leben hier. Von ihnen wird kaum einer an die Beerdigung kommen. Doch auf der breiteren Strasse sehe ich Dora und Dino aus dem Haus kommen. Das DD Paar. Dino hat die Frau in Zürich aufgegabelt und mit nach Vaz genommen. Dora hat ein knallig rotes Kleid angezogen. Ihre braunen Haare zu einem Knoten gebunden. Eine Sonnenbrille? Der Himmel ist wolkenverhangen, es nieselt bereits und noch mehr Regen ist vorausgesagt. Ich ärgere mich grün und blau bei diesem Anblick. Und auch das rote Kleid finde ich übertrieben. Die Trauerfamilie hat schon den Wunsch geäussert, das man nicht in schwarz kommen solle, doch gleich so knallend rot? Uff. Dino ist da viel schlichter unterwegs. Ein dunkelblaues Hemd, eine dazu passende Krawatte und dunkelblaue Jeans. Er trägt keine Sonnenbrille, zum Glück. Das Paar wartet auf mich. Die Augen von Dora blicken mich hinter dem scheinbar tonnenweise aufgetragenen Make-Up an. Diese Frau denkt sicher, dass ich nicht passend angezogen bin, viel hält sie sowieso nicht von mir, das weiss ich. »Gföhrlich, liabi Dora«, denke ich innerlich lächelnd. Ganz anders Dino. Ich kenne ihn schon sehr lange. Er ist gleich alt wie ich und wir sind gemeinsam in die Schule gegangen. Er ist nie mein engster Freund gewesen, doch wir verstanden uns immer, auf eine höfliche Art und Weise.

»Hei«, begrüsst er mich etwas krächzend. Es geht ihm scheinbar sehr nahe. Auch Dora hat es wohl bemerkt und drückt sich sofort etwas näher an ihn heran. »Isch alles guet«, gurrt sie in ihrem Zürcher-Dialekt. Ich muss aufpassen, dass ich nicht auf den Boden kotze. Ich höre es aus ihrer Stimme heraus, sie ist zuckersüss und unecht. Angela geht dieser Frau doch am Arsch vorbei.

Ich vergesse beinahe Hallo zu sagen, bei all meinen Gedanken.

»Hei zämma.« Meine Stimme gefällt mir noch nicht so gut, sie ist zu laut und etwas zu nervös. Ich versuche es besser zu machen, als Dino mich fragt, ob ich es gut habe.

»Schunid würkli … Extrem trurigi Sach … Sinn jo lang ind Schual mittera und han au bits Angscht vorem Mörder.« Schon besser. Ruhig, sachlich, ein wenig traurig.

»Säb isch schu chlar und Angscht hani imfall au«, antwortet Dino wahrheitsgetreu.

»Du häsch jo mich«, schnurrt Dora zuckersüss. Meine Mundwinkel zucken. Wenn die gute Frau nicht solch einen beschissenen Charakter hätte, würde ich sie auf die Liste der möglichen Freundinnen setzen. Vom Aussehen her ist sie schon ein Ding. Kurvig und graziös, doch es braucht schon mehr, dass sie in meine engere Wahl fällt. »Händer eigentli gwunna am Wuchaend?«, fragt Dino an mich gerichtet. Ich weiss, dass er mich das aus purer Freundlichkeit fragt. Er selber ist im Turnverein und interessiert sich nur mässig für Fussball.

»Als ob du dich defür interessiere würsch«, schnarrt Dora völlig überflüssigerweise, noch bevor ich den Mund zum Antworten geöffnet habe. Dino zuckt nur mit den Axeln und ich brauche zwei lange Sekunden um nicht auf die Frau einzuprügeln.

»Mer hän nid gspielt. Der Matsch isch verschoba worda«, antworte ich mit einem Seitenblick auf Dino, der glücklicherweise neben mir läuft und nicht diese dumme Frau. Er scheint in Gedanken versunken, denn er nickt nur desinteressiert mit dem Kopf. Ich lasse ihn in Ruhe.

Schliesslich laufen wir bereits bei der ehemaligen Bäckerei vorbei und die restlichen Meter gehen wir schweigend. Auf dem Platz sammeln sich bereits sehr viele Leute. Wenn ich nicht wüsste, dass heute Angela beerdigt wird, hätte ich angenommen, dass hier eine grosse Party in Gange wäre. Manche Leute haben es meiner Meinung nach mit der Farbe einfach übertrieben. Ich werfe einen Blick auf das Leichenhaus. Dort steht bereits die Trauerfamilie und nimmt erste Kondolationen entgegen. Mein Blick wandert weiter. Wo Angela wohl sein mag? Bestimmt hat man sie eingeäschert. Heutzutage wünschen das viele Leute und auch Angela hätte es wohl so gewollt. Meine Mutter wurde dazumal noch in einem Sarg beerdigt. Ein Stich durchfährt mich bei diesem Gedanken. Ich werde nachher noch kurz zu ihrem Grab gehen. Doch nun muss ich mich konzentrieren.

Beinahe muss ich lachen, als ich die Bullen sehe, die ich bereits von weitem erkennen kann. Ich zähle sechs Männer. Die Einzigen, die die Traueranzeige nicht gelesen haben und im schwarzen Anzug dastehen. In Zweiergruppen, schön über den Platz verteilt.

»Nai, was für Idiota!«, denke ich und ein erhabenes Gefühl durchströmt meinen Körper. Das macht es bereits wesentlich einfacher. Dazu kommt, dass ich nicht die auffälligste Person in dem ganzen Haufen bin. Noch ein Punkt für mich. Nun muss ich nur noch meine Rolle spielen.

Gemeinsam mit Dino und Dora schlendere ich langsam über den Platz. Wir verlieren uns rasch. Ich spreche leise mit Verwandten, Bekannten und meinen Freunden. Nur über ein Thema, Angela. Ich bemerke wie sich viele Dorfbewohner argwöhnisch umherblicken. Alle verdächtigen sie jemanden. Jeder mag jemanden aus dem Dorf nicht. Es fühlt sich an wie eine Tischbombe, dessen Zündschnur beinahe durchgebrannt ist. Eine stille Spannung liegt in der Luft.

Bei der Trauerfamilie bildet sich eine Schlange. Ich habe mich meinen Freunden angeschlossen und gemeinsam warten wir darauf, bis wir an der Reihe sind. Meine Hände zittern, die Schritte fühlen sich schwer an. Immer wenn wir stoppen müssen, bemerke ich, wie ich beginne von Bein zu Bein zu wippen. Ich muss das abstellen. Zwei der Bullen stehen unweit von der Trauerfamilie entfernt. Kaugummikauend blicken sie in alle Gesichter. Auch in meines. Ich blicke sie nicht an, doch ich spüre ihren beinahe schon auf der Haut brennenden Blick. Noch drei, noch zwei, Andrea ist vor mir an der Reihe. Er bewegt sich weg. Ich blicke in die wässrigen Augen von Angelas Vater. Sie haben den gleichen Grünton. Das bringt mich beinahe aus der Fassung. Ich strecke ihm meine zitternde Hand entgegen und flüstere: »As tuatmer unendlich leid.«

»I danka diar«, antwortet Angelas Vater leise. Mein Blick und meine Schritte wandern weiter. Angelas Mutter. Ich erkenne kaum die Farben ihrer Augen, als ich sie anblicke. Rötlich geschwollen, das Make-up rinnt ihr die Backen herunter. Ich umarme sie. Ich explodiere beinahe. Es fühlt sich wie bei Angela an. Ich spüre es eindeutig. »As tuatmer so leid«, wiederhole ich. Angelas Mutter bringt nicht mehr als ein Krächzen hervor. Es erschüttert und befriedigt mich zugleich. Mein Körper ist beinahe taub, als ich mich den Zwillingen zuwende. Auch sie haben grüne Augen und blonde Haare. Die beiden Jungs stehen stumm da. Mechanisch reichen sie mir die Hand. Beide blicken sie mich nicht an bei meinen Worten des Mitgefühls. Starr blicken sie über die Köpfe der Anwesenden hinweg ins Leere. Sie scheinen nicht hier zu sein.

Schwerfällig bewege ich mich von dem Ort weg. Die Trauergäste stehen bereits an der Seite der Mauern, die zu der Kirche hin führen. Ich erblicke Andrea, der noch einen freien Platz gefunden hat. Eine Viertelstunde warten wir schweigend, machen uns Gedanken, fühlen uns schlecht. Oder, in meinem Fall, täuschen das zumindest vor. Das Kribbeln macht sich wieder breit, als die Glocken anfangen zu bimmeln. Es würde bald soweit sein. Der Himmel scheint es wohl ebenfalls zu erahnen. Er öffnet seine Pforten und lässt kräftigen Regen herunterprasseln. Meinen Schirm halte ich in der Hand. Es ist viel zu eng hier und ich mag nicht respektlos sein. Ich bin durchnässt. Ist mir egal. Ich bin eiskalt.

Dann kommen sie langsam dahingeschritten. Sie haben Angela tatsächlich eingeäschert. Ihr Vater trägt die Urne. Meine Augen verfolgen die Urne, als die Familie schluchzend an mir vorbeischreitet. Noch einmal kann ich ihre Nähe spüren. Noch einmal danke ich ihr für die wunderschöne Zeit. Noch einmal entschuldige ich mich für das böse Ende. Die Familie legt Angela in ihr Grab. Ich sehe nicht nach vorne. Aus Respekt halte ich mich mit meinen Freunden zuhinterst in den Reihen auf. Es würde auch komisch wirken, wenn ich mich nach vorne drängen würde. Der Regen prasselt auf mich nieder, durchnässt mein Haar, lässt Tropfen über meine Haut rinnen, die sich mit meinen Tränen mischen. Tränen der Freude und des Schmerzes zugleich.

Die vorderen Reihen bewegen sich. Es ist an der Zeit in die Kirche zu gehen. Sie müssen sich umdrehen, damit sie zum Eingang gelangen. Ich kenne fast alle. Ich erblicke Fred, mit dem ich ebenfalls in die Schule gegangen bin. Er stand mit seiner Familie etwas weiter vorne, als sie Angela in das dunkle Loch hinuntergelassen haben. Ich mustere ihn kurz, er blickt nicht hoch. Meine Augen wandern weiter zu seinem Vater und seiner Mutter. Beide weinen. Dann kommt sie in mein Blickfeld. Mein Mund klappt nach unten. Sie trägt ein rosafarbenes Kleid, das ihr vom Regen durchnässt am Körper klebt. Ihr junges, makelloses Gesicht blickt nach unten auf den Boden. Ihre Finger sind ineinander gefaltet. Ihr braunes Haar reicht ihr beinahe bis zu den Hüften. Ich habe beinahe vergessen, dass Fred eine Schwester hat. Sie ist auch um einiges jünger als Fred und ich. Ich weiss welchen Jahrgang sie hat. Sie ist 18 Jahre jung. Ich spüre es. Das Kribbeln kommt zurück. Das Verlangen steigt, der Hunger ist wieder da. Ich rieche den salzigen Geschmack meiner Tränen, gemischt mit den Regentropfen in meinem Mund. Sofort streiche ich alle Kandidatinnen von meiner Liste, denn … Ich habe sie gefunden … meine nächste Freundin!

VIII.

Die Woche ist nur langsam und schleppend vorbei gegangen. Trotz vielen Versuchen, etwas über den Mord an Angela herauszubekommen, kann niemand Jan und Mateo mehr berichten, als dass sie schon wissen. Die Reporter bekommen keine Informationen von der Polizei. Die Ermittlungen laufen auch gerade erst an und da die Polizei den Mörder aus Untervaz oder der Umgebung vermutet, geben sie nichts preis, was ihm helfen könnte. Die Beerdigung Angelas ist erschütternd gewesen. Mateo und Jan haben sich nicht wohl gefühlt, als sie den Eltern und den Zwillingen die Hand zum kondolieren überreicht haben. Immerhin hat sich der Mörder mit einem Brief an sie gewandt und auch wenn sie keine Schuld am Tod ihrer Tochter und Schwester trifft, so fühlen sich Jan und Mateo trotzdem schuldig. Herausgefunden haben nichts an der Beerdigung. Die Besucher haben wohl alle den gleichen Gedanken gehabt. Der Mörder könnte der Beerdigung beiwohnen. Unter all den misstrauischen Blicken war es unmöglich gewesen, den Täter zu entlarven. Jan und Mateo haben im Internet herausgefunden, dass gewisse Täter immer wieder zu der Leiche zurückkehren, da sie sich ihr verbunden fühlen. Natürlich stehen die Jungs vom FC zuoberst auf der Beobachtungs- und Verdachtsliste. Doch von ihnen hat sich niemand komisch verhalten. Die ganze Mannschaft ist vor Ort gewesen. Für Jan und Mateo ist diese Tatsache allerdings noch lange kein Grund, ihre Mannschaftskameraden von der Liste zu streichen. Für den Samstag und noch vor dem Meisterschaftsspiel am späten Nachmittag, haben sie sich vorgenommen, den Verdächtigen einen Besuch abzustatten. Dafür würden sie einen ausgedehnten Spaziergang durch das Dorf machen und sich bei den Wohnungen ein wenig umschauen. Den Freitagabend verbringen Mateo und Jan zu Hause. Sie sparen sich für einmal das Squash und der obligate Besuch in der Sterna. Dort hätten sie wohl nur nochmals über den verdammten Brief reden müssen. Die ganze Woche bereits haben Jan und Mateo immer wieder mit höchster Anspannung in den Briefkasten geblickt, doch ausser den Rechnungen ist nichts anderes eingeworfen worden. Immer wieder ist es eine Erleichterung gewesen. Psychisch setzt es Jan und Mateo nämlich sehr zu. Bei Nacht und nach dem Training nach Hause zu laufen ist da nur halb so schlimm. Immerhin sind sie zu zweit unterwegs und Jan spürt dabei beinahe den Wunsch, dass sich der Täter ihnen entgegenstellt. Dann würde er ihn verprügeln und zur Strecke bringen. In ihm ist durchaus auch eine Wut vorhanden. Selbstverständlich, der Mord ist das Schlimmste, doch die Stimmung im Dorf, welche der Täter mit dieser Tat herbeigerufen hat, ärgert Jan ebenfalls. Bewohner verdächtigten sich gegenseitig, Mütter gehen mit ihren Kindern nicht mehr auf den Spielplatz und auch sonst scheint das Dorf nach 19 Uhr wie ausgestorben zu sein.

»Gömmer?«, fragt Mateo an Jan gewandt. Es ist Samstagmorgen und die Kirchenglocken schlagen gerade 10 Uhr.

»Jup«, antwortet Jan etwas nervös. Die Sonne strahlt bereits auf das Dorf hinunter. Heute wird es zum ersten Mal in diesem Jahr um die 20 Grad warm werden. Trotzdem ist die Morgenluft noch recht kühl. Jan zieht sich die Softshell-Jacke etwas enger an den Körper, als sie den Salisweg hinunterlaufen. Ihre Route ist klar. Auch wenn sich Mateo enorm gesträubt hat, werden sie erst noch den Tatort besuchen, ehe sie ins Dorf zurück und zu den einzelnen Verdächtigen gehen würden. Vorbei geht es, um die Kurve herum und an dem Stall vorbei. Weiter geradeaus. Sie überqueren die Hauptsrasse und laufen weiter geradeaus über den Feldweg. Bei der Kreuzung biegen sie nach links auf den Baltschinweg ein. Geradeaus weiter würden sie zum Hertihof gelangen. »Wer do wohl no ind Baiz goht?«, fragt sich Jan stirnrunzelnd. Doch rasch hat er festgestellt, dass ziemlich viele Bewohner auf dem Feld unterwegs sind an diesem Samstagmorgen. Einzelne Personen mit ihrem Hund, aber auch Familien, Paare und alte Leute. Viele haben ganz offensichtlich dieselbe Idee wie er und Mateo. Sie wollen dem Tatort einen Besuch abstatten. Einige haben Blumen in den Händen, andere sind mit Kerzen ausgestattet. Alle sagen sie »Hoi«, zu ihnen. Allerdings sehr verdruckst und misstrauisch. Es wirkt eine komische Stimmung auf den Feldwegen. 2500 Einwohner. Jeder könnte es gewesen sein.

»Gömmer rechts?«, fragt Mateo, als sie an der Kreuzung angelangt sind. Jan blickt weiter, geradeaus und sagt: »Jo, ischmer wöhler als bir Chiisgumpi.«

Mateo schnaubt laut auf. »Bim Biotop verbi ischder wöhler oder was?« Mateo wirkt bleich. Noch bleicher als sonst. Nervös wickelt er immer wieder einen Bändel seiner Jacke um den Finger.

»Ok, ni würkli, aber i will der Au entlang laufa«, murmelt Jan als Antwort. Unterm Rain heisst der Weg, der sie bis hin zu den Gartenhäusern führt. Viele der kleinen Hütten sind zugesperrt und auch sonst scheinen die Häuschen wie ausgestorben zu sein. »No zfrüah zum im Garta wärcha?«, fragt Mateo mit einem Seitenblick auf die Häuser. »Chuum, viellicht häns angscht«, antwortet Jan. Mateo nickt und atmet einmal tief durch. Sie gelangen an den Waldrand. Obschon es hell ist und die Sonne scheint, macht sie der Anblick des düster wirkenden Waldes nervös. Rasch schreiten sie an dem Biotop vorbei und auf den Unteräuliweg. Richtung Norden geht es weiter. Jan schlägt vor auf dem Rhidamm zu laufen, doch Mateo lehnt dankend ab. »Liabar ufam teerta Wäg!«

Zugegeben, es ist schon ein beängstigendes Gefühl hier durchzulaufen, selbst bei Tage. Jedes Geräusch der Natur lässt Jan und Mateo zusammenzucken. Der Rhein rauscht hinter dem Damm, die Bäume knarren im sanften Wind. Überall könnte man hier eine Leiche ablegen. Eine kleine Beruhigung ist, dass sehr viele Dorfbewohner zu sehen sind, die allesamt nach Norden laufen. Beinahe sieht es aus wie ein Trauerzug, der sich langsam zum Tatort begibt. Die Ölbruck kommt in ihr Blickfeld. Sie wirkt gespenstisch und beinahe bedrohend. Weiter geht es geradeaus über den Waldweg. Von weitem schon sehen Jan und Mateo die Menschen, die sich an der Kreuzung sammeln. Zwei Polizisten in Uniform versperren den Weg, der auf die Sandbank und weiter zum Ufer des Rheins führt. Ein zusätzlicher Polizist sitzt noch in einem Kastenwagen und hat ein Laptop auf seinem Schoss liegen. Die Polizei nimmt die Namen der Leute auf und kontrolliert sie einzeln. Erst dann darf man weitergehen. Jan und Mateo geben ihre Namen an. Der Polizist im Kastenwagen tippt und begutachtete den Bildschirm. »Warum wänder döt hindera?«, fragt ein bärtiger Polizist grimmig und begutachtet Jan und Mateo ganz genau. »Zum verabschieda«, murmelt Jan prompt. Natürlich ist das nur die halbe Wahrheit, doch der Polizist geht nicht weiter darauf ein. Es ist wohl der Standartspruch, den sie schon hunderte Male gehört haben müssen an diesem Morgen. »Isch guat«, ertönt die Stimme des Polizisten, der in dem Kastenwagen sitzt und die beiden anderen Uniformierten geben Jan und Mateo mit einem Kopfnicken den Weg frei. »Ufam Wäg blieba, nid hinter d Absperrig!«, sagt der bärtige Polizist beiläufig an sie gewandt und winkt bereits die nächsten Personen heran. Jan und Mateo sehen schnell, was der Polizist damit meint. Kaum sind sie auf der Sandbank angelangt, werden sie von einem weiteren Polizisten angewiesen, den mit Absperrband gezeichneten Weg nicht zu verlassen. Kaum einen Meter ist er breit und er führt direkt nach hinten zum Rhein. Jans Herz klopft wie wild. In seinem Kopf mahlt er sich aus, wie es wohl für Angela gewesen sein muss, hier zu sterben. »Falls sie do gstorba isch«, denkt er sich. Auf dem Sandhügel, der am Ufer des Rheins liegt, hat die Polizei eine quadratische Zone eingerichtet. Dort müssen die Leute warten, ehe sie einzeln, oder zu zweit, dem abgesperrten, schmalen Grad, dem Rheinufer entlang von einem Polizisten hergewunken werden. Der Tatort liegt etwas weiter hinten und deshalb sieht man ihn von der quadratischen Zohne auch nicht.

»I ha gmaint sie isch do gfunda worda«, murmelt Mateo leise, als sie die Zone erreichen. Die quadratische Zone ist rappelvoll mit Leuten. Sie blicken alle in dieselbe Richtung. Jan und Mateo stellen sich dazu. Einige Leute weinen geräuschvoll. Verwandte und Bekannte von Angela. Sie legen Blumen nieder oder werfen sie in den Rhein und fügen leise ein »gute Reise« Botschaft hinzu. Es vergeht beinahe eine Viertelstunde, bis Mateo und Jan zuvorderst an der Absperrung stehen und vom Polizisten herübergewinkt werden. Über die Steine am Ufer stolpernd folgen sie dem abgesperrten Weg ungefähr zwanzig Schritte lang. Und nun haben sie endlich einen freien Blick auf den Tatort. Nur der Polizist steht am Rande der Ausbuchtung. Offensichtich haben sie ihre Ermittlungen bereits abgeschlossen. Das Loch im Sand haben sie jedoch noch nicht zugeschüttet. Mateo wimmert leise bei diesem Anblick und selbst Jan verkrampft sich kurz. Es ist nicht wirklich schwer sich vorzustellen, wie Angela hier unter dem Sand begraben sein musste.

»Chömmer goh? Sus chotzi no«, krächzt Mateo nach einigen Minuten leise. Jan blickt in das bleiche Gesicht seines Freundes und nickt stumm. Sie drehen sich ab und laufen wieder zurück in Richtung Dorf.

»Dases d Angela nid schu gfunda hän, wo sie als vermisst gmolda worda isch … Meina dia hänn doch dötzmol d Au absuacht gha!«, sagt Jan stirnrunzelnd, als er und Mateo gerade am Mühleli vorbeilaufen.

»Voll, ds Loch isch nid würkli tüf gsi. Aber fuma Mord sinds jo nid usganga und wenn sie schu tot gsi isch, hätt au a Wärmebildkamera kai Brot gha! Und dia Usbuchtig ligt halt no bits witer hinna«, antwortet Mateo, der sich wieder etwas gefangen hat.

»Jo, der Mörder muas d Stell guat präpariart ha«, sagt Jan kopfnickend. Sie biegen nach links auf die Feldstrasse ein. Bis zum Rüfeli laufen sie schweigend. Jan wirft einen Blick auf den Fussballplatz. Er kann es sich beinahe nicht vorstellen, heute noch so etwas Banales wie Fussball zu spielen.

»Rechts uhi, oder?«, fragt Mateo und reisst Jan damit aus seinen Gedanken heraus.

»Jo voll, Bluamawäg, zum Heci«, antwortet Jan.

Jan und Mateo stapfen den Weg auf den Damm hinauf. Als sie über die kleine Brücke schreiten, wirft Jan einen Blick nach unten in den Cosenzbach. Er führt wenig Wasser, der Schnee schmilzt wohl noch nicht so richtig. Auf dem Bluamawäg angekommen begeben sie sich in die Strassenschleife, die durch die Häuser des Bluamawägs führt. Beim Haus an der Ecke halten sie inne. Sie werfen einen Blick auf die Fenster und in den Garten. Niemand zu sehen. Hector ist wohl nicht da. Sicherheitshalber klingeln sie noch. Einen Vorwand würden sie schon finden, falls er die Türe öffnen würde. Doch im Haus bleibt alles ruhig.

»Wämmer mol in Garta ga luaga?«, schlägt Jan vor. Krampfhaft nickt Mateo mit seinem Kopf. Jan öffnet die unverschlossene Gartentüre und leise quietschend öffnet sie sich. Es ist ein ungewöhnlicher Garten. Vollständig mit Platten bedeckt. Kein Gras, keine Blumen, keine Erde. Auf den Platten allerdings ist, mit Kreide, das Sonnensystem aufgezeichnet. Die Sonne mit all ihren Planeten. »Suber ischer schunid!«, bemerkt Mateo mit einem missmutigen Blick auf die Malerei. Jan wendet sich den Gartenmöbeln zu. Zwei Stühle, einen Tisch und darauf einen Aschenbecher. Danach blickt er durch die Fensterscheiben in die dunkle Wohnung hinein. Er sieht einen Fernseher, ein Sofa und die Küche. Eine Treppe, die im Dunkeln liegt und nach oben führt. Unordentlich sieht es aus. Kaffeetassen die herumliegen. Modelle des Space-Shuttles auf dem Boden, doch sonst nichts Verdächtiges. Er versucht die Schiebetüre zu öffnen, doch sie ist verschlossen.

»Gömmer wider? Oder gsiasch du öppis speziells?«, fragt Mateo. Jan dreht sich kopfschüttelnd um. Sorgsam schliessen sie das Gartentor hinter sich und begeben sich wieder auf den Bluamawäg.

»Witer zum Bruno«, sagt Jan und sie machen sich wieder auf den Weg. Beim Bluama-Vogel vorbei, an der Kreuzung nach rechts ins Flumis. Dort, im Block, wohnt der sexgestörte Typ. So jedenfalls würden Jan und Mateo ihn beschreiben.

Er denkt meist nur an das Eine und spricht sehr gerne darüber. Von aussen die Fenster der Wohnung begutachten, mehr können sie nicht tun. Ziemlich rasch ziehen sie weiter. Sie entschieden sich den Claraweg hinauf zu gehen. Um die Kehre beim Bauernhof herum und hoch bis zum Ussichtsbänkli von dem man einen tollen Blick auf ganz Untervaz hat. Nach einer kurzen Pause geht's weiter. Den Patnalerweg hinunter. Dort, in den am Hang liegenden Wohnungen, wohnt Rino, der Typ der Gewalttaten verherrlicht und mag. Terroranschläge wecken in ihm eine Faszination, welche er auch immer offen ausspricht. Wenn man dem Typen dabei zuhört und zwischen den Zeilen lesen kann, erkennt man rasch, dass er nicht wirklich schockiert ist ab dem Tod und Schrecken von vielen Leuten. Immerzu hat er die unzensierten Videos des grauenhaften Anschlages auf dem Handy und will diese unbedingt allen zeigen. Wäre er auch in der Lage einen Mord auszuüben? Verspürt Rino vielleicht das Verlangen danach? Begeistert ihn ein lebloser Frauenkörper?

Wieder ist es eine aussichtslose Sache. Sie müssten in seine Wohnung gelangen um etwas verdächtiges Feststellen zu können. Doch dies trauten sie sich nicht. Mateo schlägt bereits vor wieder nach Hause zu gehen, da dieses Auskundschaften so oder so nichts bringt. »Sinn jo nuno der Silvian und der Samuel«, antwortet Jan, während sie bereits bei der Metzgerei vorbei laufen.

»Vu miar us«, brummelt Mateo. Es geht weiter in die Quadrella zu Samuel, der alleine in seinem Elternhaus wohnt. Mateo und Jan kennen seine Vergangenheit und dies macht ihn sehr verdächtig bei ihnen. Den Typen würden sie noch sehr genau studieren, doch im Moment können sie nichts tun. Sie hören Samuel zu Mittag essen und ziehen weiter. Ein kurzer Weg, denn gleich unter der Quadrella stehen die neuen Wohnungen bei der ehemaligen Öpfelplantage. Dort liegen nun die Blöcke mit den verschieden grossen Wohnungen. In einem der hinteren Blöcke und nahe dem Abhang zu, wohnt Silvian. Immer wieder ziehen Frauen bei ihm ein, nur um einige Monate später wieder auszuziehen. Weshalb auch immer. Er ist bereits 29 Jahre alt und ein hohes Tier bei der GKB, nur bei den Frauen will es bei ihm nicht klappen. Bei Silvian blicken sie über den

Efeu hinweg und in den Garten hinein. Ein wilder Garten, der ungepflegt ist. Nur zwei Stühle und einen Tisch, auf dem ein Aschenbecher steht. Die Vorhänge des Gartenfensters sind zugezogen. Am Spalt unten sehen sie Lichter aufblitzen. Er schaut wohl fern. Mateo schüttelt nur mit dem Kopf und Jan gibt das Zeichen nach Hause zu gehen.

Der Nachmittag verstreicht rasch und um 18 Uhr sitzen Jan und Mateo bereits in der Kabine des Fussballklubs. »Ahlegga, Ufstellig, Taktik und nor go ihwärma!«, sagt der Coach. Jan hat noch nie so wenig Lust verspürt, Fussball zu spielen. In der Kabine herrscht wie immer wildes Treiben. Dumme Sprüche, fröhliche Gespräche. Wie können die Typen bereits wieder so locker drauf sein? Bei den verdächtigen Personen stellt Jan nichts Aussergewöhnliches fest. Sie wirken normal. Tun das, was sie immer tun vor einem Spiel.

»Schisst mi doch ah, dä huara Matsch«, brummt Mateo, als er und Jan hinter dem Tor hinüber zum Nebenplatz laufen um sich aufzuwärmen. Die erste Mannschaft bestreitet gerade ihr Spiel gegen Landquart. Derby also. Doch auf der Betontribüne sieht Jan praktisch nur die roten Trainer der Landquarter. Vazer hat es kaum. Es scheint niemanden gross zu interessieren in dieser düsteren Zeit.

»Na Jungs, alls kla?«, ertönt eine Stimme hinter Jan und Mateo. Eine Hand hat Jan an den Schultern gepackt. Trotz dem dürren Erscheinen von Hector, besitzt er doch eine beachtliche Kraft. Er drückt richtig fest zu. Mateo, der die andere Hand von Hector an der Schulter aufgelegt hat, brummelte: »Nid würkli!«

Jan blickt seitlich in das fleckige Gesicht, über das die dunklen, strähnigen und fettigen Haare von Hector herunterfallen.

»Hört zu Jungs, ich will euch nicht noch einmal in meinem Garten sehen, verstanden?«, sagt Hector leise flüsternd.

Mateo und Jan bleiben beide abrupt stehen. Hector lässt ein leises, unheilvolles Kichern von sich hören und joggt in Richtung Nebenplatz davon.

»Scheisse, häsch du ihn gseh?«, fragt Mateo ängstlich.

»Nai«, antwortet Jan etwas zitternd.

Das Spiel ist eine einzige Katastrophe. Jan und Mateo spielen so schlecht wie nie zuvor. Als sie endlich nach Hause dürfen öffnet Jan instinktiv seinen Briefkasten. Er hegt einen üblen Verdacht und so kommt es auch. Ächzend nimmt er den Brief hervor, den er dort bereits vermutet hat. Er und Mateo sitzen am Küchentisch. Still und ernst.

»Machna uf. Nützt eh nüt!«, stammelt Mateo schliesslich, nachdem sie sich zehn Minuten lang nicht gerührt haben. Ratschend öffnet Jan den nicht frankierten Brief und liest ihn laut vor.

»Schnüffeln, schnüffeln … Ich habe auch geschnüffelt, doch nicht etwa in der Gegend herum, sondern an Angela. Sie roch nach Jasmin. Es beraubte mir die Sinne. Ich werde den Duft vermissen. Glücklicherweise konnte ich mich am Mittwoch noch einmal gebührend von ihr verabschieden. HAHA!

GDR
PS: Nicht zu den Bullen gehen, ihr seid gewarnt!«

IX.

Der Sommer ist heiss und schwül. Bei der Arbeit schwitze ich mir im Büro einen ab. In den letzten Wochen habe ich mich doch sehr gut unter Kontrolle halten können. Ich dachte natürlich oft an Melina und begutachtete mir ihre Bilder auf Facebook. Habe sie sehr genau beobachtet, merkte mir ihre Gewohnheiten, doch getan habe ich noch nichts. Es ist noch nicht an der Zeit. Es ist zu heiss und ich habe noch keinen konkreten Plan, wie ich es anstellen soll. Ausserdem ist es nicht schlecht, ein wenig Gras über die Sache mit Angela wachsen zu lassen. Die Menschheit fasziniert mich dabei sehr. Zwei Monate sind vergangen, seitdem Angela entdeckt worden ist und das Leben im Dorf hat sich bereits wieder beruhigt. Zwei Wochen lang hat eine beinahe gespenstische Stille auf den Vazer Gassen geherrscht, doch der Alltag kehrte sehr schnell wieder ein. Nun ja, ist wahrscheinlich schon richtig, doch ich wundere mich immer wieder, dass Frauen alleine auf den Strassen unterwegs sind. Immerhin haben die Bullen noch nichts Neues verlauten lassen. Ein

Glück für mich. Anscheinend habe ich alles richtig gemacht. Am heutigen Dienstag kann mich nur der Chef nerven, sonst niemand. Der Pfosten sagt mir mindestens einmal pro Woche, was ich alles falsch mache. Komplimente sind bei dem Penner Fehlanzeige. Heute ärgere ich mich jedoch nicht wirklich über seinen Sermon, über sein wütendes Schweinegesicht, das vor Zorn gerötet ist. Grund dafür ist Melina. »Nai, hüt chaschmer aswo anderscht, Arschloch«, denke ich mir, als mein Chef davonstampft um den nächsten Mitarbeiter anzuschnauzen. Ich werde sie noch nicht zu meiner Freundin machen. Nur eine weitere Beobachtungsrunde. Eine Freundin von ihr hat heute Geburtstag. Ihr 18ter. Sie wird eingeladen sein. Facebook sei Dank. Ein offenes Buch für mich. Ihre Freundin wohnt mit ihrer Familie im Gaidlaweg. Da Melina noch in der Lehre ist und zuhause wohnt, gehe ich davon aus, dass sie nicht länger als bis um 22 Uhr dortbleiben wird. Sie wird die Kirchgasse hinauf zu ihrem Zuhause laufen. Wo soll ich also auf sie warten? Ich entscheide mich für eine dunkle Ecke, nahe ihrem Elternhaus. Dort bin ich nicht sichtbar, für niemanden.

Ich sitze vor dem Gebüsch. Die Hecke ist genügend gross, dass niemand dahinter hervorspähen kann. Unter mir verläuft die Hautpstrasse und ich sehe bis zu der Tankstelle hoch. Wenn ich mich ein wenig vorbeuge, sehe ich um die Ecke herum und zu Melinas Elternhaus herüber. Ich weiss, dass sie sich hier von ihrer Freundin verabschieden wird, dass die beiden mindestens noch zehn Minuten miteinander sprechen werden. Ich weiss es von meinen Beobachtungen her. Es ist kurz vor 22 Uhr, als ich Melina und ihre Freundin höre, wie sie die Hauptstrasse von unten her hinaufgeschritten kommen. Regungslos habe ich hier mehr als eine Viertelstunde ausgeharrt. Hier auf dem kühlen, erdigen Boden und in die Stille der Nacht hinausgelauscht. Nun wage ich einen Blick hinter den Hecken hervor. Sie können mich nicht sehen. Hier ist es viel zu dunkel. Ihre Stimmen sind leise, doch gut hörbar für mich. Ein Lächeln breitet sich auf meinem Gesicht aus. Ich höre sie sehr gerne reden. Melina ist mit einer grossen Intelligenz gesegnet.

»Schön gsi bi iara«, höre ich Melina sagen.

»Jo, au endlich achtzehni«, antwortet ihre Freundin. Sie heisst Eliana.

»Stimmt, etz channsi au d Autoprüfig macha. Sus sinns immer nu miar zwai wo an üseri Usflüg fahren«, sagt Melina und ich sehe, wie sie ihre Handtasche an der Schulter geraderückt. Ein kleiner Tick von ihr.

»Meintsch machtsi dä schnell? I glaubs ehnder nid«, antwortet Eliana.

»Jo guat, isch jo iari Entscheidig. Mer sötten iara do nid drireda«, sagt Melina sanft.

»Hmmh, aber mach doch dia gra, dänn häsches nor«, sagt Eliana bestimmt.

»Elli, villicht fähltera au ds Geld, villicht hättsi Angscht voram Fahra, gömmer nid immer vum ›Üblicha‹ us.«

Ich nicke stumm mit dem Kopf. Es begeistert mich, dass Melina sich so gut in andere Menschen versetzen kann. Sie denkt weiter als viele andere Leute, erkennt ihre Ängste, ihre Schwächen und versucht sie ins Positive umzuwandeln. Für mich zeugt das von Genialität, einem starken Charakter.

»Häsch dänk wideramol rächt. Themawechsel… «, beginnt Eliana und ich horche auf. Ich erkenne es an ihrer Stimme, dass sie Melina etwas fragen möchte, doch dass sie sich beinahe nicht traut darüber zu sprechen.

»Hör uf mit dämm, du chaschmer alls säga, oder froga, das weisch du, Elli.«

Melina sagt es weder entnervt, noch herausfordernd zu ihrer Kollegin. Entspannt, mit leichtem Nachdruck, was ihrer Kollegin sofort den Mut gibt ihre Frage zu stellen.

»Also gut. Dä Ma, wo im Fitness kenneglernt häsch, bisch zämma mit däm?«, fragt Melinas Freundin schüchtern. Ich verkrampfe mich augenblicklich. Meine Herz pocht wie wild. Welcher Typ vom Fitness?

»Nai, Elli, bin nid zämma mitam, han der Kontakt abbrocha«, antwortet Melina ernsthaft und ich atme erleichtert auf. Oh meine verdammte Eiversucht. Es wäre für mich eine riesen Enttäuschung gewesen..

»Warum denn nid? Du findsch na doch hübsch!«, antwortet Eliana aufgeregt und mit einem etwas dringlichem Tonfall.

»I han mol bits mitem gredet und är hät a paar Sacha ussaloh womer nid so gfalla hänn«, sagt

Melina, noch immer in ernstem Tonfall. Ich merke sofort, dass Eliana etwas daran stört.

»Was dänn?«, fragt sie sofort.

»Jo zum Bispiel mit wiaviel Fraua är schu as Date kha hegi«, antwortet Melina nüchtern.

»Jo und? Chaschem das jo ustriiba! Los Melli, as isch zwai Johr här sit zletstmol a Fründ kha häsch, meinsch wird's ni wider mol zit?

Ich horche gespannt. Melina denkt sicher gleich darüber, doch zu meiner Überraschung antwortet sie anders, als ich gedacht hätte. Melinas Stimme hat einen schärferen Ton angenommen. Noch immer sehr freundlich, doch ganz und gar bestimmt.

»Los mer mol zua Elli. I mag in doch nid ändera! Wenns nid passt, passts nid, egal wia lang i schu kai Fründ meh kha han!«

»Jo, aber i würna jo sofort neh, i han au schu lang kaina meh kh... «

»Ach um das gohtsder also? Dä Gedanka stört mi Elli! Wiso brucht ma unbedingt a Fründ? Khört das für die zum normala Mensch si derzua?«

»Jo khörts, Melli!«, antwortet Eliana etwas stur.

»Das isch doch Mittelalterlicha Gedanka! Bisch was besseres, wenn a Bezüchig häsch? Probiar bits witer ds denka, Elli! So, Thema abkhokt, as isch zehni, i gon go schlofa. Machs guat Elli, dänksch dra... «

Ich höre ihrer Verabschiedung nicht zu. Ich sitze da, starre ins Leere. Mein Mund ist halb geöffnet. Das waren eindeutige Worte von Melina. Worte, die mich ins Grübeln bringen. Hat sie recht? Braucht es im Leben eine Beziehung? Ich erinnere mich an die einsamsten Tage in meinem Leben zurück. An Tage die voller Qual, an Nächte die voller Leid gewesen waren. Damals war ich noch zu jung für eine Beziehung, doch auch sonst war niemand für mich da, die mich einmal in den Arm nehmen konnte, die mir das Gefühl von Sicherheit und Geborgenheit vermitteln konnte ... Die mich verstanden hätte.. Nein, ich kann mit Melina hierbei nicht übereinstimmen. Ich brauche eine Beziehung.

»*A Beziichig, oder an Mord?*«, fragt mich meine innere Stimme.

»Hand in Hand«, murmle ich leise in die Dunkelheit hinaus. Das eine dient dem Anderen. Auch wenn es nur sehr kurzfristig ist und immer sein wird. Doch eine normale Beziehung bringe ich nicht zu stande. Es ist für mich die einzige Möglichkeit.

Ich stehe auf und schleiche mich unauffällig nach Hause. Durch die dunklen Gassen und die hell beleuchteten Strassen. Dies war eine durchaus merk- und denkwürdige Beobachtung heute Abend. Zu Hause angekommen setze ich mich erstmal auf den Steinboden. Ich muss mich kurz sammeln. Vielleicht sollte ich Melina einfach vergessen, für immer. Nach nur wenigen Minuten merke ich, dass dies nicht möglich ist. Ich kann nicht anders, ich bin mittendrin, ich habe es bereits einmal getan, ich kann nicht mehr zurück. Mein Verlangen nach ihr ist viel zu gross.

Ich öffne meinen Kühlschrank und ziehe mir eine Büchse Calanda-Bier hervor. Ich knalle die Türe des Kühlschrankes zu und gehe zu meinem Sofa. Die Puppe, die für mich die Stellung gehalten hat schubse ich achtlos zu Boden. »Dia Alt isch sicher no in der Stuba«, denke ich mir und meine damit natürlich meine neugierige Nachbarin. Im Fernseher läuft Bachelor. Ich schnaube auf und schalte um, auf SRF 2. Gut, es läuft noch ein wenig Sportaktuell. Ich bemerke wie ich ruhig werde, meine Gedanken ordnen kann, als ich dem Bericht über das Eishockeyspiel zuhöre. Ich öffne den Verschluss meines Biers. Es zischt und ein wenig Schaum kommt aus der Öffnung. Ohne zu überlegen stürze ich das halbe Bier herunter. Es ist eiskalt, doch das liebe ich. Ich hickse leicht und nehme gleich darauf noch einmal drei Züge. Meine Augen blicken mittlerweile ins Leere. Ich verliere die Geduld, doch genau das darf nicht geschehen! Die Bullen sind noch immer präsent im Dorf! Ich versuche mich abzulenken. Im Kopf gehe ich das durch, was ich bereits über Melina weiss. Natürlich, ihr Aussehen. Schlanke Figur. Glattes Gesicht. Ihr Haar, braun, beinahe bis zu den Hüften reichend. Ein Tattoo am linken Unterarm. Das Symbol einer Sonnenblume. Himmelblaue Augen, schlichtes Make-Up. Enge Jeans, kurzes Top. Eine kleine Handtasche. Ihr Gang graziös, ein wenig hüpfend. Wie sich heute wiedereinmal herausgestellt hat, eine intelligente Frau, einen sehr starken Charakter! Der grösste Makel? Ständig am Handy. Immerzu am Tippen, selbst beim Laufen. »Ds Handy isch as Problem«, denke ich mir stirnrunzelnd, während ich aufstehe und aus dem Kühlschrank eine neue Dose Bier nehme. Ich erinnere mich zurück an Angela. Sie hatte damals keines dabei. Ich fragte sie nämlich, ob ich es mir kurz ausleihen dürfe, bevor ich sie umgebracht habe. Das dürfte bei Melina schwieriger werden. Ich komme später darauf zurück. Viel wichtiger sind ihre Tagesabläufe und ihre Gewohnheiten. Ihre Lehre absolviert sie in Chur als Verkäuferin im H&M. Von Montag bis Samstag. Meist ist der Mittwoch ihr freier Tag. Freitags trifft sie sich meist mit ihren Freundinnen. Sie schlendern durch das Dorf, setzen sich auf eine Bank und plaudern ein wenig. Nicht sehr lange, immer nur etwa bis 22 Uhr. Samstag arbeiten und danach Wochenende. Sie geht gerne in den Ausgang, wie ich bemerkt habe. Als ich mit meinen Freunden an der 80er – 90er Party im Selig in Chur gewesen bin, habe ich sie gesehen. Wie geschmeidig und sanft sie dort getanzt hat. Süss und erhaben zugleich, doch nicht die Spur von Arroganz. Die Männer freundlich abgewiesen, das gefällt mir sehr. Nach der Party steigt sie mit ihren Mädels ins Taxi und sie lassen sich zurück nach Vaz und auf den Dorfplatz fahren. Dort quietschen und tratschen sie noch einige Minuten herum, ehe sie sich auf den Heimweg begeben. Melinas

Heimweg ist kurz. Schwierig sie dort abzufangen. Die Kirchgasse ist hell beleuchtet und die Häuser liegen nah. Doch dort wo ich sie heute beobachtet habe, wäre eine Möglichkeit. Wie ich das anstellen soll, weiss ich noch nicht. Sonntags ist kein Ruhetag für Melina. Sie begibt sich aus dem Haus. Entweder mit den Mädels an den Walensee, einfach nur auf eine Bank im Dorf oder mit dem Hund in den Wald. Wenn sie alleine und mit dem Hund unterwegs ist, läuft sie oftmals den Patnalerweg hinauf, weiter zum Ussichtsbänkli und danach den Claraweg herunter, wieder ins Dorf. Selten wählt Melina einen anderen Weg. Zum Chäppeli ab und an. Dieser Ort gefällt mir. Ruinen einer alten Kapelle, ein Druidenstein in der Nähe … Ein mystischer Ort. Ein Ort der Stille, der Ruhe, der Besinnung und inneren Einkehr. Ich erinnere mich an die ungefähre Textzeile, die im Buch von Georg Fischer, Untervaz, Mein Heimatdorf, steht. Genau danach sehne ich so verzweifelt. Und wenn ich an diesem Ort noch mit Melina zusammen sein und mit ihr die Zeit geniessen könnte? Das wäre wunderbar! Lange studiere ich an dieser Idee herum. Warum auch nicht? Es ist leider ein viel besuchter Ort, kommt mir als Minuspunkt in den Sinn. »Nid in der Nacht«, sagt meine innere Stimme zu mir. »Stimmt«, antworte ich mir selbst flüsternd. Doch irgendwas stört mich. Ist es die Kapelle? Ist es ein Ort Gottes? »Du glaubsch nid an Gott!«, höre ich meine innere Stimme sagen. Ich nerve mich ab mir selber. Seit Wochen bin ich am Rätselraten, wo ich mich mit Melina treffen möchte. Ich stütze meine Hand auf meine Oberschenkel, vergrabe mein Gesicht in meinen Handflächen. Wohin könnte ich mit solch einem graziösen, hübschen und erhabenen Mädchen verschwinden? »Schön … schön«, beginnt mir meine innere Stimme zuzuflüstern. »Was chunnter in Sinn, wänn an das Mädel denksch? Was isch sie für di?« Ihr schlanker Körper, ihre unschuldige Miene auf dem makellosen Gesicht, ihr bezauberndes Aussehen, ihr geschmeidiges Haar, ihre Intelligenz, ihr starker Charakter…

»Wia a jungi Prinzessin«, keuche ich auf, verwundert, dass ich nicht bereits früher darauf gekommen bin.

»Stimmt … stimmt, und wo gehört a Prinzessin hi?«, drängt meine innere Stimme. Ein Lächeln breitet sich auf meinem Gesicht aus. Ich weiss die

Antwort. »Selbschtverständlich in a Burg!«,
krächze ich leise.

X.

»Suber bisch schunid, Alter!«, flucht Mateo laut, als Jan ihm seinen Vorschlag unterbreitet. Die beiden sitzen auf dem Sofa im Wohnzimmer. Gerade haben sie die Nachrichten auf TV Südostschweiz gesehen. Die Polizei hat endlich ein Statement im Bezug auf Angela abgegeben. Drei Monate sind bereits vergangen seitdem man ihre Leiche gefunden hat. Angela ist erdrosselt worden. Das ist bereits bekannt. Mit einem Strick höchstwahrscheinlich. Der Täter hat sein Mordwerkzeug danach wohl in den Rhein geworfen, wo es davongeschwommen ist. Die Polizei ruft zum Hilferuf an die Bevölkerung aus. Die einzige Spur, die gefunden worden ist, ist ein Schuhabdruck. Profil hat es keines, doch sie konnten die Grösse herausfinden. 41. Die Polizei vermutet, dass Angela an dem Leichenfundort ermordet worden ist, da keine Schleifspuren gefunden worden waren. Mehr gibt die Polizei momentan nicht bekannt. Noch einmal die Warnung an die Bevölkerung, stets achtsam zu sein, doch das ist altes Brot.

»Warum au nid? Mer häns doch in der Doku gseh. Vielfach gönn d Mörder zrugg zum Tatort! Und welli Glegaheit wär für da Mörder besser, als bim Summernachtsfäscht?«, fragt Jan. Er will unbedingt, dass Mateo auf seine Idee eingeht. Alleine wäre es ihm zu unheimlich, mitten in der Nacht an diesen dunklen Ort zu gehen.

»Döt gohter doch genau nid! Viel ds viel Lüt in der Nöchi!«, stammelt Mateo verzweifelt. Jan spürt, wie sein Freund mit aller Macht versucht Gegenargumente zu finden.

»Genau dänn ischs nid uffällig! Sinn doch eh alli abglenkt an däm Fäscht! Wär märkt denn schu wenn sich eina fum Fäscht absetzt?«, hakt Jan bestimmt nach. Die magere Ausbeute der Polizei hat ihn beinahe schockiert. Er ist davon ausgegangen, dass man den Mörder rasch schnappen würde, doch dem ist nicht so.

»Müamer au immer allem hinanohschnüffla? Lohn doch d Polizei das macha! I han kai Luscht, erwürgt z werda!«, antwortet Mateo schwach.

»Ou jo, d Polizei isch jo schu uh wit chu mit iarna Ermittliga«, beginnt Jan, doch Mateo fällt ihm hektisch ins Wort. »Dia sägen doch der

Öffentlichkeit nid alls! Das wär jo dämlich, do der Mörder das jo au mitkriagt!«

»Schunid, nai. Aber drei Mönet? Dia hänn doch kai Plan wär dases suachen!«, antwortet Jan rasch, ehe Mateo wieder etwas erwidern kann und fügt hinzu: »Also, mora am Summernachtsfäscht gömmer nomol an Tatort gu luaga, ok?«

Mateo stöhnt leise auf und fährt sich zitternd durch seine fettigen, blonden Haare. »Also guat. Gömmer halt nomol gu luaga. Aber i nümm mis Täschamässer mit!«

Jan ist einverstanden damit. Der Plan ist es, circa um 1 Uhr zu verschwinden, denn dann würde noch einiges los sein am Summernachtsfäscht und so würden sie kaum auffallen.

Der Freitag geht nur schleppend dahin. Ihr Chef wird zunehmend unzufriedener mit Jan und Mateo. Statt sich auf die Arbeit zu konzentrieren diskutierten sie nämlich lieber über den Mord und ihre Verdächtigen.

Um 19 Uhr macht sich Jan dann ausgehfertig. Es ist ein komisches Gefühl, sich ein schönes Hemd überzuziehen und sich ein wenig Parfüm aufzulegen. Es ist das erste Mal, dass er und

Mateo wieder ausgehen, seit dem Fund von Angela. An einer Generalversammlung, an der mehr als die Hälfte der Bewohner aus Untervaz teilgenommen haben, hatte sie der Bürgermeister ermutigt, den Alltag wieder aufzunehmen und die Sache hinter sich zu lassen. Das Summernachtsfest stand lange auf der Kippe, doch die Organisatoren schlossen sich den Worten des Bürgermeisters an und entschieden das Fest durchzuführen.

Der Abend ist hell und die Luft noch immer feucht-heiss. Untervaz und ganz Graubünden leidet bereits seit einigen Wochen unter einer Hitzewelle. Braune, trockene Flecken mischen sich in das Grün der Weiden hinein und der Teer der Feldstrasse klebt beinahe an den Schuhsolen. Mateo schwitzt bereits wie ein Schwein. Sein oranges T-Shirt klebt ihm am Körper und über seine Stirn läuft der Schweiss in strömen.

»Sehr unufällig, du Troll!«, entfährt es Jan ärgerlich, als er Mateos oranges Shirt betrachtet.

»Häsch aber schnell gmerkt«, giftet Mateo zurück, gerade als sie die funkelnden Lichter des Festes zu Gesicht bekommen. Sie biegen nach links auf den breiten Waldweg ein, der sie zum Gelände unter dem Flügerliplatz führt. Ein wärmendes Gefühl durchströmt Jan, als er die Szenerie betrachtet. Er liebt Dorffeste. Überraschend viele Leute tummeln sich auf dem kleinen, aber feinen Gelände. Sie stehen unter den Lichterketten, lachen an einem der vielen Tischen, bestellen Bier an der Aussenbar, spielen das Nagelspiel am Stock, gönnen sich etwas zu Essen am Grill und stehen bereits in der Usfahrbar und singen und tanzen bei schallender, fröhlicher Musik. Selbst ein Mörder kann das Dorfleben nicht zerstören, obschon die Szenerie etwas gar sorglos erscheint. Vielleicht ist es auch genau das, was die Vazer Bevölkerung nun braucht. Ein Fest um sich abzulenken, zu zeigen, dass man sich nicht einschüchtern lässt. Es bringt auch die Bewohner wieder näher zueinander. Hier herrscht keine angespannte Stimmung, bei der man seinen Nebenmann argwöhnisch anblickt und sich fragt, ob er der Mörder ist. Beinahe surreal, nach gerade einmal drei Monaten.

»`n Drink« ist das kurze, eindeutige Wort von Mateo, der mit sehnsüchtigem Blick auf die Aussenbar starrt. In Mateo scheint der Anblick des Treibens des Summernachtfäschts einen Knoten gelöst zu haben. Auf seinem Gesicht breitet sich ein Lächeln aus und er entspannt sich zum ersten Mal seit drei Monaten. Nach einigen kurzen Gesprächen mit Freunden, einigen Mädels, die sie von der Schule her kennen und mit Mateos Schwester, stehen sie endlich an der Bar. Mateo bestellt zwei Becher Bier. Während die Frau hinter dem Tresen ausschenkt, murmelt Jan ihm zu: »Tuan aber bits ahständig! Du weisch, wasmer no vor hän hüt!«

»Lohnmi in rua mit däm, wenigschtens für as paar Stund!«, keift Mateo leise und nimmt die Biere entgegen.

»Also«, beginnt Mateo, als er bei der Bedienung bezahlt hat, »Uf a entspannta Obed!« Jan stösst mit ihm an und nippt ein wenig an seinem Bier. Mateo hingegen hat bereits das halbe Bier heruntergestürzt. Dann blickt er sich neugierig ein wenig in der Meute um. Vazer aller Altersgruppen tummeln sich hier. Dazu noch einige Auswärtige. Viele Mitspieler von Jan und Mateo. Es wundert ihn nicht, denn diese Typen sind an jedem Dorffest dabei. Und doch zieht Jan kurz die Augenbrauen hoch, als er sieht, dass auch Hector hier ist. Der Typ weigert sich sonst entschieden an einem Fest teilzunehmen. »Luag

Alter, der Heci isch au do!«, flüstert Jan nach rechts, da er dort Mateo vermutet, doch sein Freund ist der Bedienung hinter dem Tresen zugewandt. Seinen Bierbecher hat er bereits leergetrunken und die Bedienung schenkt ihm gerade ein Neues ein. Jan begutachtet Mateos Blick. Er ist verträumt und starr auf die Bedienung gerichtet. Stirnrunzelnd sieht Jan die Bedienung an. Vorhin hat er nur »Hoi«, gesagt, ohne sie richtig anzublicken. Es ist Seraina. Ein Einzelkind aus Untervaz, die ein Jahr jünger ist als Jan und Mateo. Sie ist eine sehr hübsche Frau. Sie ist 1.70 gross, schlank, trägt ihr dunkles Haar lang über die Schulter und hat helle, grüne Augen. Sie trägt dezentes Make-Up, etwas Lipgloss auf ihrem Kussmund und hat stets ein freundliches Lächeln auf dem Gesicht. Immerzu freundlich und für ein gutes Gespräch offen. Es wundert Jan nicht, dass Mateo die Frau interessant findet. Schon in der Vergangenheit ist bei Diskussionen über nette Frauen bei ihm der Name Seraina gefallen. Stets nüchtern, beinahe scheu, als würde er die Antwort von Jan fürchten, die auch immer »Kai Brot, alter«, lautet. Jan klappt der Mund auf, als Mateo mit ihr zu sprechen beginnt. Woher hat der

Typ bloss dieses Selbstvertrauen her? Sonst steht er immer verdruckst daneben, wenn Jan mit Mädels spricht, doch nun fliessen die Worte nur so aus seinem Mund. Er fragt sie über die Arbeit aus, über ihr Privatleben und ihre Hobbys und Seraina antwortet ihm in gewohnt interessierter Manier. Jan muss sich das Lachen verkneifen. Er lässt Mateo in Ruhe und bewegte sich ohne etwas zu sagen einige Schritte vorwärts. Weit kommt man an solch einem Fest nie. Immer wieder wird man hier angesprochen, abgeklatscht oder umarmt. Es ist Bruno, der Jan fest am Arm packt und ihn mit stinkender Bierfahne anspricht.

»Luag mol döt däna! Dia Rothörig! Wär isch das? Channi döt ächt drüber?«, lallt der besoffene Typ. Unverhofft wirft Jan einen Blick auf seine Armbanduhr. Es ist erst kurz nach 23 Uhr. »Das isch doch d Schwöschter fum Mark, chum älter als 18i, riss di bits zämma Brüno, us däm Alter bisch langsam duss! Söttig Sprüch bruchts nid!«, antwortet Jan und bemerkt selbst, dass seine Worte wütend aus seinem Mund fliessen.

»Was isch dänn mit diar los? Aber easy, luagi halt witer!«, antwortet Bruno, der sexbesessene

Typ verärgert und läuft davon um sich ein neues Bier zu besorgen.

»Warum bini so varrukt worda?«, denkt sich Jan ernsthaft, als er an seinem Bier nippt um sich ein wenig abzukühlen. Vielleicht weil Mark ein verdammtes Tier ist. Wenn man seine Schwester nur etwas schräg anblickt, droht er stets mit Prügel und dies meint er durchaus ernst. Vielleicht will Jan Bruno nur vor einer Faust bewahren.

»Gsiasch nid us, als wärsch in Partystimmig«, ertönt eine Stimme seitlich rechts von ihm. »Hä?«, entfährt es Jan und als er sich umdreht, erkennt er Livia, die Schwester von Mateo. Sie hat ein grünes, enges Kleid angezogen, was ihrer Figur gar nicht schmeichelt. Sie gleicht Mateo beinahe bis aufs Haar, was Jan etwas gruselig findet. Eher rundlich, blonde Haare, die sie kurz trägt und fettige Haut.

»Denka halt schuno viel über d Angela noh«, antwortet Jan, ohne nachzudenken, was er da sagt.

»Wär tuat das nid?«, fragt Livia ernsthaft und mit dem Kopf nickend. »I bin froh, dassi mit mina Fründa heilaufa chann. In der Gruppa ischas halt schu sicherer«, fügt sie hinzu und steckt sich dabei eine Zigarette an. Jan, der sich längst wieder den Festbesuchern zugewandt hat nickt nur mit dem Kopf.

»Was lauft do eigentli bi minem Brüatsch? Chrallter sich dia?«, fragt Livia mit einem neugierigen Blick auf Mateo, der nach wie vor an der Bar steht und mit Seraina quatscht.

»Weisses aunid«, antwortet Jan uninteressiert. Er hat gerade beobachtet, wie Rino, einer der Mitspieler die auf der imaginären Liste von ihm und Mateo steht, mit seinen Fäusten so tut als würde er jemanden verprügeln.

»Ou, ok. I gohn wider zu mina Kollega«, sagt Livia, die wohl bemerkt hat, dass Jan nicht mit ihr sprechen will. Jan sagt »Isch guat, mach das«, ohne sie dabei anzublicken. Der Abend schreitet immer weiter voran. Jan führt viele Gespräche, meist über belangloses, was ihn momentan nicht interessiert. Fussball, Frauen oder die Arbeit. Stets blickt er sich dabei wachsam um. Niemand verhält sich verdächtig. Einige Besucher des Festes sind bereits verschwunden und es werden immer mehr, die sich auf den Heimweg machen. Gemeinsam mit einer alten Schulkameradin lacht er gekünstelt über die Schulzeit. Nervös wirft er immer wieder einen Blick auf die Uhr. Es ist bereits nach 1 Uhr und er will los. Nach einer weiteren halben Stunde, in der er meist den Geschichten seiner Schulkameradin zuhören musste, schafft er es endlich sich loszueisen. Mit dem Vorwand, auf die Toilette gehen zu müssen, läuft er auf die Bar zu, wo er Mateo noch immer vermutet. Unweigerlich klappt ihm der Mund auf, als er sieht, das Mateo mit den Ellenbogen auf der Bar gestützt mit Seraina herumknutscht. Eine Mischung aus Wut und Freude macht sich in Jan breit. Wut darüber, dass er endlich zu dem Fundort der Leiche gehen will, Freude darüber, dass Mateo endlich einmal ein Mädchen küsst und darüber hinaus jene, welche er schon immer im Auge gehabt hat. Jan wippt von einem Bein auf das andere. Schliesslich hat er sich entschieden. Er will Mateo nicht stören und so dreht er sich um und läuft schnurstracks auf den Ausgang zu. Dann wird er den Tatort eben alleine erkunden.

XI.

Das eiskalte Bier fliesst durch meinen Körper. Es lässt mich kurz Gänsehaut kriegen und es schüttelt mich durch.

»Alles guat bi diar?«, fragt mich Elsa belustigt. »Sicher, nu bits chalt das Biar«, antworte ich grinsend. »Tuan nid so mämmahaft!«, lacht Alan und schüttelt dabei seinen Kopf. »Schnauze, hau liaber dä Nagel ihi!«, antworte ich ebenfalls lachend. Ich stehe mit meinen Freunden beim Stock und wir spielen das Nagelspiel. Die grünen, gelben, weissen, pinken und blauen Lichter der Kette funkeln fröhlich. Auch sonst herrscht eine ausgelassene Stimmung am Summernachtsfäscht. Ich wundere mich etwas darüber. Immerhin laufe ich immer noch auf freiem Fuss herum und könnte hier auch locker zuschlagen. Es wäre ein Leichtes für mich eine beschwipste Zweiergruppe im Feld, beim Nachhause gehen, zu überwältigen. Sie zu töten und sie einfach liegen zu lassen. Doch zu ihrem Glück verspüre ich diesen Drang nicht. Das Objekt meiner Begierde ist allerdings auch hier. Längst habe ich sie gesehen. Natürlich lässt sich Melina dieses Fest nicht entgehen. Ich freue mich natürlich riesig, dass sie auch hier ist. Es kribbelt in meiner Magengegend. Ich muss nur darauf achten, dass ich sie nicht all zu oft anblicke. Es wäre etwas verdächtig. Nichts desto trotz wage ich ab und an einen Blick.

Ich bin an der Reihe. Ich versuche den Nagel zu treffen, doch ich verfehle ihn deutlich. Ich bin grottenschlecht in diesem Spiel. Danach reiche ich den Hammer weiter. Zu Adrian. Jetzt habe ich ein kurzes Fenster. Ich blicke in die offene Usfahrbar hinein. »Angelina« von Dabu Fantastic dröhnt aus den Boxen heraus. Und da tanzt sie wieder. Nicht schlackernd oder wild oder besoffen in der Gegend umherstolpernd, sondern erhaben und sanft. Die Augen geschlossen. Ihre Haare wirbeln ein wenig herum, als sie sich dreht. Sie gönnt sich ein Schluck aus ihrem Becher, öffnet ihren Mund, klammert sich an ihre Freundin und singt ungezwungen mit Dabu mit. »Angelina du weisch doch genau …« Angelina … Angela … Meine Ex. Oh nein, warum schleichst du dich nun wieder in meine Gedanken ein?

Ich lache über einen Witz von Adrian, den ich nicht richtig höre. Angela, nicht weit von hier haben wir eine wunderschöne Zeit gehabt! Oh nein, ich verkrampfe mich. Ich spüre das Verlangen. Ich muss mich ablenken.

»Wär will no?«, frage ich in die Runde.

»Wart doch no, bismer fertig sinn mit nagla«, antwortet Elena.

»Nai, bin sowiso viel ds schlecht!«, sage ich ohne rot zu werden und meine richtigen Beweggründe preiszugeben.

Mimik und Gestik werden mich nicht verraten, nie! Ich kann gut schauspielern und wenn mich etwas bedrückt, sieht mir das niemand an. Zum Glück. Ich schlendere die Treppe zur Usfahrbar hinauf. Drücke mich an den Leuten vorbei, die wild mit den Liedern mitjohlen und tanzen. Ich entscheide mich für die rechte Seite der U-förmigen Bar. Dort habe ich Melina gegenüber von mir und direkt im Blickfeld. Sie muss mich nun unbedingt von Angela ablenken. Dezent beobachte ich sie. Wie sie lacht, tanzt und trinkt. Wie sie ihre Hüften schwingen lässt, ihr Haar durch die Gegend flattern lässt, ihren Mund öffnet um mitzusingen.

»Wa witt?«, fragt mich der Mann hinter der Bar. Hoppla, ich habe ihn nicht gesehen. Ich schiele ihn ein wenig an. Als ob ich bereits einige Biere zu viel getrunken hätte.

»Nomol viar, gära«, antworte ich etwas lallend. Der Mann nickt mit dem Kopf und wendet sich dem Zapfhahn zu. Er nimmt es mir ab. Ich weiss nicht ob Roberto, so heisst der Typ, gesehen hat, wie ich Melina angestarrt habe. Ich denke nicht, nein, ich gehe davon aus. Noch einmal zwei Minuten Melina beobachten, dann muss ich mich wieder Roberto zuwenden, der mir sagt wie viel das es kostet. Ich übereiche ihm das Geld und stolpere mit den Getränken durch die tanzende Meute hindurch. Ich schaffe es tatsächlich ohne das Bier dabei zu verschütten.

Meine Freunde stehen immer noch beim Stock. Ich überreiche ihnen das Bier, doch besser geht es mir nicht. Ich bin wieder weiter weg von Melina und damit automatisch näher an Angela. Es drückt mir die Eingeweide zusammen. Ich lasse mir nichts anmerken. Eine Stunde lang, zwei und auch in der dritten nicht. Den Entschluss habe ich jedoch längst gefasst. Ich muss sie noch einmal besuchen. Obschon sie nicht mehr da ist. Dieser Ort bedeutet mir so viel, erweckt ein Verlangen in mir. Dieser Gedanke hilft, ich konzentriere mich auf meine Freunde. In der vierten Stunde sind alle beschwipst, alle ausser ich. Ich kann sehr viel trinken, ohne den Alkohol zu spüren. Allerdings spiele ich mit. Ich lalle, lache Tränen und singe die Lieder mit.

Schliesslich kommt der Zeitpunkt, an dem wir uns trennen. Jeder meiner Freunde kennt hier noch andere Leute. Rasch ist die Gruppe aufgelöst. Das ist meine Chance! Ich begebe mich zu den Toiletten, blicke mich um. Niemand zu sehen, sehr gut. Rasch schreite auf den Weg zu, ohne mich umzudrehen.

Nach nur wenigen Schritten liegen die Lichter des Festes hinter mir und ich schreite in völliger Dunkelheit der Ölbruck entgegen. Ich riskiere einen Blick auf meine Uhr. Sie leuchtet kurz auf und zeigt 01.05 Uhr an. Mein Handy habe ich zuhause gelassen. Tat ich schon immer wenn ich in den Ausgang gegangen bin. Nichts Verdächtiges also und die Bullen können es nicht orten.

Es ist eine warme Nacht, weit über 20 Grad. Ich schwitze, doch nicht nur von der Wärme. Sondern auch vom Verlangen, noch einmal den Ort zu besuchen, an dem ich mich mit Angela getroffen habe. Diesen magischen Ort … Nichts wurde es, mit ich bin darüber hinweg.

Nach nur zehn Minuten komme ich an. Hier ist es ruhig und friedlich. Die Bullen sind schon seit Monaten nicht mehr hier gewesen. Der Mond strahlt auf den Rhein, lässt ihn mystisch aussehen. Sie haben das Loch zugeschüttet. Besser gesagt wohl einfach den Sand wieder darübergelegt. »Uff«, entfährt es mir. Meine Gefühle spielen verrückt. Warum muss ich nun bloss wieder an meine Ex zurückdenken? Eine Träne steigt mir ins Auge. Ich habe viele Erinnerungen an unsere gemeinsame Zeit. Meine Knie schlottern wie wild, ich sacke zu Boden. Ein Schluchzen entfährt meinem Mund.

Dann höre ich es. Ein Knacken. Ich erschrecke gewaltig und bin sofort wieder auf meinen Beinen. Ich blicke nach vorne in Richtiung zu der Feuerstelle. Mucksmäuschenstill, wie versteinert. Es vergeht eine Minute, es bleibt ruhig. Ich will mich bereits wieder abwenden, als ich eine Gestalt erkenne, die am Ufer des Rheins dahergestolpert kommt. Augenblicklich spurte ich drauflos. So schnell ich kann. Ich höre eine Stimme hinter mir laut brüllen: »Hey, stopp!« Ich erkenne die

Stimme. Es ist Jan. So schnell ich kann flitze ich durch den Wald hindurch. Ich weiche Ästen und Steinen aus und lege noch einmal einen Zahn zu. Rasch gelange ich zur Sandbank. Ohne zu überlegen spurte ich durch den Cosenzbach. Das Wasser ist eiskalt. Dumme Idee, ich komme nicht gut voran und das Platschen verrät mich. Ich steige eine kleine Böschung hinauf, dort ist der Wald dicht. Dann stoppe ich. Setze mich in der Dunkelheit hin und warte. Jan ist wohl nicht so schnell wie ich. Ich blicke nach vorne zu der Sandbank. Ich sehe ihn. Er leuchtet mit der Taschenlampe seines Handys umher. Ein schrecklicher Gedanke durchfährt mich. Hat er die Bullen informiert? Wenn ja sollte ich schleunigst verschwinden. Die Bullen würden wohl alles absperren und mich finden.

Leise schleiche ich dem Hügel entlang. Unter mir der Cosenzbach, der glücklicherweise einige Geräusche meinerseits übertönt. Immer wieder blicke ich zurück. Das Licht der Taschenlampe blitzt bei der Sandbank noch immer durch die Bäume hindurch. Ich wende mich ab und lasse die Sandbank endgültig hinter mir. Rasch gelange ich zu Bad Friewis. Von dort aus schreite ich dem

Cosenzbach entlang weiter in Richtung Dorf. Doch bevor ich zu der Kreuzung gelange, kommt mir ein Gedanke in den Sinn. Die Bullen würden wohl am Rüfeli vorbei Richtung Sandbank fahren. Heikel, dieser Weg. Nein, das Risiko gehe ich nicht ein. Ich entscheide mich geradewegs den Berg hinauf zu gehen. Ich weiss, dass dort oben der Bauernhof und die Spitzkehre liegt, die mich weiter zum Usichtsbänkli bringen wird.

Obschon es anstrengend und schweisstreibend ist, erreiche ich die Strasse rasch. Ich überlege mir noch kurz der Strasse hinunter ins Flumis zu folgen, doch ich entscheide mich dazu nach oben weiterzugehen. Es nimmt mich sehr wunder. Von Jan und der Handytaschenlampe ist nichts mehr zu sehen. Soweit ich blicken kann natürlich. Ich wende mich ab und laufe los. Leise an dem Hof vorbei, die haben einen kläffenden Hund, das weiss ich. Die Aussichtsbank steht verlassen da. Keine Jugendlichen, die hier oftmals chillen. Ich lasse mich auf die Bank plumpsen. Keuchend atme ich tief ein und aus und wische mir den Schweiss von der Stirn. Das Adrenalin hat mich gefühlslos gemacht, doch nun beruhige ich mich wieder und eine Wut steigt in mir auf. Jan, dieser neugierige Penner! Und ich gebe auch Angela die Schuld. Sie lockt mich dahin, lässt mich unvorsichtig werden! Es ist 2 Uhr in der Nacht und ich beobachte die Hauptstrasse und den Himmel. Ich warte nur darauf, dass die Bullen mit Blaulicht einfahren, oder ein Helikopter das Gelände der Sandbank aus der Luft überprüft. Die Stunden rinnen dahin und nichts geschieht. Als die Dämmerung einsetzt werde ich wieder ruhig. Er hat die Bullen wohl nicht informiert. Nichts desto trotz ist es wieder einmal an der Zeit für einen Brief. Geplant war der nächste Brief erst beim nächsten Beziehungsbruch, welchen ich im Winter vermute, doch nun muss ich eingreifen. Er und Mateo sollen sich ruhig unwohl fühlen in ihrer Haut. Während ich den Patnalerweg hinunterlaufe und in das Dorf gelange, studiere ich an dem Text herum. Eine Drohung wäre wohl das Beste, dass sich die beiden Typen aus meinen Angelegenheiten heraushalten. Einen kurzen Moment denke ich auch darüber nach sie einfach umzubringen. Ich lasse mir diese Option zumindest offen.

XII.

Jan sitzt am Esstisch und hat eine Tasse Kaffee vor sich stehen. Es ist eine denkwürdige Begegnung gewesen gestern. Er ist absolut überzeugt davon, dass er den Mörder gesehen hat, der in die Büsche geflüchtet ist. Weil es so dunkel gewesen war, hat er ihn allerdings nicht erkennen können. Nicht einmal seine Silhouette. Nur ein Schatten, der flüchtete. Erst jetzt ist ihm in den Sinn gekommen, dass den Mörder zu verfolgen eine dumme Idee gewesen ist. Leicht hätte der Killer ihn stellen können und dann wäre es brenzlig geworden. Doch der Mörder hat sich für die Flucht entschieden. Doch immerhin, denkt sich Jan grimmig, hat er richtig mit seiner Vermutung gelegen, dass der Mörder dort sein würde. Die Türe von Mateos Schlafzimmer öffnet sich und schlaftrunken kommt er herausgestolpert. Mit einem »Morga«, verabschiedet er sich sogleich wieder in das Badezimmer. Bestimmt will er von Jan wissen, ob er etwas herausgefunden hat und Jan will von ihm wissen, wie die Geschichte mit Seraina weitergegangen ist.

Ein Klopfen an der Tür lässt Jan aufschrecken. Sein Herz pocht. Eines ist er sich ganz sicher. Nämlich, dass der Mörder wieder Kontakt aufnehmen wird, nach der Nächtlichen Begegnung. Langsam steht er auf und geht zur Tür. Sie ist verschlossen, dass beruhigt ihn ein wenig. Er blickt durch den Türspion und sieht zwei Polizeibeamte in Uniform davor stehen. Stirnrunzelnd weicht Jan etwas zurück. Was wollen die denn? Ein beklemmendes Gefühl macht sich in ihm breit. Hat der Mörder bei seiner Familie zugeschlagen? Hat er seine Mutter, seinen Vater oder seinen Bruder ermordet? Jan öffnet zitternd die Tür.

»Guata Tag, miar würen gära kurz inna ko«, sagt einer der beiden Polizisten in ernstem Tonfall. Ein dürrer Mann, gross und mit eingefallenem Gesicht.

»Bitte«, antwortet Jan etwas überrascht, dass der Polizist direkt eintreten will.

»I machsi zua«, sagt der zweite Polizist mit einem milden, unechten Lächeln, als Jan darauf wartete, dass er eintritt. Jan nickt etwas nervös. Er folgt dem ersten Polizisten in das Wohnzimmer. Dort bittet er Jan sich an seinen Tisch zu setzen.

Als Jan Platz genommen hat setzt sich auch der Polizist hin. Nervös wartet er darauf, dass der Polizist etwas sagt. Der Uniformierte kramt erst einige Dinge aus seinen Taschen hervor. Notizblock, Stift und komischerweise ein Diktiergerät. Der zweite Polizist sieht sich mittlerweile in der Wohnung um. Ohne hineinzugehen, blickt er in die Schlafzimmer von Jan und Mateo. Bei der Badezimmertür bleibt er stehen und fragt Jan, ob Mateo darin ist. Jan nickt stumm mit dem Kopf. Er hört, das Mateo noch unter der Dusche ist.

»Mer warten ufna«, bemerkt der Polizist am Tisch knapp. Jan wird immer unruhiger. Was ist da nur los? Um die Stille zu unterbrechen, fragt er den Polizisten, ob er ihm etwas zu trinken anbieten könne. Der Polizist verneint dankend, doch mit einer gewissen Schärfe im Unterton. Nach beinahe endlos erscheinenden 10 Minuten kommt Mateo schliesslich aus dem Badezimmer heraus. Summend, doch als er die Polizisten erkennt, entfährt ihm ein erschrockenes »Shit!« Der Polizist, der bei der Badezimmertür gewartet hat, bittet Mateo sich an den Tisch zu setzen. Mateo folgt der Anweisung mit ängstlichem

Gesichtsausdruck. Der zweite Polizist setzt sich nicht hin. Er bleibt einen Meter vor dem Tisch stehen und beobachtet Jan und Mateo sehr genau.

»Was isch do eigentli los?«, fragt Jan unwirsch und blickt dabei den Polizisten an, der am Tisch sitzt. Er ärgert sich über das geheimnisvolle Verhalten der Polizisten.

»Miar händ nu a paar Froga an eu«, antwortet der Polizist. »Isch für eu Ok, wenn miar das ufzeichnen?«, fügt er fragend hinzu und tippt dabei mit seinem Zeigefinger auf das Diktiergerät. Jan und Mateo blicken sich kurz an und nicken dann mit dem Kopf.

»Guat«, beginnt der Polizist und drückt auf eine Taste. »Könn iar miar erklära, warum iar in der Nacht am halb 2 am Ort gsi sind, wo ma vor drei Mönet ds Opfer gfunda hätt?«

Jan klappt beinahe der Mund auf vor Schreck. Woher wissen die Polizisten das? Wenn sie dort gewesen wären, hätten sie auch den Mörder sehen müssen.

»I bi nid döt gsi«, brummelt Mateo und wirft Jan dabei einen verärgerten Blick zu. Der Polizist blickt von Mateo weg und richtete ihn auf Jan. Offenbar glaubt er es Mateo sofort, was Jan nur noch stutziger macht. »I han gluagt ob der Mörder vallicht döt isch«, sagt Jan schliesslich bestimmt. Er hat das Gefühl, das er ihnen die Wahrheit sagen muss. Der Polizist nickt kurz mit dem Kopf und notiert diese Aussage, doch Jan bemerkt sofort, dass er es ihm nicht glaubt. Dies bestätigt Jan, dass sich die Polizei nicht vor Ort aufgehalten hat. »Isch das verbota?«, fügt Jan fragend hinzu. Der Polizist blickt ihn stirnrunzelnd an. »Verbota ni, aber verdächtig«, antwortet der Polizist und kommt nun endlich auf den Punkt. Jan entfährt ein »Pff«. »Sie sötten doch wüssa, dass üs der Täter an Briaf zualoh het cho?«, fragt Jan ärgerlich.

»Es git viel Täter, wo der Polizei hälfa wänn. Derzua kunnt, das viel au and Stell fum Gscheh zruckkehren«, sagt der Polizist ernst und blickt Jan dabei stechend an.

»Jo ok, aber der Mateo hät der Briaf jo au übercho. Und sorry, i bi aifach neugierig gsi. Gseht jo ni so us als wür bi eu uh viel laufa in dem Fall. Der Bsuach do bi üs bestätigt das gra auno«, entfährt es Jan, ehe er über seine eigenen Worte nachdenkt. Das ist eine ziemlich freche und gewagte Aussage. Doch es ärgert ihn gewaltig, dass er verdächtigt wird.

Der Polizist, der einen Meter vom Tisch entfernt steht nähert sich ein wenig. Erst jetzt bemerkt Jan, dass der Typ seinen verdammten Finger am Knopf des Verschlusses seines Knarrenhalters gelegt hat. Nun wird Jan auch bewusst, weshalb der Polizist stehen geblieben ist. »Iar könnten sie jo au gmeinsam tötet ha! Und pass a bits uf was seisch. Miar sin schu dra am Fall!«

Jan muss sich beruhigen. Ein leises Lächeln kann er sich allerdings nicht verkneifen. Diese Aussage des Polizisten bestätigt ihm, dass sie keine Ahnung haben, wer der Mörder ist.

»Miar hänn nüt mit dem Mord ztua!«, antwortet Mateo leicht nervös wirkend. Hätte er sich sparen können, denn seine Stimme zittert und das macht ihn bei den Polizisten nicht gerade unverdächtiger.

»Händer d Angela guat kennt?«, fragt der Polizist, der am Tisch sitzt.

»Flüchtig«, beginnt Jan gelassen, ehe Mateo etwas sagen kann. »Ab und zua hämmersi an Dorffäschter gseh, ab und zua im Dorf sälber und ab und zua im Usgang, ds Chur.«

»Mmmh«, murmelt der Polizist und notiert sich die Aussage. »Häschsi du gliabt?«, fragt er direkt an Mateo gerichtet, als er den letzten Punkt gesetzt hat.

»Was?«, fragt Mateo völlig verdattert.

»Ob du d Angela gliabt häsch!? fragt der Polizist unwirsch und ungeduldig. Jan will gerade etwas sagen, doch Mateo kommt ihm ziemlich wütend wirkend zuvor.

»I hansi sicher nid gliabt! Übrigens hani a Fründin!«

Jan entfährt beinahe ein Lachen. Trotz der angespannten Situation. Er wirft Mateo rasch einen fragenden Blick zu und dieser nickt grinsend. Die Polizei geht nicht weiter darauf ein.

»Dini Bezüchig isch vor zwei Johr ind Brüch ganga?«, fragt der Polizist an Jan gewandt.

»Jo, das stimmt«, antwortet Jan mit verschränkten Armen und knurrender Stimme. Er erinnert sich nicht so gerne an die Trennung mit Franka zurück. Es war hässlich und er war einige Monate nicht er selbst. Er hat sie beleidigt. Auf WhatsApp. Mateo holte ihn damals von dem Trip herunter, wofür er ihm ewig dankbar sein würde. Ein grässlicher Gedanke kommt Jan in den Sinn.

Seine Ex-Freundin wohnt nun bei ihrem neuen Lover in Trimmis. Hat sie den Bullen diese Nachrichten gezeigt? Hat sie ihn gar verdächtigt und angeschwärzt?

»Sitdem kei neui Bezüchig meh kah?«, fragt der Polizist weiter. Jan antwortet mit nein. Der Polizist ist nicht weiter auf den Beziehungsbruch eingegangen, doch Jan hat das dumpfe Gefühl, dass sie wissen, was er ihr damals geschrieben hat.

»Hätter d Angela gfalla?«, fragt der Polizist an Jan gerichtet.

»Usgseh oder Charakter? Oder beides?«, brummt Jan frech. Der Polizist hebt die Augenbrauen. »Beides.«

»I glaub jeda Troll uf dära Wält hät gseh, dass si extrem hübsch gsi isch. Charakterlich channis leider ni säga, für das hansi zwenig guat kännt«, antwortet Jan prompt. Der Polizist wirft seinem Kollegen einen kurzen Blick zu. Er begutachtet die Aussagen, die er sich notiert hat. Danach steht er abrupt auf. Jan und Mateo bleiben sitzen. Sie beobachten, wie sich die Polizisten ihnen noch einmal zuwenden. »I hoffa iar hän üs kai Saich ageh. Miar findens schu ussa!«

»Bestimmt nid, Kommissar«, antwortet Jan höhnisch, steht auf und begleitet die beiden Polizisten zum Ausgang.

»Wohär wüssen Sie eigentli, dass i am Tatort gsi bin?«, fragt er die Polizisten, gerade als die beiden Männer zur Türe hinaus laufen.

»Miar hänn do so üsseri Methodana«, antwortet der dürre Polizist, der auch die Aussagen von Jan aufgenommen hat. »Chlar«, grinst Jan und zückt sein Handy. Er wirft einen kurzen Blick darauf und sagt: »Isch das überhaupt legal?« Er tippt dabei ein wenig auf die Hülle seines Handys. Die Polizisten gehen nicht darauf ein. Grimmig blicken sie Jan ins Gesicht. »Bitte nid ins Usland goh. Giltet au für din Kolleg!« Mit diesem Satz drehen die Polizisten sich um und laufen auf die Treppe zu.

»Adeè mitanand!«, schleuderte Jan ihnen hinterher und knallt die Haustüre zu.

»Spinnsch du a Art?«, keucht Mateo, der am Küchentisch sitzt und ihn ungläubig anstarrt. »Wiso bisch so frech zuana? Kommissar … also würklich!«, stammelt er.

»Regtsdi nid au uf Alter? Dia hänn doch kai Plan! Aifach mol mi verdächtiga! Dia hänn min

Standort abcheckt ufam Handy, wia au immer dia das machen!«, sagt Jan wütend.

»Kai Grund zum fräch wärda! Etz verdächtigens üs doch nu no meh!«, erwidert Mateo ernst.

»Dia tschäggens denn schu, dasses nid miar gsi sind. I muasder no fu geschter Obig verzälla ...«

Jan berichtet Mateo, was er gesehen hat und dass er die verdächtige Person verfolgte. Mateo wird beinahe bei jedem Wort grüner im Gesicht.

»Häsch der Wunsch zum draufgoh? Dä hätti di doch töta chönna! Und warum häsch das der Polizei vori nid verzellt?«, keucht Mateo schliesslich erschrocken, als Jan zu Ende gesprochen hat.

»Das hät doch der Täter fu üs verlangt. Nid zu da Bulla go. Isch im Bria ...«

Schlagartig bricht Jan ab. Seine Augen weiten sich und überstürzt steht er auf und lässt den ahnungslosen Mateo am Tisch zurück. Er spurtet die Flurtreppe hinunter und öffnet den Briefkasten. Genau das hat er vermutet. Ein weiterer Brief. Rasch spurtet er wieder nach oben an den Tisch, an dem noch immer Mateo sitzt.

»Scheisse!«, keucht Mateo auf, als er den Brief in

Jans Hand sieht. Mit dem Finger öffnet Jan rasch den Brief und liest ihn laut vor.

»Schnüffler ... ach Schnüffler ... Das war eine spannende Begegnung, in der Nacht, nicht wahr? Ich frage mich langsam, was ich falsch mache. Wieso habt ihr es denn auf mich abgesehen? Lasst mich doch einfach in Ruhe um Angela trauern! Das Schnüffeln muss aufhören! Sonst sehe ich mich gezwungen, deine Schwester, Mateo, zu meiner neuen Freundin zu machen!

GDR
PS: Immer noch nicht zu den Bullen gehen!

Matteo sackt in sich zusammen. Diese Nachricht ist zu viel für ihn.

XIII.

Der Sommer ist vorüber. Endlich! Selbst der September und der Oktober sind danach noch viel zu warm gewesen. Doch nun ist die kalte Jahreszeit angebrochen. Erste Stürme fegen über das Dorf hinweg und ein rauer Wind bläst durch die Gassen. Meiner Melina geht es gut. Vor zwei Wochen hatte sie sich allerdings erkältet. Die Ärmste musste zu Hause bleiben, doch sonst ist sie quickfidel. Geht regelmässig in den Ausgang und mit dem Hund spazieren.

Meine Taktik habe ich mir bereits zurechtgelegt. Leider kann ich sie nicht zu einem Date einladen, während sie mit dem Hund unterwegs ist. Ich bringe es nicht über mich das süsse Hündchen zu töten, doch der Hund würde Melina wieder finden. Das ist mir zu riskant. Ich habe mich für einen gewagten Plan entschieden, doch sehe ich keine andere Möglichkeit.

Der nächste Event in Untervaz steht an, an dem Melina garantiert teilnehmen wird. Der alljährlich stattfindende Guggaball. In zwei Tagen ist es soweit. Ich kann es kaum erwarten. Ich leere mein

Cola in zwei tiefen Zügen und gehe zu Bett. Das Verlangen ist wieder da. Der Hunger und die Erregung.

Am Samstag mache ich mich bereits sehr früh bereit für den Guggaball. Meine Sachen für das Date habe ich bereits sicher versteckt platziert. Es kann losgehen!

Vor der Halle tummeln sich bereits viele junge Leute. Ich hole mir einen Eintrittsbändel und begebe mich in die warme Halle. Ich finde meine Freunde. Die erste Guggamusik spielt bereits. Ich mag die Musik. Ich blicke mich in der Halle um. Nach nur wenigen Sekunden finde ich sie. Meine neue Freundin. Noch nicht jetzt, doch in ein paar Stunden! Sie hat ihre Haare zu einem Knoten zusammengebunden. Das gefällt mir nicht wirklich, ich muss das nachher ändern! Doch in ihrem rosafarbenen Kleid sieht sie einfach nur bombenmässig aus. Ihr Gesicht glänzt und ich sehe, wie sie an ihrem Getränk nippt.

»Nid ds viel trinka, Melina. Miar müan doch no a rächts Stückli laufa nocher!«, denke ich mir. Nun ist es aber an der Zeit, meine Schauspielkünste auszupacken. Ich schwatze, lache, tanze und führe Gespräche. Ich werde immer ausgelassener und wie bereits beim Summernachtsfäscht, teilt sich unser Freundeskreis nach einigen Stunden auf. Ich nutze die Gelegenheit sofort. In der ganzen Meute bin ich nicht auffällig. Schwieriger wird es vor der Halle, weil dort viele Leute am rauchen sind. Tatsächlich muss ich erst noch eine mit einem ehemaligen Schulkameraden rauchen und über meine dumme Arbeit sprechen, ehe ich gehen kann. Der Schulkamerad ist in die Halle verschwunden. Ich kenne die Leute nur noch flüchtig. Ich nutze diese Gelegenheit und verschwinde.

Ein befreiendes Gefühl kommt in mir auf. Glück durchströmt meinen Körper, als ich am Hartplatz vorbei und dem Calandaweg entlang laufe. Ich biege nach rechts in die Quadergasse ein und laufe die Strasse hoch. An der alten Bäckerei und am Volg vorbei. Mein Gang ist leise und bedächtig. Niemand zu sehen. Ein Phänomen in diesem Dorf. Wenn es Nacht ist verwandelt es sich beinahe in ein Geisterdorf. Besucher des Guggaballs sind ebenfalls nicht zu erkennen. Perfekt!

Ich biege nach links, laufe an der alten Linda-Beiz vorbei über den Dorfplatz. Ein wenig die Kirchgasse hinunter und über den Zebrastreifen und zum Pfarreiheim hinauf. Im Haus des katholischen Pfarrers brennt kein Licht. Gut. Ich laufe weiter und gelange zum Pfarreiheim. Bevor ich in die Zone des Sensors komme, der ein Licht vor dem Pfarreiheim entzünden würde, begutachte ich das Gebüsch. Es ist dicht bewachsen. Ich greife mit einer Hand hinein und rasch habe ich den Griff des Rucksacks in der Hand. Ohne zu zögern ziehe ich mich um. Jacke weg, T-Shirt weg, Jeans weg. Ich schlüpfe aus meinen Ausgangschuhen heraus, ziehe die Solenlosen an. Kein einziges Sandkorn klebt noch daran. Kurz nach dem Summernachtsfäscht habe ich die Schuhe gründlich gereinigt. Ich weiss, dass ich nicht mehr zurück zu Angela gehen werde. Ein schwarzes T-Shirt, meine schwarzen Trainerhosen. Ich setze eine Winterkappe auf und ziehe die Handschuhe an. Danach noch einen von mir bearbeiteten Mantel. Die grösste Gefahr von Fasern geht wohl von ihm aus. Ich stopfe meine Kleider in das vordere der beiden Fächer des Rucksacks und bin soweit.

Ich laufe ein wenig zum Pfarrerhaus zurück. Mit einem Kontrollblick stelle ich fest, dass mich niemand sieht. Ich überquere die Wiese und laufe auf den erdigen Durchgangsweg zu, der nach Bawangs führt. Die Hauptstrasse liegt unter mir. Ich setze mich vor dem Gebüsch hin, das den Weg säumt. Kein Licht hier oben. Ich bin so gut getarnt wie eine schwarze Katze in der Nacht.

Es ist kurz vor 1 Uhr. Ich habe keine Ahnung wann sie auftauchen wird. Ich hoffe bald einmal, ich brauche die Dunkelheit der Nacht. Ich höre Leute über den Dorfplatz gehen und ins Oberdorf verschwinden. Dann beginnt es zu regnen. Das kommt mir gelegen. Es verwischt Spuren. Es ist halb zwei Uhr. Dann ist es endlich soweit. Ich bin schon halb durchgefroren. Ich kann sie hören. Sie verabschiedet sich lauthals von ihrer Freundin. Ich blicke Richtung Dorfplatz. Sie läuft schnell. Kein Regenschirm dabei, sie will nur noch nach Hause. Ihr Gang ist unsicher, sie ist wohl etwas beschwipst.

»Hilfe, Hilfe«, krächze ich leise und doch laut genug, dass Melina abbremst und zu mir hoch sieht. Ich sehe wie sie die Augen zusammenkneift. »Hilfe«, wiederhole ich leise. Sie beisst an. Ich schiebe meine Hand in die Innentasche meines Mantels, greife nach dem Knauf. Melina kommt vorsichtiger näher. Ich senke mein Gesicht zu Boden.

»Was isch los?«, fragt sie fürsorglich. Ich krächze ein wenig um ein Problem vorzutäuschen. Sie steht vor mir, kniet nieder. Ich blicke auf, direkt in ihre Augen. Sie erschrickt ein wenig und will bereits etwas sagen, doch blitzschnell halte ich meine flache Hand auf ihren Mund. Ein dumpfes Geräusch macht sie trotzdem und sie fällt nach hinten. Ich bin flink genug. Ich kann den Druck auf ihrem Mund beibehalten. Ich blicke in ihr ängstliches Gesicht. Ich bin zu konzentriert, als das ich mich jetzt auf Gefühle einlassen könnte. Sie zittert gewaltig. Ich drücke ihr die Pistole auf den Bauch. Sie bemerkt es und stumme Tränen rinnen ihr die Backen herunter.

»Alles easy, wenn mitspielsch passiarter nüt. I versprichders«, sage ich zu ihr und versuche sie zu beruhigen. Was für ein Moment. Mein Herz rast vor Anspannung. Wenn mich jetzt einer sieht bin ich geliefert. Doch habe ich mich für diesen gewagten Plan entschieden. Ich nehme die Pistole von ihrem Bauch weg. Sie atmet ein wenig ruhiger, doch sie wimmert. Die Hand halte ich ihr fest auf den Mund gedrückt. Ich lege die Waffe zu Boden, greife in meinen Rucksack. Meine Kraft reicht völlig aus. Ihren Kopf habe ich locker im Griff. Mit meinem Knie drücke ich ihr in den Oberschenkel. Nur ihr rechtes Bein zuckt ein wenig, doch sonst ist sie bewegungsunfähig. Wohl auch wegen dem Schock. Ich ertaste mein vorgefertigtes Klebeband. Ich lege es ihr Zentimeter um Zentimeter über den Mund. Mit der rechten Hand, die ihr auf den Mund drückt, rutsche ich dabei immer ein wenig nach um Platz für das Klebeband zu machen. Sie scheint wohl eine Chance darin zu sehen und wehrt sich heftig. Sie versucht zu schreien, doch ihre Stimme ist unterdrückt und Dumpf durch meine Kraft. Schliesslich habe ich es geschafft. Das Klebeband sitzt mehr als nur fest. Ich kann mich auf ihre Hände konzentrieren. Ich greiffe ihren linken Arm und reisse ihn auf ihren Bauch. Es macht ihr Schmerzen, denn ihr Gesicht verzieht sich. Ich lege mein Knie auf den Arm und greife nach dem rechten. Ich lege sie übereinander und fessle sie mit einem Strick. Kurz halte ich inne, horche in die dunkle Nacht hinein. Auf meinem Gesicht macht sich ein Grinsen breit. Nichts zu hören. Melina sieht mein Grinsen und wimmert nur noch mehr.

»Ok, Melina, mer machen a chlini Wanderig«, flüstere ich ihr ins Ohr. »I versprichder, dass diar nüt passiara wird! I will nu bits mit diar reda!«

Melina reagiert auf diese Worte. Sie nickt. Allerdings etwas zu übertrieben zustimmend. Ich weiss genau, dass sie wegspringen möchte, sobald sie auf den Beinen steht. »Ok«, sage ich und lege sie auf den Rücken. Danach lege ich ihr meine Hände um die Hüften und hebe sie hoch. Mühelos. Sie wiegt kaum 50 Kilogramm. Noch bevor sie mit den Füssen auf dem Boden steht, versucht sie mich in die Schienbeine zu treten. Ihr Oberkörper zappelt hin und her, wie ein Fisch. Sie versucht mir einen Kopfstoss zu verpassen. Ich stelle sie mit den Füssen auf den Boden und greife ihr blitzschnell ins Genick. Sie scheint zu schreien vor Schmerzen, doch das Klebeband erledigt seine Aufgabe gut.

»Wia gsait, spiel mit und as passiarter nüt!« Sie hat nicht viele Möglichkeiten ein Zeichen zu geben, dass sie einverstanden ist. Ihr Kopf ist in meinem eisernen Griff gefangen. Sie kann sich nicht regen. Ich lockere meinen Griff, halte sie allerdings weiter am Genick fest. Das zeigt Wirkung. Sie wehrt sich nicht mehr. Beinahe hätte ich es in der Aufregung vergessen. Ich taste mich zu ihrer Hose vor. Als ich sie berühre keucht sie auf, doch ich ziehe nur ihr Handy aus der Tasche. Ich werfe es in das Gebüsch. Gut, Problem gelöst. Ich drücke ihr leicht meine linke Hand in den Rücken und sie setzt sich in Bewegung. Wir gehen in Richtung Bawangs. Als wir die Strasse überqueren müssen, versichere ich mich, dass niemand zu sehen ist. Alles ist ruhig, also weiter. Ich treibe sie eilig über die Strasse und auf die dunkle Wiese, die zum Sitzbank führt. Ich achte darauf, dass wir den Strassenlatternen nicht zu nahe kommen. Wir überqueren die Strasse, die ins Salavis führt. Der erste Anstieg. Die Tola hinauf. Es ist rutschig und exrem anstrengend. Wir gleiten immer wieder aus. Ich habe es komplett unterschätzt. Am Schluss müssen wir uns beinahe nach oben robben, um nicht nach unten zu fallen. Ich flüstere Melina dabei immer wieder Anweisungen ins Ohr. Sie solle weitergehen. Doch ihre Kondition ist nicht gut. Dazu hat sie noch Alkohol getrunken. Sie atmet schwer durch die

Nase. Ich überlege, ihr die Hände zu entknoten. Nein, nur noch zehn Meter, dann haben wir den Porzliweg erreicht. Der letzte Meter. Hoffentlich muss sie nicht kotzen. Glücklicherweise nicht, doch augenblicklich sackt sie in sich zusammen, als wir den Weg erreicht haben.

»Stohn uf, mer sinn no lang nid am Ziel!«, flüstere ich ihr zu. Ich helfe ihr hoch. Sie keucht und ihre hübschen Augen sind tränenverschmiert von der Anstrengung und der Angst. Im Wald ist es stockdunkel. Noch wage ich es nicht meine kleine Taschenlampe zu entzünden, die ich mitgenommen habe. Wir sind noch zu nah am Dorf. Ich führe Melina weiter, die Bergstrasse hinauf. Sie wimmert nicht mehr. Offensichtlich braucht sie alle Kraft um auf den Beinen zu bleiben. Wir lassen die Spitzkehre hinter uns. Die Lichtung erscheint. Beim Brunnen halte ich kurz an und trinke etwas Wasser. Meine Hand liegt dabei stets an Melina. Weiter geht's. Wir verlassen den Weg bei der nächsten Spitzkehre. Wir bewegen uns geradeaus weiter. Nicht mehr nach oben. Quer über eine Wiese und bis an den Waldrand. Ich höre ihn bereits rauschen, den Cosenzbach. Hier muss ich Melina definitiv die

Fesseln abnehmen. Es wird steil nach unten gehen und das einzige Licht wird nur von meiner Taschenlampe herführen. Sie braucht ihre Hände um den Abstieg zum Bachbett zu bewältigen. Das Klebeband bleibt allerdings wo es ist. Einen lauten Schrei würde man im Dorf vernehmen können, dessen bin ich mir sicher. Wir machen uns auf den Weg. Ich lasse sie los. Allerdings drücke ich ihr die Waffe an den Rücken. Sie weiss Bescheid. Nach einer halben Ewigkeit erreichen wir das Bachbett. Gespenstisch plätschernd fliesst das Wasser an uns vorbei in Richtung Dorf. Es ist eiskalt als wir es durchlaufen. Melina stöhnt auf vor Angst. Der Wald ist dunkel und die Geräusche unheimlich. Ich drücke ihr die Kanone in den Rücken und leuchte auf den Hügel, der vor uns liegt. Er ist steil, doch wir werden es schaffen. Ein heikler Moment für mich. Ich brauche beide Hände um mich an Wurzeln, Ästen und Bäumen festzuhalten. Meine Taschenlampe klemmt zwischen meinen Zähnen. Wenn sie schlau genug wäre, würde sie sich umdrehen und mich den Hang hinunterschubsen. Ist sie zum Glück nicht. Sie denkt wohl, dass ich die Knarre noch immer auf ihren Rücken gerichtet habe. Endlich haben

wir den Aufstieg geschaft. Ich atme schwer.
Melina zieht die Luft durch ihre Nasenlöcher.
Beinahe kippt sie um vor Atemnot. Ein wenig
muss sie noch durchhalten. Ich dränge sie weiter.
Noch immer geht es ein wenig bergauf, doch das
steilste Stück liegt hinter uns. Wir brauchen fast
eine Viertelstunde, ehe wir aus dem Wald hinaus
auf eine dunkle Waldlichtung stolpern.
»Gaschtrinis«, keuche ich erleichtert auf. Der alte
Wäg führt dahinten an der Lichtung vorbei und
an dessen Rand steht ein Bauernhof. Ich bemerke
wie Melina sehnsüchtig dahinblickt. Der Regen ist
längst verklungen und Mondlicht scheint auf die
Wiese hinunter. »Vergisses, Schatz. Döt wohnt
niamert meh«, sage ich munter an Melina
gewandt. Sie lässt ein klagendes Wimmern von
sich hören. »Chumm, as isch nüm wit«, ermuntere
ich Melina und dränge sie gleichzeitig zum
Weitergehen. Wir überqueren die feuchte Wiese,
die das Licht des Mondes wiederspiegelt. Bis hin
zum Beginn des Weges, der wieder hinunter zum
Cosenzbach führt. Direkt am Cosenzbach entlang
hätten wir es nicht geschafft. Es gibt einige Stellen,
die ohne Seil nicht zu überwinden sind. Wir
steigen vorsichtig, im Licht meiner Taschenlampe,

den Hang hinunter. Es ist nicht gerade flach, doch wurde dieser Weg extra erbaut um nach unten zu gelangen. Wir haben weniger Probleme und bereits stehen wir wieder vor dem Cosenzbach. Mein Blick wandert hoch zu der dunklen Felsspalte, folge mit der Taschenlampe. Ich bin überwältigt von dem Anblick. Viel sehe ich nicht, doch ich erkenne ihre Strukturen. Ich atme flach vor Erregung. Wir müssen nur noch den Hang hinaufklettern, dann haben wir unser Date-Ort erreicht.

»Gömmer uhi«, sage ich fast beiläufig an Melina gewandt. Die junge Dame wimmert, als sie hinauf zu dem dunklen Loch blickt. Sie fürchtet sich vor der Dunkelheit. Mich fürchtet die Dunkelheit und dieser Ort nicht. Im Gegenteil. Eine Ruine, an die nie jemals das Tageslicht heranscheint, die in der Felsspalte verborgen liegt und von der Dunkelheit verschluckt wird, lässt mir Gänsehaut über die Arme ziehen vor Glück und Erregung. Noch einmal wird es rutschig und anstrengend. Wir brauchen nochmals 10 Minuten, bis wir endlich am Eingang stehen. Ich drücke Melina sanft in die Ruine hinein. Totenstille herrscht hier drin. Es ist kalt, dunkel und feucht.

»I machs nor gra a bitz gmüatlicher«, sage ich Melina, die vor Angst und Kälte zittert. Ich treibe sie weiter aufwärts. Ich will mit ihr nicht unten bei den Fenstern und dem Eingang bleiben. Ich will hoch, bis zu den Einbuchtungen. Dort wird sich Melina wohler fühlen. Dort werde ich ihr einen Schlafplatz errichten. Auf einem breiten Stein lassen wir uns endlich nieder. Wir sind am Ziel angekommen. Ich werfe einen Blick auf die Uhr. Halb 4 Uhr morgens. Doch im November ist die Nacht länger. Wir haben genügend Zeit noch ein wenig zu plaudern, bevor es Zeit für das Bett ist. Erst stelle ich einige Kerzen auf und entzünde diese. Dann löse ich sanft das Klebeband von ihrem Mund. Augenblicklich fängt Melina laut an zu schluchzen und zu weinen. Zum Schreien hat sie keine Kraft mehr, doch sie ist vollkommen verstört.

»Nu ruhig, Melina. Ässemer zerscht mol öppis«, sage ich zu ihr und lege ihr dabei meine Arme um ihre Schulter. Sie zuckt und schüttelt sich, doch ich lasse sie nicht los. Mit der linken Hand wühle ich in meinem Rucksack. Ich ziehe zwei belegte Brote hervor. Eines mit Käse für Melina und eines mit Schinken für mich. Ich reiche ihr das Brot und ziehe meine Hand wieder weg von ihrer Schulter. Ich wickle mein Brot aus der Alufolie heraus und beisse herzhaft hinein. Melina rührte ihres nicht an. Muss sie auch nicht. Ich will sie nicht dazu zwingen. Mit geröteten Augen blickt sie zu dem Loch hinaus, das am oberen Rand liegt.

»Witsch öppis trinka? Wasser oder Kaffi?«, frage ich sie und ziehe eine Wasserflasche und eine Thermoskanne aus meinem Rucksack hervor. Melina beginnt wieder zu weinen. »I will hai. I will zu minera Mama«, schluchzt sie hemmungslos.

»Mer gönn, wenns Tag wird, wider zrugg. I versprichders«, versuche ich sie zu beruhigen. Ihr hübsches Gesicht ist tränenverschmiert, ihr Make-Up rinnt. Da muss ich nachher noch einiges nachbessern.

»Du witschmi umbringa, du häsch au schu d Angela umbrocht!«, keucht Melina verzweifelt und richtet sich mir zu.

»Nai, nai. I bins nid gsi«, lüge ich sie an.

»Doooch«, heult sie auf und vergräbt ihre Hände in ihrem Gesicht.

»Nai, Melina, und etz trink endlich öppis!«, sage ich unwirsch. Ich möchte jetzt nicht über Angela reden. Ich möchte die Zeit mit ihr geniessen. Melina bemerkt, dass ich will, dass sie etwas trinkt. Sie greift nach der Wasserflasche, nippt ein wenig daran und erbricht sich gleich darauf.

»Scheisse!«, brülle ich wütend. Stückchen des Erbrochenen haben meinen Mantel berührt. Das ist eine Katastrophe! Ich muss den Mantel entsorgen wenn ich zu Hause bin! Melina fasst sich wieder ein wenig und fragt mich: »Warum häschmi do uffa entfüahrt?«

»I han di doch nid entfüahrt! Das isch doch üsers hütiga Date!«, antworte ich voller Überzeugung. Melina wirkt überrascht und beinahe beruhigt nach meinen Worten. »As Date? Das isch alles?«, fragt sie mich unsicher.

»Jo, also s erschta vu vielna«, antworte ich vergnügt. Melina blickt mich seitlich an. Sie ist verwirrt. Ich wende ihr meinen Kopf zu. Blicke in ihr junges, süsses Gesicht und in ihre wässrigen, blauen Augen, die mich verzaubern.

»Witsch an Chuss?«, fragt sie mich. Noch immer ist ihre Stimme zitternd, doch ich bemerke, wie es in ihrem Hirn anfängt zu rattern.

»Ah nai, i chüssa nia bim erschta Date«, antworte ich vergnügt und blicke auf meine Uhr. Es ist viertel vor Vier. Ich stehe auf und Melina zuckt erschrocken zusammen. Ich lächle sie fürsorglich an. »Nu ruhig, i mach nu der Schlofplatz fertig. Am Viari gömmer underi. In as paar Stund goht d Sunna uf, den gömmer wider ahi.«

Melina wirkt erleichtert. Sie schaut mir zu, wie ich einen Schlafsack aus meinem Rucksack nehme und ihn unter einer Felsspalte ausbreite. Ich öffne den Reisverschluss bis zum Fuss. Dann kehre ich zu Melina zurück. Sie hat sich nicht von der Stelle gerührt. Gebannt sind ihre Augen auf mich gerichtet. »Witsch mit miar schlofa?«, fragt sie mich flüsternd und ängstlich.

»Himmel und Herrgot, nai«, antworte ich deutlich. Diese Frage ist ein wenig überraschend gekommen. Sex interessierte mich nicht. Nicht die Spur. Ich brauche nur jemanden, der mich liebt. Jemanden mit dem ich reden kann.

»Wit nid no bits fum Brötli essa, voram Schlofa? Mit Chäs häschs am liabschta, ni?«, frage ich sie. Melina blickt erstaunt wirkend auf ihr belegtes Brot, das sie noch immer in ihrer Hand hält. »I han kai Hunger. Aber mit Chäs hani am liabschta, jo. Woher weisch das?«, fragt sie mich und ich höre die Neugier aus ihrer Stimme heraus.

»Hallo Stockholm-Syndrom«, sagt meine innere Stimme.

»No bits früah«, beantworte ich stumm die Frage.

»Facebook, Schatz. Dia soziala Netzwerk sinn a offnigs Buach. Häsch jo mol fu dahai as Bild postet«, antworte ich ihr.

Melina nickt. Sie wirkt überrascht. Als hätte sie noch nie darüber nachgedacht, dass wildfremde Personen ihr Profil betrachten können.

»So, jetz isch aber Ziit. Isch a strängi Nacht gsi«, lächle ich sie an und deute auf den Schlafsack.

»Ou, jo«, antwortet Melina etwas verwirrt wirkend.

Die Ruhe kehrt in mir ein. Die Erregung und die Spannung ist weg. Ich lasse diesen magischen

Ort auf mich einwirken. Die Kerzen flackern in der Gruft. Der Stein ist kalt und die Grotte feucht, doch ich fühle mich geborgen. Erhaben wacht die Burg Rappenstein über den Cosenzbach. Die Dunkelheit regiert in diesem Bachtobel. Ein friedlicher Ort, der mystisch ist und voller Geschichte. Das bedeutet für mich das Leben. Dieser Augenblick. Melina kriecht auf den Schlafsack zu. Ich greife nach dem Strick in meinem Rucksack. Leise stehe ich auf. Sie hört mich nicht. Sie will sich gerade hinlegen.

Ich beuge mich über ihren Rücken. Ihr Kleid ist von Dornen zerfetzt. Ich lege ihr den Strick um den Hals. Ich ziehe mit aller Kraft und drücke ihr mein Knie ins Kreuz.

Hier in der dunklen Burg Rappenstein fühle ich mich wohl … Ich bin ruhig, ich bin eiskalt.

Ich ziehe noch kräftiger. Ich höre die Geräusche nicht. Mein Kopf ist leergefegt. Ich lasse sie los und sie sackt zu Boden. Sie lebt nicht mehr. Ich rolle sie in den Schlafsack. Ich ziehe den Reisverschluss bis zu ihrem Kinn hoch. Ich greife in meine Manteltasche. Mit einem Feuchttuch wische ich ihr das Blut und ihren Speichel aus dem Mundwinkel. Danach wische ich ihr schmieriges Make-Up weg. Ich trage ihr neues auf. Pudere ihr Gesicht. Ich löse den Knoten in ihren Haaren, lege ihr ihre wunderschönen braunen Haare über die Schultern. Ich blicke in die blauen Augen. Starr und ausdruckslos blicken sie auf den kalten Stein der Einbuchtung. Ich rieche an ihr. Sie duftet nach Vanille. Ich streiche ihr sanft über die Stirn. Ich lasse sie wissen, dass mir dieses Date gefallen hat und wir es schon bald wiederholen werden. Dann drehe ich mich ab und packe alles zusammen. Die Kerzen lasse ich brennen. Wer steigt schon im November hier hinauf? Bestimmt nur ich und Melina. Spuren habe ich keine hinterlassen. Keine einzige Faser und keinen Fingerabdruck. Meinen Handschuhen sei dank. Ich schultere den Rucksack. Melina liegt da. Sie sieht friedlich aus. Wie es sein sollte. Eine Prinzessin ... nein ... meine Prinzessin in ihrem Schloss. Ich lächle sie noch einmal an, drehe mich ab und steige nach unten. Ich habe endlich wieder jemand der mir zuhören wird. Meine Ängste und meine Sorgen mit mir teilt.

XIV.

»Zuletzt wurde die 18-jährige Frau am Guggaball in Untervaz gesehen. Der Verdacht liegt nahe, dass das Verschwinden der Frau mit dem Mord von Angela zu tun hat«, berichtet der müde aussehende Pressesprecher der Polizei zu den Reportern. Weitere Informationen liegen zur Zeit nicht vor oder werden der Öffentlichkeit nicht zugetragen.

Mateo und Jan sitzen in der Dorfbeiz Galli`s. Es ist Montagabend und die kleine Beiz ist rappelvoll. Stimmen schallen laut und dröhnend durch den kleinen Raum hindurch. Die Bewohner sind in Aufruhr. Schon wieder eine junge Frau aus Untervaz, die vermisst wird. Die Wut der Leute richtet sich auf die Polizei, doch man beschuldigt sich bereits auch gegenseitig. Leute die sich nicht mögen. Nach drei vier Bieren halten sich die Besucher der Beiz nicht mehr zurück. Die Nerven liegen blank.

»Du bisch doch sowieso an struba Siach! Gibs doch zua, du häschi ufam Gwüssa!« ... »Spinnsch a Art? Du bisch doch dä wo schu immer Problem mit da Fraua gha het! Häsch eini müassa töta, damit sie bi diar blibt?«

Diese Worte sind dabei noch die Harmlosesten. Mit Beleidigungen halten sich die Leute nicht mehr zurück. Auch Mateo und Jan bekommen das zu spüren.

»Iar zwei sinn au nid suuber! Iar hänn dä Briaf sicher sälber gschriba!«

»Häb dini Schnorra Gansner!«

Es ist Mateo der diese Worte zurückbrüllt. Der Typ hat, seit er mit Seraina zusammen ist, enorm an Selbstvertrauen getankt. Jan ist nach wie vor erstaunt, dass es bei Mateo und Seraina so schnell gegangen ist, doch Mateo hatte ihm zugesteckt, dass auch Seraina schon immer ein Auge auf ihn geworfen hatte. Mateo interessiert sich nun auch viel mehr für die Verdächtigen auf ihrer Liste. Eine Person haben sie bereits streichen können. Hector. Jan hat ihn am Summernachtsfäscht in der Usfahrbar herumlungern sehen, bevor er zum Tatort verschwunden ist. Er kann es nicht gewesen sein. Doch Bruno, Silvian, Rino und Samuel sind nicht mehr an der Party gewesen. In den vergangenen Monaten haben Jan und Mateo nicht viel unternommen. Die Drohung gegen

Mateos Schwester hat sie ausgebremst. Doch seit dem Verschwinden von Melina, der hübschen 18-jährigen Frau, die in der Kirchgasse wohnt, macht Mateo ordentlich Dampf. Auf die Frage ob er keine Angst um seine Schwester habe, rümpft Mateo nur mit der Nase. »Dia isch zächer als dänksch.

Jan und er haben beschlossen Bruno, Silvian, Rino und Samuel nun genau unter die Lupe zu nehmen. Dies bedeutet, dass sie ihre Wohnungen durchsuchen werden. Ein geeigneter Zeitpunkt dafür wird der nächste Samstag sein. Dann findet der Herbstsaisonabschluss des FCUs statt. Alle Mitspieler werden sich im Rüfeli treffen. Eine gute Gelegenheit noch kurz in die Wohnungen einzubrechen, ehe sich Mateo und Jan am Abschlussfest blicken lassen würden.

Gansner marschiert mit feuerrotem Kopf auf Mateo zu. Der Typ überragt Mateo um mehr als zehn Zentimeter. Gansner ist Dorfbekannt. Ein zumeist friedlicher Typ, doch immer dann, wann er Alkohol in die Finger bekommt, wird er zu einem nervigen, hirnlosen, streitsüchtigen und unausstehlichem Kerl.

»Witsch eis ufs Muul Gansner?«, knurrt Mateo zornig, als er von seinem Tisch aufsteht und sich vor Gansner aufzubauen versucht. Er reicht ihm kaum bis ans Kinn.

»Hör uf mit däm Scheiss!«, sagt Jan und packt Mateo am Kragen. Mateo wirft Gansner, der von seinen Freunden zurückgehalten wird, einen letzten, gehässigen Blick zu, ehe er sich wieder setzt. Rasch trinken sie ihr Bier fertig. Sie sind nur aus einem Grund in die Beiz gegangen, nämlich um sich etwas herumzuhören. Das hätten sie sich allerdings sparen können. Das Treiben in der Beiz hat heute einem Wild-West Streifen geglichen. Prügeleien, Beschuldigungen und wildes Herumgefluche. Den Dienstag haben sich Mateo und Jan freigenommen. Dies hat nicht gerade einen angenehmen Grund. Die Familie von Melina hat per Facebook dazu aufgerufen, ihnen bei der Suche nach ihrer Tochter zu helfen. Man treffe sich am Dienstag um 10 Uhr morgens auf dem Dorfplatz. Jan und Mateo haben sich sofort dazu entschlossen, sich der Suche anzuschliessen. Sie kennen Fred, Melinas Bruder. Ein ehrgeizer Junge, der bereits zum Junior Chef bei einer Werkzeugfirma aufgestiegen ist. Früher, bei den

A-Junioren, haben sie noch gemeinsam Fussball gespielt und deshalb ist es für Jan und Mateo selbstverständlich zu helfen.

Jan kann in dieser Nacht kaum schlafen. Immer wieder geistert ihm das hübsche Gesicht von Melina durch den Kopf. Ihre toten Augen…

Während ihm diese Bilder durch den Kopf geistern, wird bereits der nächste Brief im Briefkasten abgelegt.

»Losender churz bitte?«, dröhnt die Stimme von Melinas Onkel über den Dorfplatz. Jan und Mateo horchen angestrengt. Der Novembertag ist kalt und ein bitter-kalter Wind fegt über den Platz. Rund einhundert Dorfbewohner stehen da. Jung und alt durchmischt.

»Miar bilden Dreiergruppana. Chömmender alli zu miar, i teila eu as Gebiat zua!«, sagt der Onkel. Jan und Mateo stehen zuhinterst in den Reihen. Sie blicken sich nach einem dritten Partner um für die Suche, doch die Gruppen haben sich bereits alle gebildet.

»Gömmer halt ds zweita«, brummelt Mateo, während er sich die Kapuze seiner Winterjacke aufsetzt. Der Wind wird immer stärker. Nach gut zehn Minuten stehen nur noch drei Gruppen vor Jan und Mateo. Eine Hand packt Jan an den Schultern und erschrocken dreht er sich um.

»Hätts fascht verpennt«, sagt Rino, der mit leicht geröteter Nase hinter ihnen steht. Jan und Mateo begrüssen ihn. Wachsam und neugierig. Es ist klar, dass sie gemeinsam suchen gehen würden. Jan spürt das neugierige Kribbeln in seiner Magengegend. Rino, der sich oftmals an Gewalttaten gütlich tut, der mit ihnen Fussball spielt und der auf ihrer Liste steht. Er ist der einzige aus der Mannschaft, der heute hier ist. Das dürfte interessant werden.

»Hoi zämma. Danka das iar eu an der Suachi beteiligen«, begrüsst sie Melinas Onkel Leonardo mit zitternder Stimme. »Bim Gufel uhi. D wiisana und ds Lisibüahl absuacha. Dänn no Patnalerweg bis zum Chäppali. Witer uhi müander ni, döt suacht der Heli mit der Wärmebildkamera.«

Die drei Männer nicken und machen sich sogleich auf den Weg. Jan ist etwas enttäuscht über die Zuordnung. Er hätte lieber an der Au gesucht. Er vermutet, dass der Mörder die Leiche wieder am Rhein platziert hat. Er, Mateo und Rino schreiten rasch die Vordergasse hinauf, überqueren das Büheli und folgen der Bergstrasse und dem Gufel hoch. Mit einer Taschenlampe ausgestattet suchen sie zu beiden Seiten des Weges. Sie bleiben dabei auf dem Weg. Rasch wird ihnen klar, dass die Suche beinahe aussichtslos scheint. Sie müssten weiter hinauf in den Wald schreiten. Als Jan diesen Vorschlag unterbreitet, antwortet Rino schnaubend: »Sicher nid. Luag mol do uhi. Isch zimmli steil. Stellder vor, müastisch no a Körper mitschläppa, vergisses. Suachemer gschieder der Wägrand und d Wiisana ab.«

Jan runzelt ein wenig die Stirn. »Als chasch du das wüssa«, antwortet er an den Rücken von Rino gerichtet, da dieser gerade einen Hang hinauf späht. Er versucht ihn ein wenig zu provozieren. Vielleicht verrät er sich ja sogar selber. Rino dreht sich um. Er ist grösser als Jan, mindestens 1.90. Muskulös gebaut, kurze braune Haare und ein kantiges Gesicht. Doch würden Jan und Mateo ihn wohl überwältigen können, wenn es darauf ankommen würde. Mit Ausnahme, dass der Typ vielleicht eine Knarre dabei hat.

»Das machen Mörder nid, Jan«, beginnt Rino und ein unheimliches Lächeln breitet sich auf seinem Gesicht aus. Mateo steht angespannt wirkend neben Jan. »Buckla doch mol a füfzg-Kilo Häppirasack und probiar do uhi ds laufa. Schaffsch kai zehn Meter, ussert du bisch a u huara Tiar!«

»Fascht wia du«, denkt sich Jan nervös. Es klingt beinahe so, als habe es Rino selbst ausprobiert, mit einem fünfzig-Kilogramm schweren Kartoffelsack den Berg hinauf zu staksen. Oder mit einer Leiche ... Vielleicht ist es die allgemein angespannte Situation, oder die Tatsache, dass der Typ in einem schwarzen Mantel dasteht, oder die unheimliche Umgebung beim Goldiga Brückli, die Jans Herz wild pochen lässt. Seine Gedanken wandern zu seiner Tasche, dort befindet sich sein Taschenmesser. Hätten sie eine Chance? Mateos Hände sind zu Fäusten geballt.

»Luagemer mol unters Goldiga Brückli«, sagt Rino noch immer unheimlich grinsend. Dies bestätigt ihnen wieder einmal, dass es Rino eher vergnügt als beängstigt eine vermisste Frau zu suchen. Rino dreht sich ab und wendet sich der Brücke zu. Ein ausgetrocknetes Flussbett liegt in nicht unbeträchtlicher Tiefe da unten. Ein Zaun versperrt den Weg. Das Bachbett ist vollgepackt mit Laub, was Jans Anspannung nicht lindert. Rino hingegen fackelt nicht lange. Er kletterte über den Zaun und nach unten und beginnt unwirsch mit dem Fuss das Laub wegzuwischen. Entweder hat der Typ einfach kein Gespür oder er weiss ganz genau, das Melina nicht dort ist. Tatsächlich ist da nichts, ausser das Restlaub des Herbstes. Rino kommt wieder hinaufgeklettert und läuft ohne ein Wort zu sagen weiter die Bergstrasse hinauf. Jan wirft Mateo einen fragenden Blick zu. Mateo zuckt nur mit den Schultern und so folgen sie ihm. Den ganzen Morgen suchen sie die Gegend ab. Kleine Lichtungen im Wald. Wiesen und Felseinbuchtungen. Nichts zu sehen von Melina. Auf dem Lisibühl machen sie kurz Mittag. Mateo knabbert an einem Apfel herum, Jan wendet sich seinem Krapfen zu und Rino verdrückt ein Schinkensandwich. Schweigend betrachten sie die Gegend. Auf einem kleinen Hügel liegend und mit wunderbarer Aussicht auf das Dorf, ist dieser Ort etwas Besonderes. Die Vazer Tradition, das Schiibaschlaha. Jan und Mateo folgen diesem Brauch noch immer. Meist entscheiden sie sich ihre Scheiben vom Lisibühl herunterzuschlagen, daher ist ihnen dieser Ort auch so vertraut. Allerdings fehlt von Melina auch nach dem Mittagessen jegliche Spur. Am Nachmittag kommt der Waldweg, der zum Chäppali führt, an die Reihe. Der Weg ist vollbedeckt mit Laub, was die Suche keineswegs erleichtert. Frustriert kommen sie beim Chäppali an und suchen über eine Stunde lang die Umgebung ab.

»Das wär etz no a Ort gsi, wo i miar vorstella chönnt zum a Laicha ablegga«, sagt Rino munter, der auf der Mauer der Überreste der Kapelle sitzt und das Kreuz im Steingehäuse begutachtet. Jan stuzt erneut. Er wendet sich von dem Druidenstein ab, bei dem er gerade die Gegend abgesucht hat und läuft auf die Mauern zu. Der Typ wird ihm immer unheimlicher. Seine komische Neigung zu Gewaltverbrechen und Katastrophen sind Jan längst bekannt, doch es ist seine ruhige Stimme, seine Gelassenheit und sein Grinsen, was Jan beunruhigt.

»Warum do? Do chusch jo aunid grad guat zuahi mitara Laicha«, fragt Jan und setzt sich Rino gegenüber. Mateo ist noch immer irgendwo die Gegend am absuchen. Rino zündet sich erst eine

Zigarette an, ehe er seelenruhig antwortet: »Chaschi au locka, oder entfüahra.«

»Chasch jo, nu isch das a zimmli chlises Dorf. Das wür uffalla«, entgegnet Jan stirnrunzelnd.

Rino lacht kurz auf. »Luag Kolleg, iaras Natel häns jo im Gebüsch gfunda. Kai zehn Meter fu iaram Dahai entfärnt und bi däna Hüser fu Bawangs. Sit wänn giltetsi als vermisst?«

»Sitam Sunntig. Sie isch am Morga nid dahai gsi«, antwortet Jan gespannt.

»Voll, wenn chönnt si also verschwunda si? Häschi jo au gseh am Guggaball, oder?«, hakt Rino nach.

Es stimmt, sie ist Jan tatsächlich aufgefallen. Sie stand neben ihm an der Bar und hat sich ein Getränk bestellt. Sie hat ihn sogar kurz angelächelt.

»Entfüahrt oder döt aswo in a Huus verschläppt worda, wa meintsch?«, unterbricht Rino die Stille, in der Jan sich an den Guggaball zurückerinnert hat.

»I sägs nu ungerä Jungs, aber do oba ischsi ni«, ertönt die frustriert klingende Stimme von Matteo, der gerade mit gerötetem Gesicht einen Hang hinaufgestackst kommt. Rino drückt seine

Zigarette auf der Mauer aus und steht auf. »Wird au bald dunkel. Gömmer wider ins Dorf.«

Der Wind hat sich verzogen und macht dem Regen platz, der nun heftig hinunterprasselt. Es wird immer dunkler und sie beeilen sich. Vorbei am Lisibühl und weiter die Bergstrasse hinunter. Vom Helikopter, der am Nachmittag für zwei Stunden über den Bergwald geflogen ist, ist nichts mehr zu hören. Offensichtlich ist die Suche mit der Wärmebildkamera erfolglos geblieben. Das goldiga Brückli kommt in Sicht. Dahinter liegt der alt Wäg, der früher benutzt worden war und ebenfalls den Berg hinaufführt. Jan`s Blick folgt seinem Verlauf. Wohin führt er noch gleich? Ach ja, Gaschrinis. Dort hat es eine Wiese und noch weiter hinten fliesst der Cosenzbach. Und dort liegt das …

Jan bleibt abrupt stehen. Neugierig blickt er den Weg hoch.

»Was isch, wit uf Salaz uhi?«, schnaubt Rino, dessen Mantel durchnässt vom Regen ist.

»Ds Ipp`Schlössli«, murmelt Jan in Gedanken versunken. Eine Burg in einer Felsgruft.

»Sicher ni! Weisch wia stail dä Abhang isch döt? Stellder das mol vor!«

Jans Augen blitzen zu Rino hinüber. Eine unruhige Nervosität liegt in seiner Stimme. Die Ruhe in ihm ist wie weggeblasen.

»I gon uhi gu luaga«, sagt Jan mit ruhiger Stimme.

»Was?«, sagen Mateo und Rino gleichzeitig.

»I gon uhi gu luaga!«, wiederholt Jan bestimmt und schreitet bereits voran.

»Döt oba isch nüt!«, sagt Rino eindringlich.

»I han di!«, denkt sich Jan triumphierend. Er dreht sich nicht um. Entweder hat er gleich eine Kugel im Rücken, oder Rino verschwindet. Tatsächlich entscheidet sich Rino für die zweite Variante.

»Du Spinnsch. As dunklet und döt uhi bruchsch sicher nomol a Stund! I verpissmi!« Rino verschwindet ohne ein weiteres Wort zu sagen. Mateo steht noch immer an der Weggabelung. Er wirkt verwirrt. »Bisch sicher das etz no uhi wit? Es dunklet würkli und as isch nass!«, fragt er etwas unsicher.

Jan winkt ihn zu sich heran. Er zieht den Brief hervor, den er schon die ganze Zeit in seiner Jackentasche dabei gehabt hat. »I weiss dass sie döt doba isch! I hanmi erinneret woni ans

Ipp`Schlössli denka ha müassa. Miar hänn dia Saga doch mol ir Schual ghört, weisch nümm?«

Mateo schüttelt ahnungslos mit dem Kopf und sagt: »Läsna nomol vor, i weiss der Text nümm.«

Jan entfaltet den Brief, der heute Morgen im Briefkasten gelegen hat und liest ihn laut vor.

»Amool sei a Meitli in ..... an era Jumpfera begegnet, und dia hei gsait: ob sei era ni helfa wett? Si chem an dem und dem Tag wider doo heera, aber zerscht ischi in der Chilch gsi, un het denn an dem Platz gwartet, bis di wiss Jumpfera chemm. Denn isch aber a Schlanga mid ema Bund Schlüssel im Muul choo. Dee hett si den sölle neh, aber es het era gforchta und si het denn d Schlüssel ni törfa neh. Aber zrugg choo ischi au nüna. Ma hett ni ggwüsst, wo si hi cho ischt. Si het`s vorher dehaim gseit, wo si hi geng. Un im .... isch denn di wiss Jumpfera witer bei da Poppi bliba.«

PS: Am liebsten hätte ich meine Prinzessin in dieser düsteren Gruft an den Haken gehängt

GDR

Mateo scheint wie bereits am Morgen nur Bahnhof zu verstehen.

»Amool sei a Meitli in *Gaschtrinis* an era Jumpfera begegnet ... Un im *Ipp`Schlössli* isch denn d Jumpfera witer bei da Poppi bliba.«

»Shit, du häsch rächt«, erinnert sich Mateo schlagartig zurück. Jan kann die Gedankengänge des Mörders beinahe vor sich sehen. »Ob sei era ni helfa wet« ... Angelockt ... »Schlanga mit ema Bund Schlüssel im Muul« ... Der Mörder ... »Dee hett si den sölle neh, aber es het era gforchta und si het denn d Schlüssel ni törfa neh«. ... Melina will fliehen ... »Aber zrugg choo ischi au nüna« ... Er hat sie getötet, sie wird nie mehr zurückkehren. »Un im Ipp`Schlössli isch denn di wiss Jumpfera witer bi da Poppi bliba.« ... Der Mörder hat sie bereits wieder besucht. Prinzessin ... Gruft ...

Kälte und Regen können Mateo und Jan heute Abend nicht aufhalten. Der Drang treibt die beiden voran, rasch den Berg hinauf, über die Wiese von Gaschtrinis und hinunter zum Cosenzbach. Dort oben, in der Felsspalte, liegt die Ruine. Dunkel und geheimnissvoll. In einer schwarzen Nacht, an dem nichts Freundliches an diesem Ort zu entdecken ist. Der Hang ist vom

Regen getränkt und rutschig, doch das kann sie nicht mehr aufhalten. Angst ist keine Option, als sie durch den Eingang in die Dunkelheit der Ruine gelangen. Der Drang sie zu finden ist stärker. Der Strahl der Taschenlampe ist dünn, doch die Gruft ist klein. Blutige Flecken auf den Steinen, Hautfetzen überall verteilt. Beine und Arme voneinander getrennt, der Kopf neben dem Schlafsack und im Innern der Einbuchtung liegend ... Mateos und Jans Schreie hört hier niemand...

Welches Monstrum ist zu dieser Tat nur fähig? Am dunkelsten aller Orte ist sie geschlachtet worden. Schlimmer als man es sich vorstellen kann. Nässe und Kälte musste Melina über sich ergehen lassen. Das Blut mischt sich mit dem Erbrochenen von Mateo und Jan. Nie haben sie etwas so schreckliches und grauenerregendes gesehen.

XV.

Ich sitze in einem der Fenster. Der kalte Wind drückt mir von hinten auf den Rücken. Ich weine. Ich weine geräuschvoll. Hier kommt niemand hoch im November. Beinahe hätte ich mich übergeben müssen. Welch grauenvoller Anblick! Körperteile liegen in der Ruine verteilt. Ich halte den Übeltäter in der Hand. Oder zumindest ein Stück von ihm. Ein grauer Haarbüschel eines Tieres. Ein Wolf muss es gewesen sein. Ich kann mich ihr nicht einmal nähern. Ich will keine Spuren hinterlassen. Mein ganzer Körper zittert. Ich schreie, fluche und poltere. Die ganze Ruine erzittert unter meiner Wut. Meine Verzweiflung lässt mich noch wahnsinnig werden. Warum? Warum nur verlassen mich meine Freundinnen bloss immer so schnell. Ich wollte dir doch nur das Kleid flicken. Doch ich komme zu spät. Nicht einmal fünf Stunden war ich fort von dir, Melina, und doch hast du mich bereits wieder verlassen.

»Waruuuuuuum?!!!«, brülle ich mir die Seele aus dem Leib und sacke danach völlig entkräftet in mich zusammen. Zwei qualvolle Stunden bleibe ich noch bei ihr, ehe ich mich zusammenreisse.

Im Dorf wimmelt es wohl bereits schon von Bullen. Obschon mir das bewusst ist, bin ich unvorsichtig. Ich begebe mich über die normalen Wege nach unten in das Dorf. Dort laufe ich schnurstracks zu meiner Wohnung. Ob mich ein Bulle gesehen hat? Keine Ahnung. Es ist mir auch egal. Ich dusche zwei Stunden lang. Ich sitze am Boden, lasse das Wasser, das längst kalt ist, auf mich herunterregnen. Ich habe keine Träne mehr in mir, die ich noch vergiessen könnte. Nein. Ich trockne mich nicht ab. Steige nackt und nass ins Bett. Ich schlafe innert Sekunden ein.

Melinas Gesicht durchstreift meine Träume. Sie lacht. Es ist nicht ihr süsses und glückliches Lächeln, das sie sonst immer aufgesetzt hat. Es ist kalt und voller Hohn. Sie verspottet mich und mein törrichtes Vorgehen.

Der nächste Tag ist schlimm. Ich habe Ferien. Noch mehr Zeit also, mir Gedanken zu machen. Der Abend ist noch viel schlimmer. Die Einsamkeit überwiegt in mir. Mein Körper fühlt sich dumpf und hohl an. Das Schlimmste ist, dass ich nicht mehr weinen kann. Leid, Einsamkeit und

Frust, muss ich ertragen, ohne dass ich es aus mir herauslassen kann. Ich kann es nicht ... Ich will nicht mehr leben!

Erst als Mizi auf meinen Schoss springt und mich anschnurrt kann ich wieder klare Gedanken fassen. Ich streichle meine Katze. Es wirkt, ich beruhige mich allmählich. Keinen Grund um aufzugeben, denke ich mir. Du wirst die Nächste finden. Sie wird es dann sein! Ich greife nach der Waffe, die neben mir auf dem Sofa liegt. Doch anstatt sie mir an die Schläfe zu halten, werfe ich sie an den Fuss der Treppe. Das Scheppern stört mich nicht. Nach zwei Tagen tiefer Trauer ist es raus und ich kriege die Kurve wieder. Ich liebe sie noch. Zugegeben. Doch ich werde ihr einen anständigen Abschied bereiten. So wie ich es bereits bei Angela getan habe. Nein, du musst nicht länger leiden als nötig, Melina.

Ich schnappe mir den Beutel mit den ausgeschnittenen Zeitungsbuchstaben und den Leim. Ich will gerade anfangen zu kleben, als ich stocke. Ich darf es ruhig ein wenig schwieriger für die beiden Trottel machen. Eines meiner Lieblingstexte. Eine Sage über Schloss Rappenstein. Ich studiere am Text herum und tatsächlich muss ich lächeln. Ich kann mir einen Spass mit den beiden erlauben. Der Text passt sogar zu meiner Vorgehensweise. Ich lasse Ipp'Schlössli und Gaschtrinis weg. Es nimmt mich wunder wie lange sie brauchen werden. Sind sie so schlau im Internet den Text zu suchen? Oder einen alten Vazer zu fragen, der diese Sage bestimmt kennt? Ich könnte sie auch beobachten. Die Familie hat zum Suchen aufgerufen. Morgen. Ich vermute, dass die beiden neugierigen Typen da auch dabei sein werden. Ich stecke den Brief in den Umschlag. Mittlerweile ist es mir zu gefährlich geworden die Briefe direkt in ihren Briefkasten zu werfen. Zu viel Licht und eventuell sogar eine versteckte Kamera. Ich werfe ihn in den Briefkasten bei der Bushaltestelle. Die Adresse habe ich auf den Brief gedruckt. Meine Handschrift wäre verräterisch. Selbst wenn ich sie verändern würde. Es gibt Spezialisten, die sehen würden, welche Merkmale die einzelnen Buchstaben besitzen. Kein Risiko. Drucken!

Ich komme zurück in meine Wohnung. Einsam liegt sie da. Ich blicke auf mein Handy. Keine Nachrichten. Natürlich keine beschissenen Nachrichten! Um mich zu verweilen logge ich mich bei Facebook ein. Selbstverständlich mit einem Pseudonym. In der Suchfunktion gebe ich »Du bisch fu Vaz wenn« ein. Sofort erscheint die Seite, auf der das Dorfwappen als Titelbild eingerichtet ist. Ich klicke auf die Bilder der Mitglieder. Mehr als 300 Personen befinden sich in dieser Gruppe. Auch junge Frauen. Viele sogar. Ich klicke auf ihre Namen, durchforste ihre Profile und schaue mir ihre Bilder an. Mit dem kann ich mich lange verweilen. Ich speichere einige Namen in meinem Hirn. Diese Frauen werde ich in die engere Wahl miteinbeziehen. Es gibt mir ein Stich. Ich betrüge Melina! »Tuasch nid! Sie hätt di verloh! Si lacht die us, nai, sie verspottet di!«, flüstert meine innere Stimme.

»Nai!«, brülle ich laut. Ein Wort, das in der Einsamkeit meiner Wohnung versandet. Ich liebe sie noch! Doch weiss ich, dass diese Liebe begrenzt ist. Wie lange würde sie noch anhalten? Einen Tag, Einen Monat? Länger?

»Liabi? Was für a verdammti Liabi? Sie isch jo schu wäg! Nüt als Schmärz blibt do no!«

Meine innere Stimme ist gnadenlos. Sagt eine Wahrheit, die ich nicht hören will. Wirrwarr in meinem Kopf, doch sie hat natürlich Recht. Ablenkung ist gefragt. Facebook …

Nun, was ich hier treibe ist vorsorgen. Vielleicht auch schon ein wenig vorbereiten. Durch bin ich noch nicht, doch es ist bereits drei Uhr in der Früh. Noch immer weiss ich nicht, ob ich mich morgen an der Suchaktion beteiligen soll. Ich limitiere mich auf drei Scrolls nach unten. Keine nennenswerten Frauen, doch dann, bei den letzten Profilen für heute, sehe ich sie. In meinem Kopf spielen sich verzweifelte Automatismen ab.

Keine Fotos ansehen!

Keine Nachrichten auf WhatsApp ansehen!

Meine Gedanken zum Fussball lenken!

Heute klappt es allerdings nicht. Nicht annähernd! Ich befürchte einen Rückfall. Mein Magen brennt, mein Herz rast. Ich liebe sie noch immer. Nach all den Jahren … Oh ja, das ist definitiv ein Rückfall. Ich sacke zu Boden. Nein, nein! Das darfst du nicht! Mein Kopf explodiert beinahe und ich gebe dem Drang nach. Blitzschnell bin ich auf den Beinen. Ich eile zum Laptop und öffne ihr Profil. Ich sehe mir ihre Fotos an und ich beginne dahinzuschmelzen. Zehn Minuten lang blicke ich auf das gleiche Bild.

Sie, im Urlaub, an einem Strand in Spanien. Ihre Arme ausgebreitet, ein glückliches Lächeln auf dem Gesicht. Ihr grünes Kleid weht im Wind. Ihre Haare scheinen zu flattern. Nur ihre Augen sehe ich nicht. Sie sind verdeckt von einer Sonnenbrille. Doch ich weiss ganz genau, wie ihre Augen aussehen. Grün. Nicht funkelnd. Doch kräftig in der Farbe. Wie eine saftige Wiese, die vor Leben nur so strotzt. Mein Herz schlägt wie wild. Meine einzig wahre Liebe. Ich darf sie nicht noch einmal fragen. Die Antwort beim letzten Mal war eindeutig. Dies geschah mit 14 Jahren. Nein, sie will mich nicht. Sie kann nicht. Seither ist mein Leben geprägt von Einsamkeit und Verzweiflung. Trotz Freunden, Familie und Erfolg im Beruf. Sie darf nicht meine Freundin werden, dafür liebe ich sie zu fest … Sie darf einfach nicht … Sie darf nicht …

XVI.

Jan und Mateo sitzen auf dem Sofa. Völlig verstört und ausgelaugt. Nicht nur, dass sie eine zerfetzte Leiche gesehen haben, nein. Die Polizei hat die beiden stundenlang verhört. Sie haben sich dazu entschlossen auszupacken. Über die Briefe. Dafür haben sie gar noch einen ordentlichen Rüfel erhalten. Der Polizist ist so wütend über die Tatsache geworden, dass sie die Briefe nicht der Polizei überbracht haben, dass er sie aus voller Kehle angebrüllt hat. Ein Häufchen Elend, mehr sind sie zu dieser Zeit nicht mehr. Ausserdem äusserten sie den Polizisten ihre Verdächtigung über Rino. Ohne dabei jedoch einen stichhaltigen Beweis vorführen so zu können. Sie haben über sein Verhalten bei der Suchaktion berichtet und auch dass der Typ auf Gewalt steht. Die Polizei hat versprochen dem nachzugehen und immerhin sind Jan und Mateo als Verdächtige ausgeschlossen worden. Die Polizei hat einen Beweis, der wohl ausreicht, um Mateo und Jan als unverdächtig anzusehen. Welchen es ist verrät man ihnen natürlich nicht. Die Polizei berichtet den beiden allerdings, dass ein Tier sich an Melina vergangen haben muss. Sie vermuten einen Wolf. Die Ermittler haben das sehr schnell erkannt und ihnen auch gleich mitgeteilt, um den Schock des Anblicks etwas zu erleichtern. Das beruhigt Jan und Mateo allerdings nur mässig. Der Anblick der zerfetzten Leiche Melinas ist für sie ein gewaltiger Schock. Nicht nur einen kurzen, sondern einer der aktiv drei Tage lagen anhalten wird. Die Therapeutin, die sich um Jan und Mateo kümmert, bleibt bei ihnen. Tag und Nacht. Immerzu auf dem Sofa. Egal ob sie weinen, fluchen, oder schlafen. Am vierten Tag haben sie sich immerhin soweit erholt, dass die Therapeutin sich verabschieden kann. Natürlich mit Terminen für weitere Sprechstunden bei ihr.

»I glaub i züch zur Seraina oder zum Pä, Alter. As wirdmer z bunt!«, sagt Mateo beim Mittagessen, das die erste warme Mahlzeit seit vier Tagen ist.

»Mach das fu miar us, i blib do«, murmelt Jan als Antwort. Zu seinen Eltern will er nicht mehr ziehen, Geschwister oder eine Freundin hat er auch keine.

Das Medieninteresse ist mittlerweile gewaltig in Untervaz. Wagenkolonen von Reporten fahren durch die Gassen, interviewen Leute, fahren nach Gaschtrinis an den Tatort und berichten von einem Serienmörder, der in einem etwas mehr als 2500 Seelendorf sein Unwesen treibt. Mehrere davon haben versucht Jan und Mateo zu interviewen. Sogar ein Amerikaner ist darunter. Sie haben immer abgelehnt. Die Tatsache, dass ein Mörder durch die Gassen läuft hat bereits eine Welle von Wegzögen zur Folge. Meist sind es auswärtige Familien, die kürzlich erst hergezogen sind. Doch auch Vazer ziehen weg. Meist junge Frauen. Immerhin sind es zwei junge Frauen gewesen, die getötet worden waren. Allerdings bleiben die meisten hier. Sie wollen nicht weg, auch wenn ein Psychopath die Strassen unsicher macht und die Polizei ihn nicht schnappen kann. Die Bewohner bewegen sich allerdings nur noch in Gruppen. Keiner geht mehr alleine einkaufen, spazieren oder zum Sport.

Jan und Mateo haben sich vorgenommen eine Pause einzulegen. Dies ist auch der Vorschlag der Therapeutin gewesen. Tatsächlich haben sie vom Chef einen ganzen Monat unbezahlten Urlaub erhalten. Sie haben genügend Geld beiseite, dass sie es sich leisten können. Einen Monat durch die USA reisen. New York, Philadelphia, durch ganz Florida, Las Vegas, Los Angeles, San Diego und schliesslich nach San Francisco.

Am 23. November fliegen sie ab. Einen ganzen Monat blicken sie nicht auf die andere Seite der Erde. Kein einziges Mal. Sie lüften den Kopf, geniessen Amerika so gut sie es nur können.

Erst am 23. Dezember sind sie wieder zurück. Die Schweiz und Untervaz versinken im tiefen Schnee. Das erste Mal seit Jahren, an dem es zu dieser Zeit wieder einmal richtig viel Schnee gegeben hat. Weihnachten steht vor der Tür. Die Polizei hat mittlerweile den Briefkasten von Jan und Mateo »beschlagnahmt«. Bereits nach dem Fund von Melina war die Spurenermittlung vor Ort gewesen und hat den Briefkasten nach fremden Fingerabdrücken untersucht. Während ihren Ferien leerte die Polizei den Briefkasten. Ausserdem haben sie eine Überwachungskamera installiert. Trotz der Tatsache, dass der Mörder den letzten Brief, mit der Sage von der Jumpfera, adressiert und per Post geschickt hat. Noch am selben Nachmittag nach der Rückkehr von Jan und Mateo sind zwei Polizisten vorbeigekommen und haben ihnen berichtet, dass der Mörder sich nicht mehr gemeldet hat, die Fingerabdrucksuche erfolglos geblieben ist und auch die Überwachungskamera nichts Verdächtiges aufgezeichnet hat. Ausserdem teilt die Polizei ihnen mit, dass Rino als verdächtige Person ausgeschlossen werden kann. Der Grund ist so simpel, dass sich Jan selber Ohrfeigen könnte. Die Schuhgrösse. Der Abdruck, den man bei Angela gefunden hat ist die Grösse 41. Ausserdem hat die Ermittlung auch beim Hügel, der zur Ruine Rappenstein hinaufführt, Abdrücke gefunden. Jene von Melinas Schuhen und unbekannte. Grösse 41. Rino mit seinen Riesenlatschen kann es also nicht gewesen sein. Er hat Schuhgrösse 48.

Die Polizei verabschiedet sich gegen 17 Uhr, allerdings nicht ohne erneut eine Warnung auszusprechen. »Kai eigeni Ermittliga meh. I hoffa der Ablick fur Melina isch eu a Lehr gsi. Sus machender d Polizeischual, denn könder so Zügs au macha!«, sind die Worte der Ermittler gewesen.

Jan blickt aus dem Fenster. Es ist bereits dunkel und der Schnee rieselt sanft im Licht der Strassenlaternen zu Boden. Das Polizeiauto fährt aus dem Chriesibühel heraus und biegt nach links ab.

Mateo sitzt auf dem Sofa und nippt ein wenig an seinem Kaffee. Er sieht müde aus und massiert sich mit der linken Hand die Schläfe. Bereits in Amerika hat er Jan versichert, dass er nicht ausziehen würde. Jan ist erleichtert ab dieser Entscheidung. Nicht nur, weil sie beste Kumpels sind, sondern auch, weil er ihn noch brauchen wird. Trotz des langen Fluges verspürt Jan keine Müdigkeit. Kaum ist er aus dem Flieger ausgestiegen, hat er sich sofort wieder Gedanken über den Killer und die Morde in Untervaz gemacht. Natürlich geistert ihm der Anblick von Melinas zerfetztem Körper noch immer im Kopf herum, doch die Neugier ist noch immer da. Zwei seiner Mannschaftskameraden können sie bereits als Mörder ausschliessen und es sind jene zwei, die ihnen als am Verdächtigsten vorgekommen sind. Genau deshalb will er mit Mateo weiter forschen. Da kann ihm die Polizei drohen so lange sie wollen. Jan legt sein halb aufgegessenes Brot beiseite. Er steht auf und kramt in einer Schublade einer Kommode. Er zieht einen Block Papier hervor, auf dem noch Ergebnisse der letzten

Jassrunde zu sehen sind und einen Kugelschreiber. Danach setzt er sich zu Mateo auf das Sofa. Im Fernseher läuft gerade Grinch. Einige Sekunden blickt er auf den grünen Typen im Fernseher und überlegt sich, ob er sich den Block sparen und einfach die Lautstärke aufdrehen soll. Er entscheidet sich anders. Es ist ihm zu riskant. Eines tut Jan auf keinen Fall. Nämlich der Polizei glauben, dass sie ihn nicht mehr verdächtigen. Vielleicht ist es eine Finte von ihnen gewesen, um ihn in Sicherheit zu wägen. Unglücklicherweise trägt er die Schuhgrösse 41. Rasch kritzelt Jan seine Worte auf den Block. Danach stupst er Mateo an, dessen Augen auf den Bildschirm glaren und vor Müdigkeit gerötet sind. Rasch setzt Jan seinen Zeigefinger an den Mund, als Mateo fragend seinen Kopf dreht. Mateo blickt ihn argwöhnisch an und als sein Blick auf das Papier und die Worte von Jan fällt, rollte er mit den Augen. Jan nickt noch einmal lebhaft um ihm klarzumachen, dass sie es tun sollen. Mateo willigt schliesslich mit griesgrämigem Blick und einem leichten Nicken seines Kopfes ein. Leise stehen sie vom Sofa auf. Jan dreht die Lautstärke des Fernsehers doch noch ein wenig nach oben.

Leise schleichen sie durch die dunkle Wohnung. Nur im Wohnzimmer lassen sie das Licht brennen. Sie ziehen sich ihre Winterjacken über und schlüpfen aus der Haustüre hinaus. Danach steigen sie in den Lift und fahren in die Tiefgarage hinunter. Dann schreiten sie aus der Tiefgarage hinaus. Sie wenden sich nach links. Sie klettern über den niedrigen Zaun und am Rand der Mauer springen sie auf die Strasse hinunter. Jan und Mateo entscheiden sich die Kirchgasse hinunter zum Tröschischopf zu laufen. Unten angekommen folgen sie der Strasse ins Tuf hinauf.

»Chönnt schu si, ni?«, fragt Jan murmelnd an Mateo gewandt. Erst jetzt traut er sich mit Mateo darüber zu reden.

»Natürli, aber ih han ehnder ds Gfühl, dassmer langsam Paranoia kriagan«, grummelt Mateo mit finsterem Blick zurück. Jan hat auf dem Papier Mateo nach einem kleinen Spaziergang gefragt. Ausserdem seine Bedenken über Wanzen in der Wohnung ausgedrückt und die Überwachung des Briefkasten und somit automatisch des Eingangsbereiches zum Block, in dem sie wohnen.

»Also, zwai sinn usam Ränna, ha?«, fragt Jan, während die beiden langsam durch die

Häuserreihe des Tufs staksen. Der Schnee knirscht unter ihren Füssen. Die Umgebung sieht beinahe aus wie ein Märchenland. Die drückende Stille des herabfallenden Schnees wird nur von den Autos unterbrochen, die die Kirchgasse hinunter oder hinauf fahren. Ab und an auch vom Dröhnen eines Schneepflugs, der irgendwo weiter im Zentrum des Dorfes durch die Gassen fährt.

»Isch so ... und etz? Gömmer nomol d Wohniga gu beobachta?«, fragt Mateo, während sie die Strasse hinauf in Richtung Cosenzstrasse laufen.

»Nai, bringt worschinli nüt«, antwortet Jan und blickt dabei automatisch auf die Neubauten der Öpfelplantage. Die Wohnung von Silvian kann er nicht sehen.

»Bini au der Meinig«, murmelt Mateo.

»Bits drüber schnorra chömmer jo«, sagt Jan mit einem Seitenblick auf Mateo. Mateo nickt und der Schnee, der sich auf seiner Kapuze gesammelt hat, fällt dabei herunter. Mateo und Jan beginnen zu diskutieren. Nicht nur über die Morde und den Täter, sondern über das ganze Leben. Bei Mateo fliessen dabei auch Tränen. Gemächlich wandern sie der Cosenzstrasse entlang, dann biegen sie nach rechts ab ins Grafis, weiter zum Rüfeli, drehen dort um und begeben sich auf den Bluamaweg, biegen nach links ins Pardial ab, dann die Sala hinauf, beim alten Volg vorbei, in der Sterna können sie Stimmen hören. Glückliche Stimmen, die Weihnachtslieder singen. Weiter die Hintergasse hinauf, über Salavis das Guflis hinunter und schliesslich biegen sie wieder ins Chrisiebühel ein. Einige Leute haben sie an diesem Abend gesehen. Alle sind sie in Gruppen unterwegs gewesen. Nur den Killer haben Jan und Mateo nicht bemerkt, der ihnen seit der Cosenzstrasse gefolgt ist.

XVII.

Ich habe die beiden beobachtet. Ich konnte sie sehen, als sie an meinem Quartier vorbeigestapft sind. Ich habe auf Facebook und Instagram ihre Bilder von Amerika gesehen. Ich weiss, dass sie die Leiche von Melina entdeckt haben. Sie haben das Rätsel also gelöst. Aus sicherer Entfernung konnte ich mir meine Gedanken über Mateo und Jan machen. Eins steht für mich fest. Wenn sie mir zu nahe kommen, dann muss ich eingreifen! Ich nehme an, dass sie ihre Detektivarbeiten nicht einstellen werden. Doch noch ist es zu früh. Sie haben keine Ahnung wer ich bin. Doch wenn sie auch nur den Verdacht hegen ... Dann wird's ungemütlich für die beiden. Nun gut, in den nächsten Tagen muss ich mir darüber wohl keine Gedanken machen.

Es ist Weihnachten. Einer der wenigen, magischen Tagen im Jahr. Gutes Essen und Alkohol. Gemeinsamkeit statt Einsamkeit. Natürlich mit der Familie. Heuer passt sogar das Wetter. Der Schnee treibt sein Unwesen bereits seit einer Woche. Die ganze Landschaft versinkt im Winterwunderland. Lichterketten leuchten und der Duft von Lebkuchen weht durch die engen Gassen des Dorfes. Es ist ein Abend, an dem ich alles ein wenig vergessen kann. An dem ich mich auf das Beisammensein mit meiner Familie freue. Wir wechseln immer ab. In diesem Jahr bin ich der Gastgeber.

Um fünf Uhr trudeln sie ein, meine Familienmitglieder. Bei Fondue und Weisswein lachen wir, vergessen unsere Alltagssorgen und packen unsere gegenseitigen Geschenke aus. Danach singen wir zusammen Weihnachtslieder. All das hat Tradition bei uns. Wir haben dies auch früher getan, als meine Mutter noch lebte. Eine neue Tradition ist allerdings hinzugekommen. Sie jährt sich in diesem Jahr bereits zum zehnten Mal. Wir gehen am Abend das Grab besuchen und danach zum Gottesdienst in die Kirche. Ich besuche sie des Öfteren, meine Mutter, doch an Weihnachten ist es das einzige Mal im Jahr, an dem wir alle zusammen hin gehen, Blumen niederlegen, an sie denken und sie vermissen. Der Weihnachtsbaum ist klein. Ich habe ihn extra klein gekauft. Meine Mutter mochte das immer. Sie wollte keinen monströsen Baum in ihrem

Wohnzimmer stehen haben. Ich habe das so übernommen.

Wir sitzen auf dem Sofa und trinken unser Eierlikör fertig. Danach ziehen wir uns unsere Jacken an und machen uns auf den Weg. Während dem Gang zum Grab wird die Stimmung immer bedrückter. Tränen fliessen, als wir an ihrem Grab stehen. Wir nehmen uns eine Viertelstunde Zeit, danach geht es hinein in die katholische Kirche. Es ist noch nicht einmal zehn vor Neun, doch die Kirche ist bereits ziemlich voll. Noch nie habe ich so viele Leute in der Kirche gesehen an Weihnachten. Wir setzen uns auf die unbequemen Holzbänke und warten auf den Beginn der Messe. Ich blicke nach vorne. Viele ältere Dorfbewohner sind hier. Doch auch Familien mit Kindern und ganz vorne sehe ich die Familie von Angela sitzen. Ihre Mutter weint. Ich muss an Angela denken. Auch ich vermisse sie. Noch immer. Was hatte Angela bloss an sich, dass ich noch immer an sie denken muss?

»Isch do no frei?«, fragt mich eine Stimme etwas krächzend. Ich blicke nach links und hebe dabei beinahe ab. »Jo«, stottere ich ein wenig. Es ist Melinas Familie, die sich neben mich setzt.

Ausgerechnet. Fred lächelt mich kurz an und bricht gleich darauf in Tränen aus. Meine Gefühle spielen verrückt. Ich halte es beinahe nicht aus. Ich lege meinen linken Arm um Freds Schulter, versuche ihn zu trösten. Immerhin sind wir zusammen in die Schule gegangen. Es ist als würde ich noch einmal Melina anfassen. Natürlich nicht vom Körperlichen her, doch von der Aura, die ich bei ihm spüre. Der Gottesdienst beginnt und ich konzentriere meinen Blick auf Pfarrer Gatran, der vorne auf dem Podium steht und predigt. Fred und seine Familie haben mich abgelenkt. Ich spüre wieder eine Wut in mir aufkommen. Am schönsten Tag des Jahres muss ich wieder an das schlimme Ende mit Melina zurückdenken. Ich hasse Fred und seine Familie. Sie geben mir die Schuld an der schlimmen Trennung, obschon ich nichts dafür kann! Beinahe bin ich glücklich, dass die Wölfe sich an Melina vergriffen haben. Sie hat es verdient! Nein, das hat sie nicht verdient! Ich verkrampfe mich und keuche auf. Mein Vater bemerkt es und legt mir den Arm um die Schultern. Er denkt wohl, dass ich an Mama denke, doch das tue ich nicht. Nicht in diesem Moment. Doch es wirkt. Das sanfte

Gewicht von den Armen meines Vaters beruhigt mich. Es erinnert mich, dass ich nicht alleine bin auf dieser Welt. Ich kann mich beruhigen. Und nun kommt der Pfarrer zu den Liedern, die ich insgeheim so sehr mag. Heute wählt er ein altes Untervazer Weihnachtslied aus. Bereits bei der ersten Strophe überfällt mich das aufgeregte Kribbeln. Lieder und Geschichten wirken auf mich am intensivsten. Ich muss dann oft traurig an meine Ex-Freundinnen denken und sie wecken auch in mir das Verlangen nach etwas Neuem. Das Verlangen und die Sehnsucht nach einer neuen Freundin. Der Text des alten Vazer Weihnachtsliedes verstärkt diese Gedanken nur noch mehr. Ich spüre wie die Trauer schwindet und die Vorfreude steigt.

Hab die Wie – ge dir be –rei –tet, weis – es Lin – nen, wei – ches Heu. Ist – mes Deck – lein drob ge –breitet mei – ner Rein – heit Man – tel neu.

Es wird Zeit den Ort des Dates zu verlagern. Nach weit entfernten Orten, wie die Sandbank, oder die Ruine Rappenstein ist nun das Dorf an der Reihe. Ich will sie näher bei mir haben. Ich will sie öfters besuchen gehen. Ich will wieder mehr Zeit mir ihr verbringen können. Ich ziehe den Kreis Enger. Vier Frauen stehen in der engeren Wahl. Bald werde ich mich wieder entscheiden.

XVIII.

Samuel, Silvian und Bruno. Die Liste von Mateo und Jan wird kürzer. Nach Weihnachten nutzen die beiden die freie Zeit um noch mehr über ihre Teamkameraden in Erfahrung zu bringen. Sie durchforsteten die Facebook- Profile, diskutierten über die Kindheit der dreien und gehen jeden Abend ihre Häuser beobachten. Bruno, den Sexgbesessenen Typen müssen sie allerdings sehr bald einmal von ihrer Liste streichen. Keines der beiden Opfer ist vergewaltigt worden. Das hätten sie ihm traurigerweise durchaus zugetraut. Doch das Entscheidende ist, das Bruno zum Zeitpunkt des Verschwindens des Mädchens, im Urlaub auf Hawaii gewesen war.

Auch Melina ist erdrosselt worden. Die Polizei hat diese Tatsache an die Öffentlichkeit weitergegeben. Dann sind nur noch Silvian und Samuel übrig. Es gibt einige Tatsachen, die Jan und Mateo dazu bewegt, die beiden zu verdächtigen. Von der Beobachtung her könnten beide die Schuhgrösse 41 tragen. Jan und Mateo haben sich vorgenommen, dies zu überprüfen.

Silvian mit seinen Beziehungsproblemen. Die Kindheit von ihm ist, wie bei fast allen die in Untervaz leben, nicht gerade von Armut geprägt. Er hat sogar reiche Eltern, doch dies bedeutet auch, dass sie nie für ihn da gewesen sind. Es ist nur eine Vermutung, doch Jan und Mateo haben sich an die Schulzeit zurückerinnert. Silvian ist drei Jahre älter als Jan und Mateo. Als sie in die erste Oberstufe gegangen sind und Silvians Jahrgang damit näher bei sich hatten, haben sie damals schnell festgestellt, dass er über Mittag nie nach Hause essen gegangen ist. Sie haben einmal die Mädchen darüber sprechen hören. »Dä muas doch immer uswärts go ässa, will sich sin Pä und d Mä nu um iara Job kümmeren!«. Diese Aussage stimmte. Den Mittag hat Silvian meist in der Tennishalle verbracht. Der arme Typ musste mit dem Velo herübereilen, kurz was reindrücken und danach wieder zurück in die Schule kommen. Selbstverständlich konnten es sich die Eltern leisten und für beide kam es nicht in Frage, über Mittag nach Hause zu kommen um für den Jungen zu kochen. Ab und an konnte er dann auch zu einem seiner Freunde essen gehen. Doch Jan und Mateo haben bereits in der Oberstufe festgestellt, dass Silvian ein reiner Mitläufer ist. Seine Freunde sind schon damals alle grösser, stärker und männlicher gewesen. Sie haben ihn oft in sich gekehrt bei seinen Kumpels stehen sehen. Beim Affahüsli, oder auf dem Hartplatz. Selten ist es vorgekommen, dass er etwas gesagt hat und wenn doch ist es meist etwas völlig wirres gewesen, bei dem man innerlich den Kopf schütteln musste. Gut möglich, dass die Jungs dazumal einfach ein Herz hatten und ihn überall mitnahmen. Silvian ist einer der besten Schüler gewesen. Er entschied sich dazumal für eine Banklehre. Und zu diesem Zeitpunkt hat er auch angefangen Fussball zu spielen. Ein Junge mit sehr bescheidenen, sportlichen Fähigkeiten.

Mateo und Jan haben sich nie Gedanken darüber gemacht, doch nun, da sie seine Vergangenheit durchleuchten, hegen sie den Verdacht, dass der Junge nur zum Fussball geht, weil er sonst keine Freunde hat. Bestärkt wird dieser Verdacht dadurch, dass Silvian sich noch dem TV, dem SCU und dem Jugendverein angeschlossen hat. Dem Jugendverein … Eine sehr interessante Tatsache, denn sowohl Angela, wie auch Melina sind Mitglieder dieses Vereins gewesen. Silvian hat die beiden Frauen mehrmals im Jahr um sich gehabt. Mateo hyperventiliert beinahe, ab dieser interessanten Tatsache. Doch dies ist noch nicht alles. Im Beruf hat Silvian Karriere gemacht. Und doch klappt keine einzige Beziehung bei ihm. Bereits in der Schulzeit haben sich die Mädels mehr für die starken, männlicheren Jungs interessiert als für ihn. Später, als Jan und Mateo in die zweite Mannschaft des FCUs gekommen sind, haben sie rasch begriffen, dass er ein Problem mit Frauen hat. Vielfach witzelt er selbst in der Kabine über seine kurzen Beziehungen. Man muss Silvian dabei allerdings nur in die Augen blicken um zu erkennen, dass dieses Thema ihn ziemlich belastet und ihn mitnimmt. Es ist traurig, doch die Frauen sehen bei Silvian nur das Geld. Er sieht nicht besonders gut aus. Trägt die Haare viel zu lang, hat einen unproportionierten Körper und bewegt sich wie der Glöckner von Notre Dame. Bucklig und beinahe kriechend. Den Damen, die meist aus Chur stammen, wird die Beziehung mit Silvian allerdings meist rasch zu bunt. Geld hin oder her. Mateo und Jan können sich an keine Beziehung erinnern, die bei ihm länger als sechs Monate gedauert hat. Er kann einem tatsächlich leid tun, wenn er nicht immer über die Frauen ablästern würde in der Kabine. Ein weiterer Punkt, den sich Mateo und Jan fett angestrichen haben. Er wettert, zetert und flucht über das andere Geschlecht. Und doch hat er es immer wieder versucht. Bis vor einem Jahr. Damals ist bei Silvian die letzte Beziehung in die Brüche gegangen. Mateo und Jan haben damals bereits bemerkt, dass ihm diese Trennung extrem nahe gegangen ist. Frauenmörder haben meist Beziehungsprobleme gehabt, haben eine verstörende Vergangenheit und Kindheit und sind einsam. Silvian lebt seit einem Jahr alleine, hat keine Beziehung und seine Kindheit und Jugend ist wohl nicht gerade die Beste gewesen. Mateo und Jan vermuten, dass er bereits dort viel Einsamkeit erlebt hat.

Samuel. Samuel ist einfach nicht ganz sauber im Kopf. Jan und Mateo haben sich den Kopf zerbrochen, woher seine komischen Ticks, sein aggressives Verhalten, seine sexistischen und frauenfeindlichen Sprüche herführen könnten. Tatsächlich hat es Mateo herausgefunden. Es war sein Vater, der ihm das erzählt hat. Früher, als Mateo und Jan noch klein gewesen sind, ist das

Gerücht im Dorf umher gegangen, dass die Mutter von Samuel sich an ihm und seinem kleinen Bruder vergangen haben soll. Was die Frau damals mit den Jungs angestellt hat, weiss niemand. Es ist der Vater von Samuel, der es dazumal herausgefunden hat. Und es ist keine Woche vergangen, da hat sich Samuels Mutter das Leben genommen.

Jan und Mateo kennen Sämi schon lange. Er ist gleich alt wie sie und bereits im Kindergarten ist er ein sehr auffälliger Junge gewesen. Doch Jan und Mateo haben das immer einfach so hingenommen. Es ist nicht so, dass Sämi nur ein verrückter Typ ist. Nein, mit ihm kann man sogar sehr tiefgründige Gespräche führen. Über Gott und die Welt. Sämi ist unheimlich interessiert an dem Mittelalter, dem Weltall und auch an modernen Themen, wie Terror und atomare Kraft, Entsorgung und Katastrophen. Er lebt ebenfalls alleine, doch hat er einen stabilen Freundeskreis, der gemischt mit Männern und Frauen ist.

»Ok, mahemers so?«, fragt Mateo an Jan gewandt. Jan nickt und blickt auf die Facebook-Seite der Usfahrbar. Silvester steht vor der Tür und wieder würde es ein Fest geben in dem zum

Partykessel umgebauten Wagen. Sie haben sich vorgenommen, Silvian genau unter die Luppe zu nehmen an diesem Fest. Unter »nimmt teil« steht sein Name. Festgestellt haben Jan und Mateo auch, dass die Frauen immer an einem Fest verschwunden sind, was sehr unheimlich, doch für sie auch verständlich ist. Angela beim Bierprrprobierfest und Melina am Guggaball. Nur Angela nicht. Silvesterparty in der Usfahrbar. Eine erneute Gelegenheit für den Killer.

Das Wetter hat sich nach Weihnachten kaum verändert. Schneetreiben beherrscht das Dorf und es versinkt immer mehr im weissen Kleid. »Rekordverdächtig«, preisen die alten Vazer in den drei Beizen im Dorf an. Jan und Mateo haben beinahe jeden Abend in der Woche nach Weihnachten in einer der drei Kneipen verbracht. Sie haben sich die Gespräche der alten Dorfbewohner angehört. Dort haben sie immer am meisten erfahren, denn die alten Vazer wissen immer ganz genau, wer von wem abstammt. Welcher Grossvater eines Dorfbewohners bereits ein Narr war oder welche Gerüchte über diesen Familien liegen. Jan und Mateo haben etwas erschrocken feststellen müssen, dass es da noch einige Kanditen gibt, die sie bis anhin nicht in Betracht gezogen haben. Unglückliche Familienväter, Männer die mit einer Firma pleite gegangen sind, Männer die bereits einmal im Knast gesessen haben und Männer die Dorfbekannt zur Gewalt neigen. Doch erst wollen Jan und Mateo ihre beiden Hauptverdächtigen abarbeiten. Danach können sie ihre Liste noch immer verlängern.

»Wär wür schu a Frau unter däm Schnee finda!?«, brummt Mateo, als er einen Blick auf den riesigen Schneehügel bei dem Werkhof wirft.

»Optimal zumsi verstecka«, bestätigt Jan zustimmend. Mateo und Jan bemerken rasch, dass viele junge Vazer sich auf den Strassen befinden. Viele bewegen sich ebenfalls zum unterem Rai, wo die Party stattfinden wird. Es ist überraschend, dass sich auch viele Frauen darunter befinden. Trotz der Tatsache, dass sie sich in Gruppen aufhalten, hält es Jan für ziemlich waghalsig. Oftmals an solchen Dorffesten stolpert man beschwipst und alleine nach Hause. Die Wege sind kurz und der Alkohol trübt die Sinne.

»Hoffantli gönn dia au wider in der Gruppa hai«, denkt sich Jan stirnrunzelnd, gerade als er einer

Gruppe Jugendlicher dabei zusieht, wie sie offenbar sorglos Selfies schiessen.

»Als wär nüt«, murmelt Mateo nervös, während sie beobachten, wie die Jugendlichen die Cosenzstrasse bei der Kreuzung überqueren und in Richtung unterem Rai laufen.

»Dia hänn sicher Pfäfferspray derbi«, antwortet Jan mit einem Blick auf die Handtaschen der Frauen, die wild umherflattern, während sie zu einem Lied tanzen, dass sie gerade auf ihrem Handy abspielen.

»Pfefferspray!«, schnaubt Mateo laut auf. »Nützt a huufa wänns dähnig im Schnee liggen. Muaser si jo nuno ufläsa!« Natürlich meint Mateo den Mörder und Jan wirft automatisch einen Blick auf die neugebauten Blöcke der Öpfelplantage. Silvian wohnt im hintersten Block, in einer Parterrewohnung.

»Oder ind Hütta locka«, murmelt Jan. Er wendet sich von den neugebauten Blöcken ab und folgt Mateo, der bereits ein wenig Vorsprung hat. Hinter dem Stall beim unterem Rain steht die Usfahrbar. Die Organisatoren haben einen Weg freigeschaufelt, sodass man nicht durch den Tiefschnee hindurch zu dem Barwagen waten muss. Die Usfahrbar ist bereits proppenvoll. Wegen des Schneetreibens hält sich kaum jemand draussen an den Feuerstellen auf. Alle drängen sie in den heissen Partywagen. Drinnen herrscht bereits ausgelassene Stimmung und der Raum ist umhüllt vom Rauch der Zigaretten. Es riecht nach Bier und hochprozentigem und Scharlachrot von Patent Ochsner dröhnt gerade aus den Boxen heraus. Jan und Mateo drängen sich an die Bar vor. Sie bestellen zwei Biere bei Seraina, der Freundin von Mateo, die das Usfahrbar-Team erneut unterstützt. Auch heute Abend sieht Seraina bezaubernd aus. Sie hat ihr schwarzes Haar zu zwei Zöpfen geflochten, ihr Kleid ist trotz des tiefen Winters kurz und in mitternachtsblauer Farbe. Ihr Gesicht freundlich, ihr Begrüssungskuss auf Jans Backen brennend. Bei Jan ist allerdings sehr bald nach dem Summernachtsfäscht ein beunruhigender Gedanke aufgekommen. Der Mörder hat bereits angekündigt, dass wenn er und Mateo weiter herumschnüffeln, sich Livia, die Schwester von Mateo schnappen wird. Hat er bis jetzt allerdings nicht getan. Es ist wohl nur eine Drohung gewesen. Seraina könnte allerdings durchaus ebenfalls ins Kreuzfeuer geraten. Doch seit dem Tag, an dem sie den Brief des Mörders mit dem Rätsel über die Burg Rappenstein bekommen haben, ist es ruhig geblieben. Keine Drohungen mehr. Keine weiteren Morde. Und doch beunruhigt Jan der Anblick des verliebten Paares. Zugegeben, die beiden sind, seit sie zusammengekommen sind, praktisch nur noch gemeinsam unterwegs gewesen. Mal kommt Seraina in die WG, mal übernachtet Mateo bei Seraina, die in der Wingertsplona wohnt. Mateo holt sie immer ab, wann sie in der WG übernachtet, doch gibt es einfach Zeiten, an denen Seraina alleine unterwegs ist. Zur Arbeit und zurück. Zum Einkaufen in den Volg. Ein, zwei Male ist sie auch schon alleine in die WG gelaufen. Immerhin hat sie heute Abend ihre Freundin Nina dabei. Sie steht ebenfalls hinter der Bar und schenkt aus. Sie ist ebenfalls eine sehr hübsche Frau. Blondes Haar, blaue Augen, schlank und ein sehr makelloses und herzliches Gesicht. Wenn man sie nicht kennt, würde man meinen, dass Nina ein Püppchen vor dem Herr ist, doch das ist nicht so. Im Gegenteil. Sie ist eine zurückhaltende, beinahe schüchterne Frau. Da Nina die beste Freundin von Seraina ist, hat auch sie viel Zeit mit

Jan und Mateo verbracht. Aus der Beziehung von Mateo und Seraina hat sich eine Freundschaft zwischen den Vieren ergeben. Jan, Mateo, Seraina und Nina verbringen viel Zeit miteinander. Spieleabende, Ausflüge an einen See, Kino und eben, in den Ausgang gehen. Jan lernte dabei Nina immer besser kennen. Ihre Schönheit ist unbestritten, doch ihr Charakter bewundert er noch viel mehr. Nina ist zwar eher schüchtern, doch man kann mit ihr sehr coole Gespräche führen. Jan bemerkte rasch, dass Nina ihn sehr interessiert. Erstmals seit seiner Trennung mit Franka kann er sich wieder für jemanden begeistern. Bereits seit dem ersten gemeinsamen Ausflug mit Nina verspürt er das Kribbeln im Bauch. Jan nimmt sich vor, etwas später noch ein wenig mit Nina zu quatschen und vielleicht einen Schritt weiter zu gehen, doch erst kommt Silvian an die Reihe.

Die Zeit bis Mitternacht verbrinngen Jan und Mateo mit reden, Bier trinken und tanzen. Als Mitternacht durch, das neue Jahr angebrochen und das Feuerwerk abgebrannt ist, nickt Jan Mateo zu. Sie suchen Silvian und finden ihn ziemlich rasch in dem engen Barwagen. Sie müssen sich durch viele Vazer hindurchdrängen, ehe sie bei der Ecke ankommen, in der Silvian steht und mit einigen älteren Vazern am diskutieren ist. Es ist unglaublich, selbst an diesem verruchten Dorffest, wie der Silvesterparty, hat er einen Anzug angezogen und seine fettigen Haare mit tonnenweisem Haar Gel nach hinten gestrichen. Mateo und Jan begeben sich dazu. Schütteln in der noch heisser wirkenden Ecke der Usfahrbar die Händer der älteren Vazer und hören ihren Gesprächen eine Weile zu. Es geht um die Wirtschaftslage in der Schweiz. Nach einer halben Stunde verschwinden die älteren Vazer. Man muss kein Hellseher sein um zu erkennen, dass sie nicht gerade erfreut über die Gespräche mit Silvian gewesen sind. Eine Schwäche des Typen. Er lässt nur seine eigene Meinung zu und wiederspricht vehement, wenn man ihm etwas entgegnen will.

»Nömmer paar Churzi, Jungs?«, fragt Silvian an Jan und Mateo gerichtet, als sie endlich alleine in der Ecke stehen. Beide nicken. Nina, an der Bar, schenkt ihnen Zwätschga ein. Jan kotzt beinahe auf den Boden, doch Silvian verlangt nach mehr. Hier kommt Silvians andere Schwäche zum

Vorschein. Die Rechnung geht ganz auf ihn. Natürlich kann er es sich leisten. Doch der Gedanke, mit Spendieren die Gunst seiner Freunde gewinnen zu wollen ist Jans Meinung nach falsch. Noch einen Kurzen und noch einen und noch einen. Mateo rülpst und hält sich den Bauch. »Das langet glaub für da Moment«, sagt er mit bleichem Gesicht. Silvian bestellt bei Nina noch drei Bier. Jan beobachtet Nina dabei etwas träumerisch. Der Schnaps wirkt ziemlich schnell. Nina dreht sich um und mit der unweigerlichen Verzögerung eines Schwipses, blickt er rasch weg. Sie hat ihn angelächelt. Er spürt das Kribbeln in der Magengegend.

»Danka, Schatz«, grinst Silvian an Nina gewandt und blickt ihr dabei auf die Brüste. Jan wirft ihm einen wütenden Blick zu. Am liebsten hätte er ihm einen Schlag verpasst, doch er muss sich zusammenreissen. Nina kann noch warten.

»Und, was denkender über d Melina?«, fragt Silvian ohne Umschweife, als sie gemeinsam angestossen haben. Jan dankt ihm innerlich dafür. Er hat sich den Kopf zermartert, wie er das Thema beiläufig anschneiden soll.

»Was, was denkemer drüber?«, fragt Mateo, während er Silvian ziemlich argwöhnisch betrachtet.

»Jo, wärs gsi isch dänk!«, antwortet Silvian mit geröteten Augen. Er ist schon ziemlich betrunken.

»Kai Ahnig, waischas du?«, fragt Jan herausfordernd.

»Chlar weissis. I hans schu immer gwüsst«, antwortet Silvian und gönnt sich dabei leise lächelnd einen Schluck aus seinem Bier. Jan kann diese Worte nicht einschätzen. Silvian wirkt trotz seines Suffs ziemlich überzeugt von sich selbst, doch vielleicht macht er sich auch gerade lustig über sie.

»Aha, und wär ischas?«, knurrt Mateo beinahe drohend.

»Eina fu eu zwei«, ist die prompte Antwort von Silvian. »Oder beidi«, fügt er leises lächelnd hinzu. Mateo starrt Silvian mit offenem Mund an.

»Spinnsch?«, fragt Mateo wütend.

»Haha«, begann Silvian und blickt Mateo dabei stechend an. »Iar hänn dia Briafa doch selber gschriba. Und iar sinn doch schu immer gstört gsi!«

Mateo erwidert erneut, dass Silvian einen Knacks in der Birne haben müsse, doch Jan beginnt zu lächeln. Ein eiskaltes Lächeln.

»Soso, hanni also rächt, ha?!«, knurrt Silvian, als er Jans Lächeln entdeckt.

»Waisch Silvi«, beginnt Jan und seine Stimme zittert vor unterdrückter Wut. Sein ganzer Körper spannt sich an und er konzentrierte sich nur noch auf Silvian.

»Kai Schwein weiss, dases mehreri Briaf gsi sinn, wo miar kriagt henn.«

Nun ist es Silvian, der ein eiskaltes Lächeln aufgesetzt hat. »Iar sinn nid dia ainziga wo Lüt beobachten. I han eu khört drüber reda, woner gu Laufa sinn vor Wiahnachte«, ist seine Antwort.

In der Ecke der Usfahrbar herrscht eine unglaubliche Spannung. Alle drei Männer haben die Hände zu Fäusten geballt. Starren sich an. Abschätzend und drohend. Der dröhnende Klang von Traufer, der aus den Boxen über ihren Köpfen schallt und das Gelächter der Partygänger hören sie nicht mehr.

»Moooinsen!«, ertönt eine heitere Stimme und jemand drückt Jan auf die Schulter. Vor lauter

Anspannung und Schrecken verpasst er der Person hinter ihm einen Ellbogen in den Bauch.

»Shit, was söll das?«, keucht Samuel erzürnt auf. Jan entschuldigt sich sofort, als er sich umdreht und hilft Samuel wieder auf die Beine. Er spürt eine Schulter, die sich grob an ihm vorbeidrückt. Silvian hat ihn mit Absicht gestossen. Jan blickt ihm nach. Wütend quetscht sich Silvian durch die Menge hindurch, öffnet die Tür und verschwindet. Jan wendet den Blick ab und sucht die Augen von Mateo. Sie blicken sich an und Jan bemerkt sofort, dass Mateo der gleichen Meinung ist wie er. Sie haben den Killer endgültig gefunden.

»Hei Jungs, i han mol mit eu reda wella«, beginnt Samuel, noch immer etwas keuchend. Jan begreift erst jetzt richtig, dass vor ihm gleich der zweite Verdächtige auf ihrer Liste steht. »Hätts gail usgseh, der Ablick fu der zerfetzta Leicha im Ipp`Schlössli?«

Jan und Mateo blicken sich erneut an. Beide haben die Stirn in Falten gelegt. Der Abend wird immer unheimlicher und verwirrender. Keine Zeitung und kein TV-Sender hatt je herausgefunden, dass die Leiche von Melina zerfetzt gewesen ist. Auch der zweite Verdächtige weiss etwas, was er nicht wissen kann.

XIX.

Ich werfe die vom Schnee durchnässte Jacke auf
den Boden. Ich schalte das Licht nicht an.
Torkelnd gehe ich zum Kühlschrank. Ich habe an
der Party zu viel getrunken. Schnapps vertrage
ich nicht so gut. Trotzdem greife ich mir zwei
Dosen Calanda Bier. Ich gehe ins Schlafzimmer.
Dort werfe ich mich mit den durchnässten Hosen
aufs Bett. Ich greife mir das Kissen, drücke es mir
ins Gesicht und beginne zu brüllen. Eine Minute
lang schreie ich in das Kissen hinein. Alles was ich
kann. Ich verkrampfe mich komplett, meine
Eingeweide brennen. Noch einmal schreie ich in
das Kissen, bis mein Kopf zu explodieren scheint.
Dann löst sich der Knoten endlich und ich kann
weinen. Leise, mit offenem Mund lege ich mich
hin. Das Leinen ist rasch von meinem Rotz und
meinen Tränen durchnässt. Ich weine solange, bis
ich keine Flüssigkeit mehr in den Augen habe. Der
erste Versuch mich zu beruhigen scheitert. Ich
atme zu flach, habe mich nicht unter Kontrolle. Ich
öffne die Bierdose. Das Bier verteilt sich auf dem
Bett. Ich zittere so fest. Ich kippe die Dose und

leere sie in zehn Zügen leer. Augenblicklich wird mir schlecht. Rasch stürze ich ins Badezimmer. Ich kotze alles aus was in mir drin ist. Der säuerliche Gestank des Alkohols lässt mich gleich nochmals erbrechen. Doch ist es befreiend. Nach zehn Minuten ist alles draussen. Meine Stirn ist schweissüberströmt. Noch immer ein wenig zitternd begebe ich mich wieder in mein Schlafzimmer.

Ich öffne die zweite Dose und beginne das Bier zu trinken. Das eiskalte Bier beruhigt mich. Mir wird nicht mehr schlecht. Ich kann meine Gedanken wieder ordnen. Du darfst nicht wieder damit beginnen sie zu lieben! »Nai, das goht ni!«, denke ich mir, wieder und wieder. Ich entsperre mein Handy. Ich öffne Facebook und suche sie. Nina. Ich ärgere mich über mich selbst. Ich darf das nicht! Ich darf sie nicht mehr betrachten.

»Ou Mann!«, entfährt es mir verzweifelt, als ich mich durch ihre Bildergalerie klicke. Ich werfe das Handy auf das Bett und verschränke die Arme. Die Wut ist weg, das Verlangen überwiegt. »Sie hätsder eidütig gseit. Sie will ni. Sie chann nid!«, sagt meine innere Stimme. »I weiss. Aber i hansi gseh mim Jan flirta. As tuatmer leid, dä Ablick bringt mi immerno duranand«, flüstere ich. »Kai Problem. Lons zua. Lohn dia Gedanka zua und fu miar us chaschsi au aluaga uf Facebook. Aber si wählsch nid us!«, hakt meine innere Stimme weiter. »Du häsch recht«, bestätige ich kopfnickend. Ich ärgere mich. Ich hätte mich beinahe verraten heute Abend. Das darf nicht mehr geschehen! »Chum, suachemer üs aswär anderscht«, ermutigt mich meine innere Stimme und ich pflichte ihr begeistert bei.

Ich packe mein Handy und mein Bier und begebe mich in die Küche. Dort liegt die gläserne Gartentür. Ich setze mich vor ihr hin und starre nach draussen. Wie in einem Märchen. Der Schnee fällt unablässig herunter. Wie Puderzucker bedeckt er meinen Garten. Im Licht der Strassenlaterne wirkt der Schnee noch mächtiger, noch magischer und noch mystischer. Die Stille wirkt beruhigend auf mich. Ich höre nicht einmal die Wanduhr, die unablässig vor sich hin tickt. Bald wird sie 5 Uhr morgens anzeigen, trotzdem denke ich nicht daran schlafen zu gehen. Heute sind zu viele Emotionen im Spiel gewesen. Ich frage mich ob sie mich verdächtigen. Doch rasch schiebe ich den Gedanken weg von mir. Die

Polizei hat einfach keine Hinweise. Es kann nicht anders sein, denn ansonsten hätten sie die Vazer zum DNA Test antraben lassen. Ich nicke beruhigt. Ich kann also weitermachen. Erst muss ich den Zeitpunkt bestimmen. Nicht in den nächsten zwei Monaten. Die Bullen sind noch immer viel zu präsent im Dorf. Selbst heute Nacht, in der Usfahrbar sind zwei von denen in Zivil vor Ort gewesen. Es ist ein Vorteil, wenn man in einem Dorf wohnt. Ich habe jeden gekannt, ausser die beiden Einzelgänger, die sich an der Bar ein Mineral bestellt und danach den ganzen Abend die Leute beobachtet haben. »Ein Mineral«, entfährt es mir lachend. Bullen im Dienst, die nichts trinken dürfen. Wie auch immer. Es ist eine knappe Angelegenheit gewesen heute Abend. Zum Glück ist nun ein wenig Ruhe angesagt. Erst an der Fasnacht am 23. Februar ist hier wieder etwas los. Ich komme selbstverständlich auf Gedanken. Eine nette Gelegenheit um eine Freundin zu finden. Eine zu Gute um sie ungenutzt verstreichen zu lassen. »Vorsichtig«, beginnt mir meine innere Stimme zuzuflüstern. »Au wenns kai Plan hän, da Bulla wird au ufgfalla si, dass dini Ex-Fründinna beidi amna Fescht nümma hai cho sind.«

Ich muss ihr Recht geben. Selbstverständlich. Doch es reizt mich zu sehr. »No eimol, isch guat?«, flüstere ich mit Blick aus dem Fenster. »As Letstmol! Nor jöhren sich dia Fäschter!« Ich einige mich mit mir selbst. Ein letztes Mal noch an einem Dorfanlass. Nun kommen die interessanteren Dinge. Wer soll es denn sein und wo soll unser Date stattfinden? Welche Dorfbewohnerin verzückt mich? Welche möchte ich verführen? Der Reihe nach. Der Ort des Dates muss gut gewählt sein. Nicht mehr an den Berg oder an die Au. Das steht für mich fest. Ich möchte meine Freundin regelmässiger besuchen gehen können. Ich beginne zu grübeln. Die Zwärgahöhli? Ist mir wieder zu weit weg. Schlecht begehbar und trotzdem tummeln sich dort immer wieder Jugendliche herum um zu kiffen. Unter der Turnhalle in den Umkleidekabinen? Der Hauswart, wie dumm von mir. Patnalerweg, diese Wasserröhre gleich hinter der Metzgerei? Selbst ich habe zu wenig Kraft dafür. Wo noch? Wo noch? Ich komm nicht drauf. Ich überlege mir bereits, in ein, zwei Tagen eine Erkundungstour durch Untervaz zu machen, doch dann kommt mir noch eine Idee in den Sinn. Ich stehe auf und laufe ins Schlafzimmer. Dort, inmitten der verstaubten Bücher habe ich es dazugestellt. »Untervaz, Mein Heimatdorf«.

Es ist beinahe eine Schande, dass ich es mir nicht öfters betrachte. Da es doch so viele Informationen über mein Dorf enthält. Ich kehre zurück und setze mich hin. Ich vertiefe mich in dem Buch. Valcastiel, das verlorene Tal. Ich seufze auf. Dann kann ich genau so gut in die Neuenburg gehen. Mittelalter. Wie es mich fasziniert. Ich spüre das Kribbeln. Auch wenn es weit entfernt liegt, ich entscheide mich für die Neuenburg. Ich lege das Buch offen beiseite und will mich bereits um meinen Favoritenkreis kümmern, doch meine innere Stimme hat etwas dagegen. »Denk nid zu wit. As git gnuag Ort ds Vaz wos mögli isch. Dänk an ds Vazer Wiahnachtsliad zruck!«

Hab die Wie – ge dir be –rei – tet Weis – ses Lin – nen, wie – ches Heu.

Weiter muss ich mich gar nicht zurückerinnern. »Danka«, flüstere ich. Mit einem Lächeln im Gesicht wird es mir bewusst. »Haha«, entfährt es mir, als ich an die Ställe denke, die in Frage kommen. Der Ausflug in die Usfahrbar hat also doch noch etwas Gutes an sich gehabt. Die Party hat ja gleich davor stattgefunden. Ich habe Chrampfer-Sepp darüber fluchen hören, dass sein vermaledeiter Sohn sich nicht um die Geräte im Stall kümmert und er selbst bereits in einer Woche ins Altersheim ziehen muss. Dass die Überwachungskammera des Stalls, der auf dem unterem Rein und gegenüber des Schöfli-Franz Stalls steht, nicht funktionierte, haben meine Freunde und ich längst herausgefunden. Erregt stelle ich fest, dass ich mich bereits für diesen Stall entschlossen habe. Zufrieden mit mir selbst greife ich nach meinem Handy. Ich suche meine vier Kandidatinnen auf Facebook. Ich betrachte mir die Frauen ganz genau. Sie geizen allesamt nicht mit ihren Reizen. Da sehe ich eine. Ich begutachte Flavia etwas genauer. Hübsch, zweifellos, doch da werde ich noch eine hübschere finden. Ich wende mich von ihren Bildern ab und begutachte mir die Infos. Ich stelle fest, dass sie nicht mehr in

Untervaz lebt. Sie lebt in Deutschland. Studiert in Hamburg. Trotzdem scrolle ich mich noch durch ihre Infos durch. Arbeit, Ausbildung, Orte an denen sie gelebt hat, Kontaktinfos ... Ich wende meine Augen kurz ab und greife nach meinem Bier. Verdammtes Facebook. Eine ganze Welt voll mit Informationen. Ich scrolle weiter. Allgemeines, weitere Namen, Familienmitglieder, politische Einstellung, Besuche, Sport, Filme, Fernsehsendungen, Apps und Spiele, Gefällt mir Angaben, Veranstaltungen, Bewertungen, Instagram. Unglaublich. Ein halbes Buch. Kopfschüttelnd scrolle ich noch einmal nach oben, gehe allerdings noch nicht zurück. Ich will erst alle Infos durchlesen. Familienmitglieder. Vielleicht hat sie ja eine hübsche Cousine. Doch schlussendlich ist es keine Cousine, welche mir den Mund vor Erstaunen offen stehen lässt. Nein, es ist ihre Mutter. Bereits beim Profilbild weiten sich meine Augen. Grasgrüne Augen, kräftig braunes Haar, dunklen Teint, der wohl der italienischen Abstammung herrührt, schlanke Figur.

»Ou shit«, entfährt es meinem Mund. Ich habe noch nie eine solch elegante und hübsche Frau in diesem Alter gesehen. Sie hat Falten im Gesicht, zugegeben, doch die machen die Frau nur noch gutaussehender. Ich klicke auf ihr Profil. Giulia. Oh mein Gott, Giulia. Sie ist 42 Jahre alt und stammt ursprünglich aus Florenz. Eine italienische Flamme! Ich klicke mich durch die Bildergalerie. Überrascht stelle ich fest, dass sie neben ihrer erwachsenen Tochter Flavia noch einen Sohn hat. Er ist jung. Ich erblicke ein Bild vom Sohn mit einer Schultasche auf dem Rücken. »Erster Tag in der Schule«, hat Giulia das Bild kommentiert. Ich blicke auf das Datum, es liegt drei Jahre zurück. Der Sohn geht nun also in die dritte Klasse. Ich sehe Bilder von ihr mit ihrem Ehemann und dem Kind. Es rührt mich nicht. Nicht einmal ein Hauch von Gewissensbissen. Ich bin eiskalt. Ich vergleiche Flavia mit ihrer Mutter. Ich finde Giulia begehrenswerter. Ich habe mich entschieden. Giulia wird es sein! Ich bin überzeugt, dass diese Beziehung länger anhalten wird. Die hat viel mehr Erfahrung als Melina und Angela! Doch nun komme ich ins Grübeln. Wann ist diese Frau jemals alleine? An den Schultagen vielleicht. Mitten am Tag … Keine gute Idee! Ich blicke auf, schaue durch die Glastür in meinen

Garten hinaus. Der Morgen bricht langsam an. Ich weiss nicht ob sie die Fasnacht mag. Ich bezweifle, dass sie am SchmDo oder am Fasnachtssamstag die Abende mit Partymachen verbringt. Ich bemerke die Müdigkeit, die sich langsam in mir breit macht. Ich muss den Zeitpunkt noch einmal überdenken. Später, jetzt gehe ich erst einmal schlafen. Ich schalte mein Handy aus und will aufstehen. Dabei berührt meine Hand das Buch, das ich vorher beiseite gelegt habe. Aufgeschlagen liegt es da. Ich schliesse es und blicke auf das Titelbild.

Es trifft mich wie der Blitz. Was für eine Freude. Natürlich, das ist die Lösung! Ich muss das Datum des Dates nur um eine Woche verschieben! Ich hoffe bloss, diese Familie ist nicht eine jener, welche sich weigern da mitzumachen, weil die Mädchen nicht auf den Berg rauf dürfen. Doch Flavia ist nicht mehr zu Hause und der Bub wird ganz bestimmt noch vom Vater begleitet. Das bedeutet, dass Giulia alleine zuhause ist an diesem Abend. Und die Bewohner abgelenkt. Lächelnd gehe ich ins Schlafzimmer, ziehe mich aus und lege mich ins Bett. Als ich die Bettdecke

hochziehe und die Augen schliesse, summe ich
mich voller Glück sanft in den Schlaf.

Und um dia siebat Obatstund
Isch gwüss kai Buab dahaimat
A Jeda Buab hät hüt kai Ruah
Är will ga Schiiba schlaha.

XX.

Es ist Donnerstag. Jan und Mateo sitzen auf dem Sofa. Entspannt und vorfreudig. Heute beginnt die Fasnacht. Es ist der erste Tag seit zwei Monaten, an dem sich Jan entspannen kann. Natürlich sind er und Jan nicht untätig geblieben während dieser Zeit. Sie haben sich noch mehr mit Silvian und Samuel beschäftigt. Die Schuhgrösse passt bei beiden. Dies haben sie bei einem Fussball-Hallentraining festgestellt. Zwischen Mateo und Jan und Silvian herrscht eine unglaubliche Spannung. Während den Trainings gibt es nicht selten Gerangel zwischen ihnen. Brutale Fouls und Racheaktionen, bis beinahe das Blut fliesst. Ihr Trainer hat einmal die Schnauze voll gehabt. Nach einem weiteren, total verbissenen und gehässigen Training hat er die drei Männer bei sich behalten um sie zusammenzuscheissen. »Iar sinn Teamkamerad!«, hat er sie speichelspukend vor Wut angebrüllt. Der ganze Vortrag ist beinahe eine halbe Stunde lang gegangen. Danach mussten sie gemeinsam in die Umkleidekabine. Während Mateo und Jan dort duschten, war Silvian wütend und ohne zu duschen verschwunden. »Ma cha denk au a falschi Schuahgrössi benutza zum verwirra. Und iar sinn mit 42 au nid wit dervo entfärnt! Nai, mit däm chömmender nid dervo!«, hat er dabei noch in Richtung Dusche gebrüllt. Als Silvian nämlich seine Sachen zusammengepackt hat, haben Jan und Mateo ihn darauf hingewiesen, dass er Schuhgrösse 41 trägt und sie Grösse 42, was bei Jan natürlich gelogen war, doch es ging ihnen ums Prinzip.

»Do hätter aber nid ganz unrecht«, hat Mateo damals knurrend an Jan gerichtet gesagt. Auch Jan hat ihm zustimmen müssen und seufzend hat er geantwortet: »Dämfall lohter nid locker.«

Tatsächlich haben Jan und Mateo feststellen müssen, dass Silvian sie oftmals beobachtet. Sie entdecken ihn oft bei Spaziergängen in einiger Entfernung hinter ihnen. Wie ein Katz und Maus Spiel. Immer dann haben sie ihre Schritte beschleunigt, denn der Typ hätte sie auf einem Feldweg einfach so erschiessen können. Hat er allerdings nicht getan und was Jan und Mateo noch mehr beunruhigt ist, dass sie keine weitere Drohung mehr bekommen haben. Nicht dass sie das gewollt hätten, doch es bedeutet wohl auch, dass Silvian nicht der Mörder ist. Oder, was sie eher denken, dass er schlau genug ist. Nichts desto trotz könnte es auch einfach nur Taktik von ihm sein. Samuel haben sie auch nicht vergessen, doch auch hierbei trübt ein Gedanke ihre Verdächtigung. Er hat einen Freund, aus Chur, der bei der Polizei arbeitet. Obschon die Möglichkeit gering erscheint, da dieser Polizist seinen Job verlieren würde wenn er Informationen nach aussen gibt, könnte es dennoch sein, dass Samuel diese Information von dorther hat. Der Januar und Februar hatt enorm an Jans und Mateos Kräften gezerrt. Da kommt ihnen der Schmuzig Donschtig sehr gelegen.

Bereits um 18 Uhr trudeln Nico und Marvin in der WG ein. Zwei Mitspieler von Jan und Mateo. Diese beiden haben sie nie wirklich verdächtig. Zum Zeitpunkt des Verschwindens von Angela sind sie nämlich am Reisen gewesen und erst eine Woche nach ihrem Fund von Australien zurückgekehrt. Zwei Witzbolde, die dumme Sprüche im Minutentakt abliefern und immer gut gelaunt sind.

Alle vier haben sie ein grünes Gorillakostüm als Verkleidung angezogen. Sie spielen »Bullshittla«, »Busfahra« und »Pagöögg«.

Die Stimmung wird immer ausgelassener. Genau das haben Jan und Mateo gebraucht. Ein Wochenende lang alles vergessen und die Fasnacht geniessen. Erst hat Jan noch vorgeschlagen sich ein wenig zurückzuhalten und ihre beiden Verdächtigen zu beobachten, doch Mateo hat bei diesen Worten geröhrt wie ein Stier und heftig dagegen protestiert.

»Etz sinds denn au aifach sälber tschuld, wenns no in der Nacht allai ummalaufen!«, hat er Jan klargemacht. Natürlich hat er von den Frauen aus Untervaz gesprochen und Jan gibt ihm Recht. Ausserdem, ein Wochende lang alles vergessen würde sicher nicht schaden. Bereits hier, in der WG, bemerkt Jan, dass es die richtige Entscheidung ist. Seine Freunde machen ihm so viel Freude, dass Jan sich voll und ganz auf seinen zweiten Plan konzentrieren kann. Der da heisst, Nina. Es ist der perfekte Zeitpunkt und er hält die Spannung nicht mehr aus.

Kurz nach 23 Uhr verlassen die vier Männer die WG und machen sich auf den Weg zum

Dorfplatz. Bereits als sie die Kirchgasse hinauflaufen hören sie das Dröhnen der Musik und die verkleideten Fasnachtsgänger. Es ist ein ziemlich lauer Winterabend. Der Schnee hat sich mitte Februar bereits verzogen und die Strassen sind bereits wieder vom Schnee befreit.

»Luag mol, Alter, döt hätts au paar Affa!«, dröhnt Mateo und deutet auf den Dorfplatz, wo ein paar Vazer in einem Affenkostüm gerade miteinander Bockspringen. Lachend beobachtet Jan Mateo, der zu den jungen Vazern dazustösst und mitmacht. Es haut ihn gleich beim ersten Versuch auf die Schnauze. Stöhnend rappelt sich Mateo wieder auf. Jan lacht Tränen. Er kann gar nicht anders. Sein Körper scheint alles herunterschütteln zu wollen, was sich in den letzten beiden Monaten angesammelt hat. Es tut gut. So gut, dass Jan Mateo seinen Plan erläutert, den er heute Abend zur Ausführung bringen will.

»Endli! Wänn öppis ni chlappt, frogsch mi, der Liabesguru«, grinst Mateo ihn an, gerade als sie bei der Raiffeisen-Bank Geld für den Abend abheben. Jan brüllt erneut auf vor Lachen und auch Nico und Marvin kugeln sich vor Lachen. Gleich neben der Bank steht das SCU-Zelt. Voller

Vorfreude begeben sie sich in das Zelt hinein, dass bereits prall gefüllt mit Fasnächtlern ist. Zu »Griechischer Wein« , »Lüüt« und »Jonny Depp« tanzen sie, lachen sie, trinken Bier und führen witzige Gespräche. Nein, an diesem, magischen Abend denken sie nicht an den Mörder. Keiner in diesem Zelt. Eine fröhliche, bunte Party, in der man Freude hat jemanden zu sehen um mit ihm ein Bier zu trinken. Vazer Fasnacht.

Rasch einmal haben Jan und Mateo ihre beiden Freunde, Nico und Marvin aus den Augen verloren. Kein Phänomen, wenn man jeden Zweiten kennt und mit ihm anfängt zu sprechen.

Jan und Mateo besuchen die Gärbi-Baar, ein riesiges Zelt, das nicht minder gefüllt ist als das SCU Zellt, dann die Sterna, die Halla und schliesslich landen sie in der Usfahrbar. Bereits ist es vier Uhr morgens, doch hier denkt noch niemand ans nach Hause gehen. Lächelnd nimmt Jan das Bier von Anja entgegen, die heute Abend für den Jugendverein hinter der Bar steht. Und endlich sieht er sie.

Seraina, die mit Nina in einer Ecke wild umher tanzt. Jan klopft Mateo auf die Schulter. Er hat sich gerade mit Steinbruch-Hans unterhalten, der mit roter Nase und glänzendem Gesicht an der Bar gestanden hat. Mateo folgt dem Zeigefinger von Jan, der auf die beiden Mädels zeigt.

»Sorry, Hans. Miar müan mol bits witer«, verabschiedet sich Mateo von Steinbruch-Hans, der ihnen noch etwas zulallt, was sie nicht mehr verstehen können. Seraina hat sich als Schneewittchen verkleidet und Nina als Rapunzel.

»Rapunzel, Rapunzel, lass dein Haar herunter!«, begrüsst Jan Nina. Sie lacht zuckersüss auf, umarmt ihn fest und grinst ihn so charmant an, dass er beinahe dahinschmilzt. Mateo hat sich in der Zwischenzeit Seraina geschnappt und unterhält sich mit ihr.

In Jans Kopf wirbelt es gewaltig. Er muss sich zur Abkühlung ein Bier bestellen. Es ist kurz vor 5 Uhr am Morgen. Die Usfahrbar leert sich immer mehr. Nur wenige singen voller Innbrunst »D Venus fu Bümpliz« mit. Jan wendet sich von der Bar ab und sieht Mateo und Seraina miteinander tanzen. Daneben steht Nina. »Schall und Rauch« von Manillio ist der nächste Song. Sie tanzt zu dem Song. Sie blickt zu Boden, bewegt geschmeidig ihre Hüften. Jan trinkt zwei tiefe Züge aus seinem Bier, stellt es auf die Bar und läuft auf Nina zu. Sie blickt schüchtern hoch. Ihr wunderschönes Gesicht lächelt ihn an. Jan steht sehr nahe zu ihr heran, lächelt sie ebenfalls an. Er fasst sie an den Hüften und beginnt mit ihr zu tanzen.

... Mier ischs egau wos higoht, s, wird aues mitgnoh
Kei Stei ufem andere gloh
Für chly Glück ire Wält us Schiin
Uf das länger hebt aus Yys, doch ...

Ihre Köpfe nähern sich. Ein Moment der puren Aufregung, Freude und Glückseligkeit für Jan.

... I schmöck nachem Schall, nachem Rauch I der Luft ....

Dann küssen sie sich und Jan glaubt in den Himmel zu entschweben.

Nicht allzu weit von Nina und Jan entfernt steht ein Mund offen vor Entsetzen. Wirbelnd kehrt gemacht, aus der Usfahrbar hinausgesprungen und ab nach Hause rennen. Geschworen die grosse Liebe in Ruhe zu lassen.

Geschworen den Blick von ihr abzuwenden. Und doch wanken diese Vorsätze gerade gewaltig. Ein Hass kriecht hoch. Ein Hass der einer der beiden zu spüren bekommen könnte.

XXI.

Der Freitag nach dem SchmuDo ist wahrlich dreckig für mich. Wieder muss ich mich auf ein eiskaltes Niveau hinunterdrücken um nichts Dummes zu tun. Am Fasnachts-Samstag kann ich sie ignorieren und am Sonntag konzentrierte ich mich wieder auf das nächste Wochenende. Der Gedanke, Jan zu töten, schiebe ich auch nach hinten. Solange meine nächste Beziehung klappt sehe ich keinen Grund dazu. Und sie wird klappen. Ich bin mehr als nur überzeugt davon. Am Sonntagabend besuche ich erst einmal den Stall, der beim unterem Rain liegt.

Im Schutz der Dunkelheit stehle ich mich hinein. Mit meiner Taschenlampe beleuchte ich den ramponiert aussehenden Schuppen. Viele verstaubte und mit Spinnenwaben überzogene Arbeitsgeräte stehen herum. Es ist unordentlich, schmutzig und es riecht nach vermodertem Holz. Kopfschüttelnd beginne ich die Bude mit einem Besen zu wischen. Ich will Giulia schliesslich ein möglichst angenehmer Aufenthalt bereiten. Im hinteren, dunkelsten Teil des Schuppens lege ich ein wenig Stroh aus. Mit ein wenig Kerzenlicht würde das doch wunderbar und romantisch aussehen. Als ich zufrieden bin mit dem Ort des Dates gehe ich wieder nach Hause. Es ist ein sehr kurzer Weg. Bei der Cosenzstrasse werfe ich noch einmal einen Blick auf das Haus von Giulia. Ein Glück, dass es so nah am Date-Ort liegt. Es ist Hell beleuchtet. Die Familie ahnt nichts Böses. Sollten sie aber.

Ich komme in meine Wohnung und füttere Minzi. Danach lege ich mich schlafen. Ich kanns kaum erwarten, bis die sieben Tage durch sind.

Die Feuer sind bereits entzündet. Längst haben sich die Knaben mit ihren weissen Chitteln, der roten Mütze und dem roten Halstuch auf den Weg gemacht. Die Haselruten über die eine, die selbstgemachte Fackel über die andere Schulter gelegt. Das Klippern der Scheiben hallt durch die nach Gebäck riechenden Gassen. Eine heimatliche Stimmung liegt in der Luft. Längst bin ich unterwegs im Dorf. Habe mich mit Freunden getroffen, in der Sterna ein Bier getrunken und der Dorfmusik zugehört, die den schimmernden Fackelabzug den Berg hinunter begleitet hat.

Danach verabschiede ich mich allerdings von meinen Freunden. Wir könnten natürlich noch mitmachen, doch die beste Ausrede ist die Arbeit. »Muas früah uf mora«, sind meine Worte.

Als ich vom Büheli die Vordergasse hinunterlaufe überfällt es mich wieder. Diese Vorfreude, diese Erregung und diesen enormen Tatendrang. Von den Bullen ist weit und breit nichts zu sehen. Die Luft ist kalt und erfrischend. Ein leiser Wind weht durch die engen Gassen hindurch. Ältere, ledige Vazer machen sich erst jetzt auf den Weg, den Berg hinauf zu den Schiibaplätz, wo sie die ganze Nacht verbringen und ihren Damen Schiiba schlaha werden. Beim Volg beschleunige ich meine Schritte. Ich muss mich noch umziehen. Rasch nach Hause!

Ich dusche, ziehe mich um und mache mich bereit. Dunkel liegt meine Wohnung da. Trotzdem benutze ich meine Puppe. Schalte den Fernseher ein, platziere meine Puppe und sorge dafür, dass sie gut sichtbar für meine Nachbarin ist. Mein Handy lege ich auf den Küchentisch. Handschuhe anziehen, Knarre in den Rucksack legen. Dann schlüpfe ich hinaus. Kerzen sind eingepackt. Der Wein ebenfalls. Zwei Gläser dazu. Mein

Kartoffelauflauf ist im Tupperwar. Dazu schönes Besteck. Der Sohn und der Vater haben erst gerade damit begonnen bei den Mädchen betteln zu gehen. Mir bleibt genügend Zeit. Ich trage meinen schwarzen Mantel und meine Trainerhosen. Es ist nach wie vor windig und kühl. Vorsichtig laufe ich der Cosenzstrasse entlang. Noch keiner der Schiibaschlaher zu sehen. Der Weg ist kurz. Ich sehe bereits das Haus. Licht brennt nur im Wohnzimmer. Ich sehe es durch die geschlossenen Fensterläden schimmern. Die Vorfreude packt mich. Ich biege nach rechts ab, muss noch zehn Meter weiterlaufen und stehe bereits vor der Eingangstüre. Mein Herz pocht wie wild. Ich nehme mir die Zeit mich ein wenig umzuschauen. Niemand zu sehen, sehr gut. Ich atme tief durch und klingle. Ich konzentriere mich nur auf die Türe. Wenn mich jetzt jemand sieht habe ich ganz einfach Pech gehabt. Ich halte die Luft an vor Spannung. Dann sehe ich wie die Türklinke nach unten gedrückt wird.

Augenblicklich drücke ich mein ganzes Gewicht gegen die Türe und stosse sie nach innen. Giulia fliegt nach hinten. Meine Kraft ist enorm.

Innert Sekunden stehe ich im Haus und gebe der Türe einen kräftigen Schubs. Giulia ist wohl völlig überrascht gewesen. Sie liegt auf dem Boden und reibt sich den Hinterkopf. Sie hat ihn sich wohl an der Tischkante gestossen. Ich zögere nicht. Ich stürze mich auf sie, noch ehe sie mich richtig ansehen kann. Ich ziehe meine Pistole unter dem Mantel hervor. Ich halte sie am Lauf fest und ziehe sie mit einiger Wucht über Giulias Schädel. Ein dumpfes Geräusch ertönt und ihr Kopf knallt hart auf den Steinboden. Sie ist ohnmächtig.

Rasch stehe ich auf und packe sie an den Füssen. Ich schleife Giulia durch ihr hübsches Haus hindurch. Erst jetzt sehe ich die Blutspur, die Giulia hinterlässt. Eine gewaltige Blutspur. »Scheisse«, fluche ich laut. Ich lasse Giulias Füsse zu Boden fallen und blicke mich rasch im Haus um. Dort hinten ist ein Badezimmer! Hastig schreite ich hinein, durchsuche alle Schränke. Ja! Genau das habe ich gesucht. Ein Apothekenschrank. Ich packe einen Verband und das Klebeband. Ich merke wie ich in Hektik verfalle, als ich Giulias blutenden Kopf verbinde. Meine Hände zittern und Schweiss rinnt von meiner Stirn herunter und tropft ihr ins Gesicht.

Allerdings muss ich es tun. Ich kann keine Blut- und somit Schleifspur hinterlassen, sonst finden die Bullen den Ort des Dates! Ich verbinde ihren Kopf so fest, dass das Blut aus ihrem Hinterkopf nicht mehr durch den Verband drückt. Ich keuche vor Anstrengung und wische mir den Schweiss von der Stirn. Ich blicke auf meine Uhr. Es ist kurz nach 22 Uhr. Ich fluche leise vor mich hin. Die ganze Geschichte mit Nina hat mich durcheinander gebracht! Ich habe mich nicht genügend gut vorbereitet. Und doch kann ich nicht mehr warten! Der Drang frisst mich beinahe auf. Ich blicke auf den blutverschmierten Boden und wäge die Situation ab. Wann würden der Sohn und der Vater wohl nach Hause kommen? Ich versuche mich an die Schulzeit zurückzuerinnern. Wann haben die Drittklässler zuhause zu sein? Ich kann mich nicht erinnern und ich gehe kein Risiko mehr ein. Spielt es überhaupt eine Rolle? Mittlerweile wissen die Bewohner ja ganz genau, was passiert ist, wenn eine Frau aus dem Dorf verschwindet.

»Dia finden si nid!«, ermutige ich mich selbst und lasse die Blutlache sein. Ich packe Giulias Füsse und schleife sie weiter. Sie ist noch immer ohnmächtig. Ich öffne die Gartentür, schleife sie unsanft hinaus. Niemand kann mich hier sehen. Es ist viel zu dunkel. Trotzdem bin ich sehr vorsichtig, als ich Giulia über die Wiese schleife.

Der Stall liegt keine zwanzig Schritte weit entfernt. Immer wieder muss ich innehalten. Trotz der kalten Luft ist es übel anstrengend und schweisstreibend, ihr schlaffer Körper hinter mir herzuziehen. Immerhin hinterlässt Giulia keine Blutspur. Der Verband sitzt. Von der Cosenzstrasse her höre ich Stimmen, doch die Schiibaschlaher kommen nicht hier herunter. Mehr Sorgen machen mir die Bewohner der Öpfelplantage. Immer wieder blicke ich auf die Fenster. Einige sind beleuchtet, einige dunkel. Niemand steht am Fenster und niemand sieht mich. Das ist pures Glück!

Endlich komme ich am Eingang an. Ich schiebe das Scheunentor zur Seite und schleife Giulia hinein. Ich lasse sie kurz los und schliesse das Tor wieder. Völlige Dunkelheit. Ich ziehe meine kleine Taschenlampe hervor und klemme sie zwischen die Zähne. Noch zwei Meter dann habe ich es geschafft. Endlich liegt Giulia auf dem vorbereiteten Stroh. Schwer atmend lasse ich mich neben ihr zu Boden fallen. Ich brauche einige Minuten, bis ich mich erholt habe. Ich atme tief durch. Rieche das Stroh. Dann beginne ich auszupacken. Erst mache ich mit meinen Kerzen ein wenig Licht. Ich verteile sie rund um mich und das Strohbett von Giulia herum und entzünde sie. Die Kerzen flackern ein wenig durch den schwachen Wind, der durch die Ritzen des Stalls zieht. Ich setze mich wieder hin und beginne damit, die Gläser mit Wein zu befüllen. Dann kommt der Kartoffelauflauf an die Reihe. Ich verteile ihn auf zwei Teller und stelle ihn hin. So, nun bin ich perfekt vorbereitet. Was für eine Szenerie! Ein dunkler Stall, in dem einige Kerzen flackern. Ein weiches Bett aus Stroh, etwas Wein und leckeres Essen. Ich könnte singen vor Glück. Bestimmt geht es nicht mehr lange, bis Giulia dazu stösst. Ich betrachte sie. Zum ersten Mal an diesem Abend richtig. Sie ist wunderhübsch. Ihr Gesicht ist von Make-Up befreit und ich stelle fest, dass sie das auch absolut nicht nötig hat. Ihr dunkler Teint macht das Make-Up unnötig. So hübsch! Sie trägt schlichte Jeans und ein weites T-Shirt. Ihre glänzenden, schwarzen Haare hat sie zu einem Knoten zusammengebunden. Ich mag das nicht. Ich entknote ihr Haar und lasse sie über die Schultern fallen. So, nun wird's aber Zeit! Ich ziehe meine Wasserflasche aus dem Rucksack und schütte ein wenig Flüssigkeit über Giulias Kopf. Stöhnend bewegt sie ihre Mundwinkel und öffnet ihre wunderhübschen, grasgrünen Augen. Sie ist verwirrt, doch nicht sehr lange. Sie sieht mich und beginnt zu schreien. Ich stürze mich auf sie und lege ihr die Hand auf den Mund.

»Nu ruhig. Dänn passiarter au nüt!«, zische ich ihr ins Ohr, doch Giulia ist nicht so dumm wie Melina. Sie ist stärker und versucht mich zu beissen, schlagen und treten. Ich keuche vor Anstrengung. Ich muss alle Kraft aufwenden um sie festzuhalten. Endlich habe ich eine Hand frei. Sie kann sich nicht bewegen. Ich ziehe das Klebeband aus dem Rucksack. Mit meinem Mund reisse ich ein Stück ab und lege es über Giulias Mund. Sie schreit. Trotz des Klebebandes empfinde ich es als viel zu laut. Rasch ziehe ich meine Pistole hervor. Ich halte sie ihr an die Schläfe. Endlich nützt es. Giulia erschlafft. Sie atmet schwer und auch ich keuche noch immer.

»Wia gsait. Ruahig bliba, dänn passiarter au nüd. I han extra Znacht gmacht und guta Wii igschänkt. I will nu bits Zit mit diar verbringa!«, schnaufe ich ausser Atem. Giulia blickt mich an und runzelt ihre Stirn, doch sie nickt mit dem Kopf. Sie hat es wohl begriffen. Langsam stehe ich auf. Ich beobachte sie weiter, doch sie verhält sich ruhig. Beruhigt stecke ich mir die Knarre in den Mantel. Ich will mich ihr gerade wieder zudrehen, als ich einen gewaltigen Schmerz im Schienbein empfinde. Ich brülle kurz auf und falle beinahe hin. Giulia ist bereits auf den Beinen und will losspringen. Ich habe Glück. Ihr Blutverlusst lässt ihren Kreislauf versagen. Ihr wird wohl schwarz vor den Augen und nach zwei Schritten fällt sie auf ihre Knie. Ich schäume vor Wut. Ich habe keine Zeit für solche Mätzchen! Wimmernd kniet sie vor mir. Ich packe meinen Strick und ziehe ihn aus meiner Manteltasche.

Da ist es wieder. Kaum weiss ich, dass ich es tun werde, werde ich ruhig.

Ich bin eiskalt.

Kühl, beinahe mechanisch beuge ich mich über sie und lege ihr den Strick um den Hals. Sie schreit aus Leibeskräften und trotz des Klebebandes klingt es viel zu laut. Ich ziehe kräftig an dem Strick. Mein Knie drückt in ihr

Kreuz. So erstickt sie schneller. Doch Giulia ist eine zähe Frau. Sie wehrt sich nach Leibeskräften. Eine geschlagene Minute lang, dann merke ich, wie sie endlich schwächer wird. Das Leben schwindet aus ihrem Körper und sie sackt in sich zusammen. Ich drücke weiter. Bestimmt Zehn Sekunden lang mit voller Kraft, bis ich mir sicher bin, dass ich endlich in Ruhe mein Date geniessen kann.

Endlich kann ich meinen Griff lockern. Ich stemme meine Hände in die Knie und atme sehr flach. Was für eine Anstrengung! »Fuck!«, entfährt es mir. Die Ruhe ist weg und ich werde wieder wütend. Wütend über mich selbst und über Giulia. Was ist heute bloss los mit mir. Ich habe vergessen sie zu fesseln, den Mund zu verkleben, habe eine Blutlache in ihrem Haus hinterlassen und bin unkonzentriert. Ich packe Giulias Füsse und schleife sie zurück zum Stroh. Ich lege sie wieder hin. Ich lasse mich neben ihr nieder und trinke mein unberührtes Glas Wein in vier Zügen leer. Ich ziehe meine Handschuhe aus. Dann hole ich weit aus und verpasse Giulia mit der flachen Hand eine schallende Ohrfeige. Ich bereue es sofort und beginne zu weinen. Ich umarme Giulia und krächze: »As tuatmer so leid, Giulia!«

Meine Tränen rinnen über ihr Gesicht. Ich blicke in ihre starren, toten Augen und beruhige mich wieder ein wenig. Ich gebe ihr einen Kuss auf die Lippen. Ein Kribbeln durchfährt meinen Körper. Es fühlt sich gut an. Ich bin verzaubert von ihren weichen Lippen. Ich lecke mir meine ab und rieche den Duft von Orangen, der von ihr ausgeht. Dann beginne ich mit ihr zu sprechen.

»I bin chrank, Giulia, sehr chrank sogar. Das muasch wüssa. Bi miar laufts aifach nid guat im Moment. Nai, nid im Moment, schu ds ganza Läba lang nid! Mini letscht Bezüchig isch viel ds churz ganga. Und au sus. Ds Läba chotzt mi ah. Immer nu chrüppla. Mini Fründa chönn mi nümm zfridastella. I bin so allai, Giulia, so allai …«

Es fühlt sich so unglaublich gut an diese Worte mit jemandem zu teilen. Jemand der mir einfach nur zuhört und nichts erwidert. Trotz der Tränen, die ich vergiesse. Dankbar streichle ich Giulia über die Haare. Ich lasse diesen Moment zu. Er fühlt sich so befreiend an, dass ich zu lächeln beginne und meine feuchten Augen schliesse.

Ich hebe beinahe ab, als ich das Lachen höre. Das darf nicht wahr sein! Es stammt von einer Frau. Ich stehe sofort auf und begebe mich rasch auf das Scheunentor zu. Ich blicke durch einen Spalt in die Nacht heraus. Erschrocken stelle ich fest, dass sich ein Licht in der Dunkelheit über den Feldweg bewegt. Wer nur? Wer bewegt sich um diese Uhrzeit noch auf den dunklen Feldwegen? Ich kann die Leute nicht erkennen, doch ich höre eine Männer und eine Frauenstimme. Ich beobachte sie weiter. Mein Körper ist zu Eis erstarrt. Beim Schöflifranz-Stall sagt der Mann doch tatsächlich: »Was flackert döt im Stall?«

Ich trete zwei Schritte zurück. Nein, das darf nicht wahr sein! Ich verfalle in Panik. Ich blicke auf Giulia, die starr auf ihrem Strohbett liegt. Keine Chance sie zu verstecken! Und nun werden mir meine Fehler bewusst. Mit der nackten Hand eine Ohrfeige … Mit meinem Mund einen Kuss auf ihre Lippen … Ich habe Spuren hinterlassen. Auf der Leiche liegt meine DNA. Ich bin aufgeschmissen. Hastig und doch so leise wie nur möglich suche ich den Stall ab. Verzweifelt suche ich. Hier muss doch ein … Ja! Dort ist einer! Bitte lass ihn befüllt sein! Ich schraube den Deckel ab und mein Blick fällt auf die gelbliche Flüssigkeit. Ohne zu zögern stolpere ich auf Giulia zu. Ich überschütte sie mit Benzin. Das Stroh dürfte dabei noch hilfreich sein. Ich packe gerade das Weinglas, aus dem ich getrunken habe, in meinen Rucksack, als ich höre, dass jemand am Scheunentor rüttelt. Zum Glück habe ich den Riegel vorgeschoben. Ein letzter Kontrollblick, dann stosse ich die flackernden Kerzen um. Beinahe in unheimlicher Geschwindigkeit breitet sich das Feuer aus. Ich rieche bereits das verbrannte Fleisch. Ich gehe auf die Luke zu, die gegenüber des Scheunentors liegt. Von dort her höre ich Schreie. »As brennt döt dinna! Lüt der Fürwehr ah!«

Nun weiss ich auch wem diese Stimmen gehört. Mateo und seiner Hure von Freundin. Während ich über das Gras zurück auf die Cosenzstrasse spurte, überfällt mich der Zorn. Ich blicke noch einmal zu dem Stall herunter. Rauch dringt bereits heraus. Ich wende den Blick ab und gehe nach Hause.

Niemand zu sehen von meinen Nachbaren. Ich schlüpfe durch die Eingangstüre. Ohne zu zögern gehe ich in den Keller. Dort kann ich meiner Wut ein erstes Mal freien Lauf lassen. Ich ziehe mich komplett aus und werfe alles in den Kleiderschrank. Dann lehne ich mich über den Werkbank und schäume vor Wut. Ich weine geräuschvoll und Speichel tropft aus meinen Mundwinkel herunter. Ich habe die Schnauze voll! Warum muss dieser Trottel genau an diesem Abend einen Spaziergang mit seiner Freundin machen? Und würden sie noch Spuren von mir finden? Erst jetzt wird mir bewusst, dass ich Giulia durch hohes Gras geschleift habe. So dumm! Sie hätten sie so oder so gefunden. Das flachgedrückte Gras hätte die Sucher so oder so zum Stall geführt. Mit voller Wucht haue ich meine Faust auf den Werkzeugbank. Nein, dieser Abend ist ein totaler Reinfall. Ich kann nicht mehr! Ich schaffe es nicht mehr ...

Es ist nicht das erste mal, dass ich meine Waffe zücke und sie mir an die Schläfe halte. Ich will es tun! Ich habe keine Lust mehr. Keine Kraft das alles noch einmal durchzumachen! Ich will zu Mama! Tick tack ... tick tack ... ich hab es noch nicht getan. Mateo, dieser Vollidiot! Ich will mich rächen! Er hat mein Date zerstört! Langsam lasse ich die Waffe sinken. Noch immer dampfe ich vor

Wut, doch nun spüre ich noch etwas anderes. Es ist der Gedanke an Rache. Er hat meine Beziehung zerstört. Ich werde ihm seine zerstören! Oh ja, ich werde es tun! Er wird leiden müssen! Ich werde sie nicht einfach so töten! Ich werde Katz und Maus mit ihm spielen! Bis er daran zerbrechen wird! Es ist mir scheissegal. Alles ist mir nun egal. Ich spüre, wie es dem Ende zugeht.

XXII.

Voller Freude steigt Jan mit seinen Freunden den Hügel zum Lisibühl hoch. Für einmal ohne Mateo. Der will mit Seraina einen Spaziergang machen und sich das Spektakel am Berg von weitem betrachten. Einige Schiibaschlaher tummeln sich bereits um das Feuer herum und halten ihre Schiiba hinein. Fröhlich diskutieren sie miteinander und lachen. Das Knistern des Feuers, die Dunkelheit des Waldes, die lauten Rufe und das Knallen der Scheiben auf dem Holzbrett. Schiibaschlaha ist etwas Schönes. Dazu da den Winter zu vertreiben. Jan erinnert sich an die Schulzeit zurück. Nach dem Fackelabzug gemeinsam mit seinen Freunden durch die Gassen zu streifen. In die Wohnungen der Mädchen eintreten, den Duft nach Gebäck und Orangen in die Nase ziehen und sagen: »Au a Schiiba gschlaha au as Chüechli.« Die ledigen Männer, die nach der Schulzeit noch Scheibenschlagen geniessen das Beisammensein und die Tradition auszuüben, welche sie bereits seit ihrer Kindheit kennen.

»Wäm muani zerscht eini schloh?«, fragt Nico, der neben Jan steht und seine Schiiba in die Glut des Feuers hält. »Der Chüachlipfanna du Aff«, grunzt Marvin, der sich rechts neben Nico aufhält.

Jan verdreht die Augen und rümpft seine Nase. »Wia lang gömmer etz schu gu Schiibaschlaha? Zerscht der alta Fasnacht, dänn der Chüachlipfanna, der Mama und nor chasch dina viela Maitla!«

»Haha, alles chlar«, grinst Nico und zieht seine Scheibe aus dem Feuer. Er hält sie hoch und schwenkt sie ein wenig. Sie glüht ordentlich. Er dreht sich um und wendet sich dem Holzbrett zu, das am Abhang steht und in Richtung Dorf gerichtet ist.

»Vergiss Hoit und dära seisi ni!«, wirft Jan ihm grinsend nach.

»Schnauze«, erwidert Nico schnaubend und macht sich bereit. Die Männer schauen ihm zu wie er beginnt die Haselrute mit der glühenden Scheibe zu schwingen. »Hoit und dära seisi, dia Schiiba, dia Schiiba, ghört, ghört, ghört, der alta Fasnacht!«, brüllt Nico so laut er nur kann. Mit voller Wucht drischt er auf das Brett ein und die Scheibe fliegt weit davon in den Wald.

»Hoooooit und dära seisi«, erklingt es einstimmig vom Feuer her.

»Nüt isch das gsi, nüt«, lacht Marvin. Jan will ihm gerade einen dummen Spruch zuwerfen, doch Nico kommt ihm zuvor. Noch immer steht er beim Holzbrett am Abhang und blickt auf das Dorf hinunter.

»Sit wenn schlönns im Dorf dunna Schieba?«, fragt er laut. Neugierig legen die Männer am Feuer ihre Haselrute hin und begeben sich zu Nico, der mit dem Zeigefinger in Richtung Dorf weist.

»Döt brennts doch du Vollpfoschta!«, keucht Marvin erschrocken auf. Jan wird rasch bewusst, dass er Recht behält. Die Flammen werden immer grösser und grösser und nur Minuten später hören sie die Sirenen der Feuerwehr. Jan zückt sein Handy hervor. Drei verpasste Anrufe von Mateo und einen von Nina.

»Wo isch das?«

»Dä Stall bim Schöflifranz, ni?«

Jan blickt noch einmal nach unten, während er sein Handy ans Ohr hält. Blaues Licht bewegt sich auf die Feuerstelle zu.

»Hoi«, ertönt die Stimme seiner Freundin am Telefon.

»Hallo, was isch dunna los?«, fragt Jan augenblicklich.

»Dä Stall näbam Schöflifranz brennt. Döt wo d Usfahrbar gstanda isch an Silvester!«, antwortet Nina sofort.

»Ok, und du, wo bisch?«, fragt Jan mit einem dumpfen Gefühl in der Magengegend.

»Dahai. Aber i han gra wella übera go luaga«, antwortet Nina.

»Nai! I will das dahai blibsch. I gohn ahi, ins Dorf, und chumma nor zu diar!«, sagt Jan bestimmt. Er hat ein ziemlich ungutes Gefühl. Nicht selten verwenden Mörder nämlich Ablenkungsmanöver, damit sie genügend Freiraum und Zeit haben, die eigentliche Tat zu begehen. Drei Minuten lang diskutiert Jan noch mit seiner Freundin, bis sie schliesslich einwilligt, zuhause in der Wingertsplona und in ihrem Elternhaus zu bleiben. Gleich nachdem Jan aufgelegt hat, ruft er Mateo an.

»Dä Stall brennt wia Sau!«, berichtet ihm Mateo an der anderen Leitung. Er und Seraina haben den Brand bei ihrem Feldspaziergang entdeckt und sofort die Feuerwehr angerufen. Jan macht mit Mateo bei den Häusern der Öpfelplantage ab. Er und Seraina werden dort auf ihn warten.

Keine halbe Stunde später schreitet Jan bereits über den Dorfplatz. Vorbei an den Schulkindern, die nach wie vor bei den Mädchen betteln gehen. Drei Minuten später steht Jan keuchend bei Mateo und Seraina, die ihn etwas dumpf begrüssen. Sie sind bei weitem nicht die einzigen Dorfbewohner, die sich hier versammelt haben. Der Stall steht noch immer in Vollbrand und mittlerweile ist auch die Polizei eingetroffen. Jan beobachtet, wie zwei Polizisten hinunter zum Stall laufen. Doch die zwei anderen bewegen sich auf einen Mann zu, der einen Buben an der Hand hält und gebannt auf den Stall hinunter blickt. Jan beachtet sie nicht weiter. Doch als eine ältere Frau das Kind bei der Hand nimmt und mit ihm in Richtung Giesacker verschwindet, wird er stutzig. Erst jetzt betrachtet Jan den Mann etwas genauer. Er kennt ihn. Es ist Hermann. Und Hermann hat eine junge Tochter namens Flavia …

»I ha kai guats Gfühl, Alter«, murmelt Jan an Mateo gewandt.

»I aunid«, antwortet Mateo kreidenweiss im Gesicht. Es vergehen zwei Stunden, ehe die Feuerwehr den Brand gelöscht hat.

Die verzweifelten Schreie von Hermann wird Jan sein Leben lang nicht mehr vergessen. Doch schreit er nicht nach seiner Tochter, nein. Er schreit nach seiner Ehefrau, Giulia. Der Mörder hat sich am Schiibaschlaher-Sunntig eine Frau ausgesucht, die alleine zuhause gewesen ist.

»Ok, Dama und Herra, i bitta Sie hai zgoh!«, ertönt die Stimme eines Polizisten, der sein Mund an ein Megafon gedrückt hält. »Suachen Sie iari Kinder, wo no unterwägs sind und nömmensi hai!«

Eines ist dem Täter auf jedenfall gelungen. Nämlich Panik auszulösen. Jeder kann eins und eins zusammenzählen und hastig verschwinden die Leute in alle Himmelsrichtungen. Sie weinen, schreien verzweifelt nach ihren Kindern. In völliger Ungewissheit ob sie noch am Leben oder auch dem Mörder in die Hände geraten sind. Jan, Mateo und Seraina machen sich auf den Weg in die Wingertsplona. Seraina wohnt dort und Jan will zu Nina, die keine zwei Häuser von ihr entfernt lebt.

»Mer müan üs da Briafa nomol zuawenda, Mateo«, sagt Jan an Mateo gerichtet, gerade als sie in die Strasse mit den Häuserreihen Nummer 8-10 einbiegen.

»Jo chömmer, villicht finsch au du öppis ussa, Seraina, oder d Nina. Worschinli hämmer au schu wider eina im Briafchaschta«, grummelt Mateo. Doch dieser Brief kann warten. Jan will Nina sehen. Sie verabschieden sich voneinander. Um die Mittagszeit würden sie zu viert in die WG im Chrisibühel gehen um nachzuschauen. Nina erwartet Jan bereits. Sie sitzt im Schneidersitz auf ihrem Bett und Jan muss ihr alles erzählen. Danach versuchen sie zu schlafen. Jan ahnt nicht, dass Nina und Seraina den Briefen Informationen entnehmen werden, die er und Mateo völlig übersehen haben und die ein erschreckendes Bild auf den Mörder werfen werden.

XXIII.

»Der Cosenzkiller schlägt erneut zu! Bereits der dritte Mord in Untervaz innerhalb eines Jahres!«

Die Zeitung liegt aufgeschlagen neben mir. Ich trinke meinen Kaffee und ziehe an meiner Zigarette. Ich bin mir nicht sicher, ob mir dieser Name gefällt. Klar, das Dorf liegt eingebettet im Winkel des Val Cosenz, der Cosenzbach ist der Dorfbach und die Cosenzstrasse auch ein Begriff in Untervaz. Doch hätte ich mir etwas Düsteres gewünscht. Der Schlächter aus Untervaz? Nun ja, schlachten tue ich sie ganz bestimmt nicht. Doch vielleicht kommt es noch dazu. Sie hätte es verdient! Nein, er hätte es verdient! Ich will, dass er ihre Leiche sieht! Unbedingt! Allerdings muss ich wieder ein wenig Geduld haben. Gut möglich, dass die Bullen trotz des riesigen Brandes doch noch Spuren von mir finden werden. Meine Pistole trage ich auf jedenfall ab nun an immer mit mir herum. Nur für den Fall … Eine neue Freundin will ich im Moment nicht. Ich habe genug von dem Stress. Die Sache mit Giulia ist zu überstürzt gewesen. Nicht genügend gut geplant.

Es ist an der Zeit meine Taktik zu ändern. Ich drücke meine Zigarette aus und gehe wieder ins Haus. Ich steige die Treppe hinunter in den Keller. Mein Blick wandert durch den kleinen Raum. Ich muss abwägen ob es möglich ist. Ich kann es mir durchaus vorstellen. Der Werkbank ist ideal. Er ist gross genug für ihren dürren Körper. Fesseln an den Tischbeinen. Klebeband habe ich noch genug. Mehr brauche ich nicht. Wie ich es anstelle weiss ich bereits. Es wird einfach werden. Sie kennt mich. Sie wird auf meinen Trick hereinfallen. Ein grosses Problem stellt allerdings ihr Handy dar. Sie darf es nicht zu mir mitnehmen, soviel steht fest. Ich schiebe dieses Problem nach hinten. Wie lasse ich dem Idioten die Nachrichten zukommen? Die öffentlichen Briefkästen werden überwacht, dessen bin ich mir ganz sicher. Ich werde ihn einfach in Zizers einwerfen. Natürlich, simpel und einfach. Dann kann das Spiel beginnen.

So, nun möchte ich allerdings noch meine Mutter besuchen. Ich ziehe mich schick an und greife mir den Blumenstrauss, den ich ihr gekauft habe. Es ist kurz nach 14 Uhr. Ich sehe viele Bullen, die in ihren Wagen umherfahren und Leute auf der Strasse ansprechen. Auch mich. Sie fragen mich wo ich gestern gewesen bin. Ich antworte ihnen höflich, dass ich zuhause gewesen bin und dies meine Nachbarin auch bestätigen könne. Die müde aussehenden Polizisten nicken und fahren weiter.

Ich komme bei meiner Mutter an und lege Blumen nieder. Dann knie ich mich hin und beginne mit ihr zu sprechen. Ihr kann ich auch alles sagen. Ich wünschte nur, dass sie auch eine Antwort geben könnte. Von niemandem wünsche ich mir das mehr. Sie würde mich verstehen. Doch es geht nicht. Ich kann mich noch genau an den Unfall erinnern. Sie donnerte mit dem Auto in das Schützahüsli hinein. Sie hat keine Chance gehabt das zu überleben. Ich weiss auch wer Schuld daran trägt. Wut brandet in mir hoch. Nicht jetzt! Du bist bei deiner Mutter! Hier sollst du trauern und weinen, aber keinesfalls Wut verspüren.

Nach zwanzig Minuten stehe ich wieder auf. Ich werfe einen letzten Blick auf das Kreuz, wo ihr Name darauf steht und gehe wieder. Ich betrachte kurz die katholische Kirche. Ich mochte dieses Gebäude noch nie. Hier drinnen mussten wir in der Schulzeit gezwungenermassen die Beichte ablegen. Das ist für mich mehr als nur peinlich gewesen. Bereits als Kind habe ich meine Gefühle oftmals nicht unter Kontrolle gehabt. Habe im Dorfladen gestohlen, prügelte mich mit den Nachbarskinder, zerstörte Fensterscheiben mit Steinen und spuckte den Leuten vor die Füsse. Zahllose Therapien haben nichts genutzt. Ich machte immer weiter, bis ich schliesslich ins Therapiehaus Fürstenwald in Chur gesteckt worden bin. Dort habe ich mich wieder gefangen. Ich bin nur ein Jahr dort gewesen, was Seltenheitswert hat. Ich bin schon immer schlau gewesen. Ich habe den Betreuern und Psychotherapeuten ein Spiel vorgespielt, das sie mir abgenommen haben. Dasselbe bei der Rückkehr in die Primarschule von Untervaz. In der Pubertät ist es dann immer schlimmer geworden. Ich habe mich manchmal selbst nicht verstanden. Habe Wut- und Krampfanfälle gehabt. Und doch bin ich schlau genug gewesen, diese Gefühle im Wald oder an einer Stelle abzulassen, an dem niemand mich sehen konnte. Als Ablenkung habe ich damit begonnen, mich über das Mittelalter schlau zu machen. Es fasziniert mich noch heute. Die Kriege, die Hexenverbrennungen, die Könige und die Bauten.

Ich spüre ein Kribbeln. Ich muss das Buch noch einmal lesen! Dann, als ich die Lehre im KV absolviert und eine feste Stelle angenommen habe, habe ich mich dazu entschlossen auszuziehen. Niemand hat über meine psychischen Probleme bescheid gewusst. Nicht einmal meine Freunde. Sie sind mir am allerliebsten. Ich liebe sie alle, doch verstehen würden sie mich auch nicht. Ich weiss das ganz genau. Ich habe nur einmal ein heikles Thema angesprochen, beiläufig und nicht auf mich bezogen. Sie haben darüber gelacht. Keiner von meinen Freunden hat gewusst dass sie mich persönlich ausgelacht haben und sie hätten es auch nicht getan, wenn ich mit der Wahrheit herausgerückt wäre, doch für mich ist es ab diesem Zeitpunkt an klar gewesen. Niemals kann ich mit meinen Freunden darüber reden. Natürlich hat mich das belastet. Im Ausgang, beim Fussball, einfach überall. Deshalb habe ich auch nie jemanden Gefunden. Ich habe es bis vor einem Jahr ausgehalten, es immer wieder verdrängt, doch dann konnte ich nicht mehr. Ich habe mir die Pistole besorgt, ich wollte den ganzen Qualen ein Ende setzen. Ich kann mich noch genau an den Abend erinnern. Ich habe etwas Schickes angezogen und bereitete mir noch ein letztes Mal mein Lieblingsgericht zu. Während ich warten musste, bis der Auflauf fertig gebacken war, habe ich mich gelangweilt. Ich habe Facebook geöffnet und mir die Beiträge angeschaut. Es war so langweilig. Ein Typ, der alle zwei Stunden einen Beitrag teilt wie schlecht es unserer Erde geht, eine ehemalige Schulkameradin die ihren freizügigen Körper am See fotografiert hat, einige Fussballmemes und ein Freund, der ein Selfie mit seiner Freundin am Caumasee geschossen hat. Ich habe ein letztes Mal in meinem Leben auf Like geklickt. Dachte ich jedenfalls. Danach blickte ich auf die Backofenuhr und der Auflauf hat noch exakt zwei Minuten gebraucht. Genervt habe ich noch einmal weitergescrollt auf Facebook und das ist der Moment gewesen, der mich vor dem Selbstmord gerettet hat. Angela. Meine erste echte Freundin. Sie hat einen Post in »Du bisch fu Vaz wenn… « gesetzt. »Wenn das Dorf au so liabsch« hat Angela geschrieben und dies mit einem Bild von Untervaz untermauert. Neugierig habe ich mir ihr Profil angesehen. Ich bin mit ihr in die Schule gegangen, habe sie allerdings längst aus den

Augen verloren. Das liegt auch daran, dass sie nach der Primarschule direkt an die Kanti in Chur gewechselt ist. Seither habe ich keinen Kontakt mehr zu ihr gehabt. Wie sagt es Gölla in seinem Lied? »Ä Schwan so wiss wie Schnee«. Bei niemand anderem hat das so gut zugetroffen wie bei Angela. Ich wollte sie unbedingt als Freundin haben. Ich habe ganz genau gewusst, dass das über den normalen Weg nicht möglich sein wird. Ich habe mich dazu entschlossen, die Macht über sie zu ergreifen und sie dazu zu zwingen. Mord oder Selbstmord, was spielt es für eine Rolle? Ich kann leben und eine Freundin haben. Gesagt getan. Und nun, ein Jahr später, ist meine Lust auf eine neue Freundin dahin. Ich habe es versucht, drei Mal, doch nichts hat geklappt. Ausserdem habe ich mit Bedauern festgestellt, dass ich noch immer nicht über Nina hinweg bin. Zehn Jahre später, noch immer nicht … Sie ist beinahe die Einzige Person auf dieser Welt, die Bescheid weiss. Ich habe sie nämlich gefragt und sie hat nein gesagt. Dieser Moment prägt mich bis heute. Erst an der Fasnacht bin ich dann brutal in die Realität zurückgezogen worden. Sie und Jan. Natürlich hat sie sich für Jan entschieden. Welche

Frau würde das nicht tun? Doch die einzige Frau, die ich jemals geliebt habe und lieben werde, kann ich nicht töten. Nein, das könnte ich mir nie verzeihen. Auch ein gemeinsamer Abgang nicht.

Beinahe knalle ich mit meiner Nase in meine Haustüre hinein. Ich bin so tief in Gedanken versunken, dass ich nicht bemerkt habe, dass ich bereits zuhause angekommen bin. Ich gehe duschen, esse etwas Weniges und öffne mir ein Bier. Mit dem Buch in der Hand lese ich so lange, bis ich müde werde. Dann lege ich das Buch auf den Küchentisch und gehe zu Bett. Die Knarre lege ich neben mir auf das Kopfkissen. »Villicht liggi au druf im Schlof und es nümmtmi«, denke ich betrübt, doch so viel Glück werde ich nicht haben. Ausserdem ist da noch die Sache mit Mateo und Seraina. Genug lange habe ich dem ganzen Treiben von Jan und Mateo zugesehen. Lange genug haben sie mich genervt. Es ist an der Zeit diese Trottel zu verarschen. Es wird bald geschehen. Am Wochenende. Ob mich die Bullen bald schnappen werden oder nicht. Es spielt keine Rolle mehr. Ich merke wie es langsam dem Ende zu geht.

XXIV.

Mateo, Jan, Seraina und Nina haben sich in der WG auf das Sofa gesetzt. Jan hat die kopierten Briefe hervorgeholt. Er hat damals schon gewusst, dass die Polizei die Briefe beschlagnahmen werden wird. Überraschenderweise haben die Vier keinen Brief im Briefkasten vorgefunden. Und auch in der Tiefgarage, auf der Scheibe des Autos, nicht. Jan und Mateo haben fest damit gerechnet, etwas vom Mörder zu hören, nach dem erneuten Mord. Seraina und Nina lesen die Briefe Kopf an Kopf durch. Sie haben sie noch nie gesehen.

»Wenn miar schu nüd ussagfunda hänn, dänn finden iar garantiart nüt!«, schnaubt Mateo überheblich wirkend. Die Frauen beachteten ihn nicht, sondern lesen die fünf Briefe konzentriert durch.

»Also dass der Mörder an Psycho isch stoht schumol fescht«, murmelt Seraina mehr an sie selbst, als an jemand anderen gerichtet. »Hmm, an gewaltiga Bewiesigsdrang. Er will d Macht bsitza«, stimmte Nina ihr zu. Die beiden Frauen arbeiteten beide als Sozialpädagogin.

»Super, chönnder üs au öppis säga, wo miar nonid wüssen!?«, fragt Mateo mit einer Spur Ungeduld in seiner Stimme.

Die Frauen betrachten sich die Briefe noch einmal. »GDR ...«, murmelt Seraina, »Händer döt schumol probiart öppis ussazfinda?«, fragt sie stirnrunzelnd.

»Probiart schu jo, aber usagfunda hämmer nüt. Kai Nama und au kai Spitznama«, antwortet Jan stirnrunzelnd.

»Händers schumol bi Google igeh?«, hakt Nina nach.

»Was?«, fragen Jan und Mateo aus einem Mund.

»Immer wenn d Kids bim Schaffa as Wort sägen wo miar nid verstönn, tüamers googla«, grinst Seraina.

»I glaub ni, dass da was bringt«, brummt Mateo mit kritischem Gesichtsausdruck. Seraina beachtet ihn nicht. Sie zückt ihr Handy und fängt an zu tippen. »GDR«, murmelt sie dabei leise. Gespannt blicken Jan und Mateo zu.

Das erste, was die Suchmaschine ausspuckt ist Deutsch Demokratische Republik.

»An Kolleg wo usder DDR chunnt?«, fragt Nina augenblicklich.

»Ni würkli. Dia sinn doch viel z alt. Nu der Heci, aber dä isch ds jung fürd DDR und ihn hämmer schu usschlüssa chönna«, antwortet Jan bestimmt.

Die Frauen scrollen weiter, doch auch die folgenden Ergebnisse bringen nichts ein. Druckregelgerät ... eine Schweisstechnik Firma und ein Radiosender aus der ehemaligen DDR. Jan und Mateo winken bereits ab, doch so leicht geben sich die Damen nicht geschlagen.

»GDR Mörder«, murmelt Seraina, während sie die Worte eintippt.

Spiegel Online. Häftling: Über einen Mörder und sein Geheimnis. »Das tönt doch interessant, murmelt Seraina und beginnt vorzulesen. Es ist ein Text über einen Mörder in der DDR. Er hat seinen Opfern den Hals aufgeschlitzt und danach den Bauch geöffnet. Das passt allerdings nicht ganz zu den Morden in Untervaz. Ausserdem finden sie nirgends GDR im Text. Weiter auf

Google. Doch auch die weiteren Beiträge bringen nichts Konkretes hervor.

»Irgend a Gschicht muas doch hinter däm Nama stecka!«, sagt Nina stirnrunzelnd. Seraina blickt ihre Freundin an. »Puuh, kai Ahnig, aber säb chönnti no versuacha. Also, GDR, Mörder, Geschichte …«

»Aha«, keucht Nina auf, als das Suchergebnis erscheint. Bereits der erste Artikel verspricht einiges. Auf Geo.de. Gilles de Rais: Einer der schlimmsten Serienmörder der Geschichte ist ein …

Sofort drückt Seraina auf den Artikel. Gebannt horchen Jan, Nina und Mateo der Geschichte.

Gilles de Rais. Ein Franzose, der im 15. Jahrhundert im bretonischen Machecoul lebte und in seiner düsteren Burg … Töten … Düstere Burg … Giles de Rais gilt als Ausgangspunkt der Sage von Blaubart.

»Chömmer au usschlüssa. Dä chrank Siach isch a Chindermörder gsi«, sagt Mateo bestimmt.

»Das heisst no lang nüt. Das chönnt au a psychische Störig fum Täter si. Vallicht hätter ds Gfühl er tötet sini „Chinder". Usserdem … weissi ganz genau, dases der Richtig Nama isch«, erläutert Seraina mit ernster Miene.

»Warum?«, fragen Jan, Mateo und Nina gleichzeitig.

»Är hätts in sinem Briaf über d Melina verrota. „Am liebsten hätte ich meine Prinzessin in dieser düsteren Gruft an den Haken gehängt". Der Gilles de Rais hätt sini Opfer au an da Hoka ghängt. Innera düschtera Gruft, in sinera Burg …«

Jan starrt Seraina mit offenem Mund an. Sie hat Recht, das ergibt Sinn.

»Alles schön und guat«, beginnt Mateo, »aber inwiafärn hilft üs das witer?«, fragt er in die Runde gerichtet.

»Kännender öpper wo ufs Mittelalter stoht?«, fragt Nina an Jan und Mateo gerichtet.

»Sämi!«, antworten Jan und Mateo wie aus einem Mund. Samuel, dessen Mutter sich selbst umgebracht hat, nachdem das Gerücht umhergegangen ist, dass sich seine Mutter an ihm vergriffen haben soll. Samuel, der einen Knacks hat. Frauenfeindlich eingestellt und zur Gewalt neigt. Eine verstörende Persönlichkeit hat. Jan ist sich absolut sicher, den Mörder gefunden zu haben.

»Jo, i glaub miar hänna«, brummt Mateo kopfnickend.

Den ganzen Abend lang schmieden Jan, Mateo, Seraina und Nina an einem Plan. Am Wochenende würden Jan und Mateo Samuel zu ihnen nach Hause einladen um ein Bier zu trinken. Währenddessen würden die Damen das Haus von Samuel durchsuchen. Simpel und einfach.

»Am Samschtig?«, fragt Mateo.

»Miar hänn am 3i a Testspiel ds Chur, Alter. Sämi isch denk au derbi!«, entgegnet Jan.

»Nai, ischer nid. Är hät rot dinna im Doodle«, antwortet Mateo postwendend.

»Min Brüader hät am Samschtig no Geburi. Chumma erscht so am 8ti ind WG«, berichtet Nina.

»I chum bits frühner ind WG. I macha Znacht für eu, Ok? Aber dänn würi säga machemers am Sunntig?«, fragt Seraina. Alle sind sie mit dem Sonntag einverstanden.

In den folgenden Tagen bereiten sie sich darauf vor. Mateo und Jan beobachten Samuel, wie er aus dem Haus geht und sie entdecken dabei, dass er den Schlüssel ohne viel Federlesen unter die

Türmatte schiebt. Dies vereinfacht alles um ein Vielfaches. Samuel freut sich auf den Sonntag. Im Dienstagtraining hat er die Einladung sofort angenommen. Der Plan steht. Der Sonntag kann kommen. Nichts wünschen sich Jan und Mateo mehr, als endlich den Mörder zu entlarven und dem ganzen Schrecken ein Ende zu bereiten.

XXV.

Der Samstagmorgen bricht sonnig und mild an. Die ersten Vorboten des Frühlings. Es ist erst Mitte März, doch erreichen die Temperaturen bereits äusserst angenehme 15 Grad. Ich sitze in meinem Garten und trinke meinen Kaffee. Dazu geniesse ich meine Zigarette. Ich habe mich entschlossen es heute zu tun. Es ist die perfekte Gelegenheit, denn Jan und Mateo sind am Fussballmatsch. Ich weiss, dass Seraina jeden Samstag von der Wingertsplona zu Mateo in die WG im Chrisibühel hinüberläuft. Dabei kommt sie sehr nahe an meinem Haus vorbei. Heute wird sie es ohne ihren Freund tun müssen. Das Handyproblem glaube ich gelöst zu haben. Es wird sich weisen ob es tatsächlich funktioniert. Die Zeit vertreibe ich mir mit Fernsehgucken. Ich habe extra das Freundschaftsspiel abgesagt, deshalb wäre es unklug jetzt auf die Strasse zu gehen. Bis um viertel vor 3 muss ich warten. Es kommt mir vor wie eine Ewigkeit. Dann mache ich mich bereit und begebe mich zu dem Ort, an dem ich Seraina abfangen werde. Ich hoffe nur, dass sie auch wirklich alleine unterwegs ist, doch ich bin überzeugt, dass sie dumm genug dafür ist. Ich laufe ein wenig in der Gegend umher. Es würde verdächtig aussehen, wenn ich über 20 Minuten an der gleichen Stelle stehen würde. Schliesslich sehe ich sie endlich. Sie läuft bereits über die Einfahrt, die die Quadergasse hinaufführt. Ich warte an der Kreuzung. Sie blickt tatsächlich auf ihr beschissenes Handy. Sie sieht mich sehr spät. Sie bleibt kurz verwirrt und auch etwas ängstlich wirkend stehen.

»Hey, i han ghofft, dassi do öpper träffa«, sage ich zu Seraina. Sie blickt mich ziemlich argwöhnisch an und fragt: »Aha, warum?«

»Mis Handy isch vori gra abgläga. Channi gschwind mit dinam telefoniara?«, frage ich sie ohne dabei rot zu werden. Ich zeige ihr den dunklen Bildschirm meines Handys. Sie wirkt ein wenig erleichtert und überreicht mir ihr Handy. Ich tue so als würde ich eine Nummer eintippen und drehe mich ein wenig von Seraina ab. Dann spreche ich: »Hoi Papa, chumma hüt obig bits spöter, isch das guat? Mis Handy isch äba abgläga.«

Ich tue so als würde ich die Antwort abwarten.

»Super, bin öppa am 8ti döt.«

Erneut warte ich die imaginäre Antwort ab.

»Ok, bis spöter«, sage ich und tue so als würde ich auflegen. Stattdessen drücke ich auf den Ausschaltknopf. Der Bildschirm des Handys wird augenblicklich schwarz. Ich drehe mich um und blicke Seraina an. »Chusch no gschwin uf a Getränk verbi? Der Adrian und d Elena chömmen auno«, frage ich sie freundlich. Sie wirkt ängstlich und neugierig zugleich. Ich sehe es in ihren hellen, grünen Augen. Seraina antwortet mit: »Jo, eis sött dinnaligga.«

Ich glaube ich habe sie mit der Schwindelei, dass auch Adrian und Elena dazustossen würden ein wenig beruhigen können. Trotzdem merke ich es Seraina an. Sie ist extrem nervös. So nervös, dass sie völlig vergisst ihr Handy zurückzunehmen. Vielen Dank! Das erleichtert es mir noch um einiges mehr. Ich muss nicht einmal von einer Ausrede gebrauch machen. Noch einmal ein Anruf, wäre es gewesen. Unauffällig werfe ich ihr Handy in ein Gebüsch. Seraina bemerkt es nicht. Sie ist in Gedanken vertieft. Sie zittert ein wenig, als wir an meiner Haustüre stehen. Begegnet sind wir nur einigen Kids, die mit ihren Fahrrädern an uns vorbeigefahren sind. Und auch sonst. Ich merke es deutlich. Es geht zu Ende. Mein Plan steht so oder so schon fest. Also interessiert es mich auch nicht, wenn uns jemand gesehen hat. Ich musste sie nur ins Haus locken. Das gibt mir mindestens drei, vier Stunden Zeit. Seraina will sich die Schuhe ausziehen, doch ich sage ihr, dass sie das lassen soll.

»I wür vorschloh, dassmer in Garta gönn«, sage ich zu ihr. Sie nickt und läuft bereits auf die Gartentüre zu.

Das ist meine Chance. Ich hole sie rasch ein. Drücke ihr die Hand auf den Mund. Seraina will schreien und sich wehren, doch ich bin viel zu stark für sie. Ich habe überhaupt keine Mühe damit sie zur Kellertreppe zu führen. Sie steht offen. Habe ich natürlich vorbereitet. Das Licht im Keller ist eingeschalten. Ich schliesse die Tür hinter mir zu. Dann schubse ich Seraina kräftig die Treppe herunter. Sie fliegt einen Meter vorwärts. Beim Sturz hält sie sich schützend die Arme vor den Kopf. Ein grässliches Knacken ertönt, gefolgt von einem markerschütternden Schrei. Rasch eile ich zu ihr hinunter. Ich packe sie mit der linken Hand am Genick und schleudere sie durch den Keller hindurch. Sie schreit nur noch lauter. Es ist mir egal. In diesem Moment überfällt mich der blanke Hass. Die Türe wird die Schreie dämpfen.

»Niamert khört di du Schlampa!«, zische ich mit vor Wut zitternder Stimme. Sie blickt mich mit tränenverschmiertem Gesicht an.

»Du Schwii, du verdammtes Schwii«, brüllt sie mich an. Ihre Stimme überschlägt sich vor Schmerz und Wut. Ich habe genug. Ich stürze mich auf sie. Ich merke, dass sie sich beim Sturz den rechten Arm gebrochen hat. Er steht abgewinkelt ab. Ich packe beide Arme, ohne auf ihre Schmerzensschreie zu achten. Rasch ist sie gefesselt. Sie hat viel zu viele Schmerzen, als dass sie sich wehren könnte. Ihre Füsse fessle ich als nächstes. Dann packe ich den zappelnden Fisch und lege das Paket auf die Werkbank. Dort fessle ich sie erneut. Binde sie an den Tischbeinen fest. Mit ausgespreizten Armen und Beinen liegt sie da. Sie schreit aus Leibeskräften. Ich verpasse ihr einen Faustschlag auf den Mund. Sie wird beinahe ohnmächtig. Dann dreht sie ihren Kopf und Spuckt drei Zähne und sehr viel Blut heraus. Wütend betrachte ich das dumme Gör. Ich lasse sie ihr restliches Blut ausspucken, dann wische ich ihren Mund mit einem Tuch ab. Sie versucht mich zu beissen, doch ich bin zu flink für sie. Ich lache gehässig auf und lege ihr das Klebeband über den Mund. Sie schreit aus Leibeskräften. Ich lasse sie. Ich schnappe mir einen Stuhl und schaue Seraina voller Genugtuung dabei zu, wie sie sich befreien will. Sie versucht es geschlagene 10 Minuten lang. Dann beruhigt sie sich endlich. Sie atmet regelmässiger. Ihr schlanker Körper zittert noch, doch sie wird ruhiger. Es ist erstaunlich, dass sich alle irgendwann beruhigen.

»Guat«, zische ich. »Etz losisch du miar ganz genau zua!« Ich atmete tief ein und beginne damit meine ganze verschissene Lebensgeschichte zu erzählen. Mal bin ich wütend, mal schwelge ich in guten Erinnerungen. Ich erzähle ihr alles. Bis hin zu den Morden an Angela, Melina und Giulia. Zum Schluss pfeffere ich ihr noch einmal meine Liebe zu Nina an den Kopf. Sie weint. Seraina weint tatsächlich. Es verwirrt mich. Stutzig kommt mir der Gedanke, dass hier vielleicht ein Mensch liegt, der sich mitfühlend zeigt. Diese Gedanken verschwinden rasch wieder. Die fürchtet doch nur um ihr eigenes Leben! Wütend stehe ich auf und stosse meinen Stuhl um. Ich ziehe das dort platzierte Küchenmesser unter dem Werkbank hervor. Als Seraina das lange Messer sieht fängt sie wieder an zu kreischen, durch das Klebeband gedämpft und sie zappelt wieder wild umher.

»Haha. Oh nai. So licht machders ni!«, beginne ich und meine Stimme ist von Hass getränkt. »Der Mateo söll di ruhig go suacha. Dä Spass lohni miar nid entgoh! Aber a paar Schnitt döt und do …« Ich fahre ihr mit der Spitze des scharfen Messers über ihre schweissnasse Stirn. Sie Schreit vor Schmerz. Niemand hört sie. Ich ziehe zwei Linien über ihre hübschen Backen. Dann weiter zu den Lippen. In beide ein kleines Schnittchen. Ich wende mich ab und betrachte mein Kunstwerk. Seraina scheint der Ohnmacht nahe zu sein. Für heute bin ich zufrieden. Ich drücke ihr mit aller Kraft auf den gebrochenen Arm und nach wenigen Sekunden der Höllenschmerzen fällt sie in Ohnmacht.

Ich lösche das Licht und steige die Treppe hinauf in mein Wohnzimmer. Ich keuche, doch es hat wahrlich geholfen. Ich fühle mich befreit von meinen schmutzigen Gedanken. Das Gefühl der absoluten Macht überkommt mich. Plötzlich verspüre ich einen Mordshunger. Ich gehe auf den Kühlschrank zu und öffne ihn. Verdammt! Keine Kartoffeln! Ich blicke auf die Uhr. Es ist kurz nach 4 Uhr. Ich habe noch genügend Zeit. Ich kann mir ruhig noch den Gestank von Seraina herauswaschen.

Bevor ich in den Volg gehe schreibe ich allerdings noch den zweiten Brief, den ich Jan und Mateo heute Nacht auf ihren Balkon werfen werde. Den ersten sollten sie nach dem Spiel bereits sehen. Ich werfe den verschlossenen Brief auf die Fernsehkomode und mache mich auf den Weg. Es ist kurz nach 5 Uhr.

XXVI.

»Si nümmt nid ab alter!«, keucht Mateo an Jan gewandt, gerade als sie sich in der Oberen Au in Chur auf den Weg zu ihrem Auto machen. Mateo hat es bereits drei Mal versucht. Vor dem Duschen, nach dem Duschen und nun, als sie sich von ihren Teamkameraden verabschiedet haben, die noch in die Stadt gehen wollen.

»Böu, villicht pennt si bi diar im Näscht. Oder luagt aifach nid ufs Handy«, sagt Jan beiläufig. Seine Gedanken sind bereits bei ihrem Plan für morgen Sonntag. Mateo wirkt nicht überzeugt. Als Jan das Auto startet versucht es Mateo erneut. Wieder nichts. Bei der Einfahrt Autobahn Chur-Süd noch einmal. Nichts. Es zieht sich so weiter bis zum Coop Pronto.

»Tuan doch ahständig. Etz häsches all füf Minuta probiart du Aff!«, faucht Jan Mateo an. Er kann das Gejammer nicht mehr hören. Daraufhin lässt es Mateo bleiben. Doch als Jan das Auto in der Tiefgarage parkt, macht Mateo die Türe auf und spurtet rasch hoch zu ihrer Wohnung.

»Do ischsi nid!«, ertönt Mateos Stimme aus der Wohnung heraus. Seufzend kommt Jan durch die Eingangstüre hinein. Er sieht Mateo am Tisch sitzen und mit zitternder Hand auf sein Handy starren.

»Ruhig Alter, dänn ischsi sicher no bi da Eltera dahai«, versuchte Jan seinen Freund zu beruhigen, doch Mateo hat kein Gehör für ihn. Erneut hält er sich das Handy an sein Ohr und versucht seine Freundin zu erreichen. Jan schüttelt nur seinen Kopf. Er macht die Balkontüre auf und zieht seine Fussballschuhe aus seiner Tasche heraus. Er wirft sie in die Ecke auf einen Brief. Er dreht sich wieder um, als er komplett zu Eis erstarrt. Auf einen Brief? Rasch schreitet Jan auf den Brief zu. Nun denkt auch er an etwas Schlimmes. Nina. Ehe er den Brief öffnet, blickt er auf WhatsApp nach, wann sie zuletzt online gewesen ist. Ein klein wenig ist er beruhigt, als er sieht, dass sie vor zehn Minuten noch online gewesen ist. Nichts desto trotz pocht Jans Herz wie wild, als er den Umschlag mit seinen Fingern öffnet. Ehe er den Brief entfaltet, wirft er Mateo noch einen kurzen Blick zu. Er sitzt noch immer am Esstisch und starrt auf sein Handy. Dann beginnt Jan zu lesen.

Hallo ihr Trottel. Lange habe ich nichts mehr von mir hören lassen. Nun ist es allerdings wieder so weit. Wusstest du, Mateo, dass du mein Date mit Giulia gestört hast? Dank dir haben wir nicht in Ruhe miteinander speisen können! Dafür wirst du bezahlen. Selbstverständlich habe ich Seraina entführt. Nun, ich werde sie nicht töten ... noch nicht. Ich erlaube mir, ein kleines Spiel mit dir zu spielen. Morgen erhältst du den ersten Hinweis, wo sie versteckt sein könnte. Es wird ein Rätsel sein. Da dein Volltrottel von Freund, Jan, dir dabei helfen wird, glaube ich, dass ihr reelle Chancen besitzt, das süsse Mädchen zu finden, ehe es einen qualvollen Tod erleiden wird. Ich hoffe ihr strengt euch an. Ansonsten werdet ihr nur noch ihr Skelett finden!

GDR

»Hei Mann, i erreich sie immer no ...«

Jan blickt rasch auf. Mateo steht an der Balkontüre und blickt abwechselnd von Jan auf den Brief, den er in der Hand hält.

»Wart!«, keucht Jan, als Mateo einige Schritte auf ihn zumacht. Jan ist geschockt ab diesen Worten und er ist sich nicht sicher, ob es das Klügste ist, dass Mateo den Text durchliest.

»Gibmerna!«, sagt Mateo kühl, beinahe drohend. Seine Augen funkeln Jan an.

»Alter, i finds nid gschie ...«,

Mateo reisst ihm den Brief aus der Hand und Jan verwirft seine Hände. Mateos Kopf wird immer röter. Jan hätte gedacht, dass er zusammenbrechen würde, doch es ist die Wut, die Mateo erzittern lässt.

»Das verdammta Arschloch!«, brüllt Mateo aus voller Kehle. Er lässt den Brief fallen und spurtet zurück in die Wohnung.

»Was machsch etz?«, brüllt Jan und läuft ihm hinterher. Mateo verschwindet in seinem Zimmer und kommt mit seinem Baseballschläger, den er aus den USA mitgenommen hat, zurück.

»I werdna umbringa!«, brüllt er und zieht bereits seine Schuhe an.

»Lütemer gschieder der Poli ...«, beginnt Jan und legt Mateo dabei seine Hand auf dessen Schulter. Doch Mateo stösst ihn mit gewaltiger Kraft zurück. Jan fällt rückwärts zu Boden. Mateo dreht sich ihm zu. »D Bulla hänn a Johr lang nüt gmacht, dia werden au etz nüd macha chönna! Nid mini Fründin! Nid mini Seri! Miar wüssens jo wärs isch!«

Mit diesen Worten macht Mateo kehrt und spurtete los. Jan rappelt sich rasch auf. Er muss sich erst noch die Schuhe anziehen, doch dann folgt er Mateo. Er sieht ihn gerade noch um die Ecke herumspurten. Das Saalis hinauf und hinein in die Cosenzstrasse. Mateo hat die Kreuzung der Kirchgasse bereits überquert. Noch nie hat Jan ihn so schnell rennen sehen. Er befürchtet das Schlimmste. Er weiss ganz genau wo er hin will. Der Cosenzstrasse entlang spurtet Jan Mateo hinterher. Die beiden haben 90 Minuten Fussball in den Beinen, doch die Müdigkeit ist wie weggefegt. Natürlich biegt Mateo nach links in die Quadrella ab. Nun muss sich Jan wirklich beeilen, sonst wird es Tote geben. Mateo steht bereits vor Samuels Haustür. Das zweite Haus, das links an der Strasse liegt. Er hat den Basebalschläger im Anschlag, als sich die Türe öffnet. Jan holte noch einmal alles aus sich heraus. Er bekommt den Baseballschläger gerade noch so zu fassen. Mateo hat bereits zuschlagen wollen.

»Was isch mit diar los, spinnsch etz völlig!?«, ächzt Samuel, der sich hinter der Türe versteckt.

»Du verdammta Schwihund! Wo ischsi? Wo häschsi häratua!«, brüllt Mateo voller Wut und Jan hat die grössten aller Mühe um ihn festzuhalten. Jan hört Stimmen im Hintergrund und er hofft inständig, dass ihm jemand zu Hilfe kommen würde. Tatsächlich spürt Jan einen Arm, der Mateo packt.

»Fu was redsch du Mann? Hauen ab und lönn mi in ruah!«, schreit Samuel zurück und schletzt seine Haustüre zu.

»I bringna um, i bringna um!« schreit Mateo völlig ausser sich.

»Mateo, was tuasch du do?«, ertönt eine Stimme hinter ihnen. Jan kann sich nicht umdrehen, er sieht nicht einmal wer neben ihm steht und Mateo festhält. Rasche Schritte sind zu hören. Dann kniet sich Livia, Mateos Schwester, vor ihn hin.

»Är hätt d Seraina umbrocht! Är hättsi umbrocht!«, kreischt Mateo, doch er ist am Ende seiner Kräfte. Als er Livia gesehen hat, bricht er in Tränen aus und sein Körper erschlafft. Jan packt den Basebalschläger und lässt Mateo los. Erst jetzt kann er seinen Helfer erkennen. Er erschrickt ein wenig. Es ist Silvian. Mateo liegt schluchzend und zitternd am Boden und Livia kümmert sich um ihn.

»I glaubs eu, dasers nid sinn. Är wür chum sini aiget Fründin töta«, keucht Silvian und wischt sich den Schweiss von der Stirn. Erst denkt Jan triumphierend, dass Silvian gar nicht wissen kann, das Seraina verschwunden ist, doch dann kommt ihm wieder in den Sinn, dass es Mateo gerade mit ziemlich lauter Stimme herausgeschrien hat.

»Und doch blibsch a Verdächtiga! Am Fuassballmatsch bisch nämli nid gsi!«, denkt sich Jan.

»Chönn. Mer gönn zu miar hai. Do luagen jo alli schu blöd. Döt nömmer as Biar«, schlägt Livia vor, hebt das Handy von Mateo von dem Boden auf und steckt es sich in die Tasche. Jan ist damit einverstanden. Beinahe das ganze Quartier steht auf der Strasse und betrachtet die ungewöhnliche Szenerie. Jan und Silvian helfen dem völlig verstörten Mateo auf die Beine. Es ist kein weiter Weg zu Livias Haus, doch Mateo lässt sich nur noch mitschleifen. Die Gaidla hinunter in

Richtung Tuf. Dort stehen die einigermassen neuen Häuser. Früher hat hier noch eine Wiese gestanden, das weiss Jan noch ganz genau. Sie biegen nach links in die Strasse der neuen Häuser ab. Dann nach rechts die erste Strasse hinunter, bis zum vierten und letzten Haus der Reihe. Hier heist es auch Gaidla, obschon quer gegenüber bereits das Tuf beginnt. Livia öffnet die Haustüre und lässt sie hinein. Sie setzen Mateo auf dem Sofa ab und erschöpft lassen sich Samuel und Jan ebenfalls darauf nieder. Jan will Nina anrufen, doch er bemerkt, dass er noch ein wenig Zeit braucht, bis er sich beruhigt hat. Er legt sein Handy neben sich auf den Sofarand.

»So«, sagt Livia und überreicht den dreien ein Bier. »Wennder au öppis Essa? I raucha no eis und rüschta nor der Znacht.«

»Nai isch guat, danka Livia«, antwortet Jan erschöpft und reibt sich mit seinen Händen die Augen vor Müdigkeit. Dann spürt er einen Druck auf seinem Schoss. »Miau.«

»Jo hoi du«, sagt Jan erschöpft murmelnd und will die Katze streicheln, doch mit einem Satz ist sie bereits wieder verschwunden. Jan blickt ihr hinterher, dann will er sich die Katzenhaare vom

Schoss wischen. Als er das tut spürt er eine klebrige Flüssigkeit, die an seinen Händen haften bleibt. Er betrachtet seine Hände. Blutige Flecken sind darauf zu sehen. Sie hat sich wohl einen Vogel geschnappt, denkt sich Jan ärgerlich und steht auf. Auf der Fernsehkomode entdeckte er eine Packung Taschentücher. Er schnappt sich die Packung und will sich gerade wieder umdrehen, als er einen Brief entdeckt. Er liegt da, auf der Fernsehkomode. Er ist unadressiert. Jans Herz beginnt wie wild zu klopfen. Er starrt den Brief ungläubig an. Möglichst unauffällig tut er so als würde er ein weiteres Taschentuch aus der Packung hervorholen. Doch sein Blick wandert nach rechts in den Flur. Und was er dort sieht, lässt ihm beinahe das Herz stehen vor Schreck. Blutige Pfotenabdrücke auf dem Parket. Er hat einen schrecklichen Verdacht. Doch wie kann das nur sein? Das ist gar nicht möglich. Jan dreht sich um. Er blickt hinüber zur Balkontüre. Allerdings sieht er nicht, ob sich Livia noch im Garten, am Rauchen, befindet. Vorsichtig nähert er sich der Gartentüre. Er kann sie nicht sehen. Sein Blick fällt auf den Tisch. Dort steht ein Buch. Ein Kapitel ist aufgeschlagen. Jan liest den Kapiteltitel und sein

Atem setzt für einige Sekunden aus. Was stand noch gleich auf Wikipedia geschrieben? Giles de Rais gilt als Ausgangspunkt der Sage von ... Blaubart.

Jan öffnet rasch die Türe zum Balkon, doch von Livia ist weit und breit nichts zu sehen. Nur die glühende Zigarette liegt am Boden. Es stimmt schon. Es ist jemand vom FCU gewesen. Allerdings nicht von der zweiten Mannschaft, sondern von der Damenmannschaft. Jan hat den Mörder, nein, die Mörderin, endgültig gefunden ...

XXVII.

»Wennder au öppis Essa? I raucha no Eis und rüschta nor der Znacht.«

»Nai isch guat, danka Livia«, ist die Antwort von Jan. Ich nicke mit dem Kopf, was die drei Affen auf dem Sofa natürlich nicht sehen können, schnappe mir meine Zigaretten und öffne die Balkontüre. In diesem Moment höre ich Jan sagen: »Jo hoi du.« Ich schliesse die Balkontüre zu und beobachte, wie Mizi gleich wieder von Jans Schoss herunterspringt. Ich ziehe an meiner Zigarette. Ich zittere ein wenig. Als ich ihnen das Bier überreicht habe, musste ich mich gewaltig zusammenreissen, doch jetzt ist alles in Ordnung. Mein Bruder liegt halb im Koma, wegen einer Frau, die sich nur zwei Meter unter ihm befindet. Zum Glück habe ich daran gedacht, ihr das Klebeband wieder anzulegen. Ich spüre ein Kribbeln. Es ist die pure Freude, die in mir aufsteigt. Ich würde am liebsten loslachen. Welch aufregender Moment! Grinsend sehe ich Jan dabei zu, wie er aufsteht. Er geht auf meinen Fernseher zu und schnappt sich eine Packung Nastücher, die ich dorthin gelegt habe.

Ich will gerade noch einen Zug von meiner Zigarette nehmen, als mir das Herz stehen bleibt. Ich Vollidiot habe es komplett vergessen! Rasch blicke ich auf meine Handtasche. Zum Glück habe ich sie am Arm gelassen. Die ganze Zeit. Ich wiederstehe der Versuchung alle drei gleich abzuknallen. Er wird es nicht wagen den Brief zu öffnen. Das tut er auch nicht, doch er blickt nach rechts auf den Flur und ich fange an zu begreifen, dass er beginnt zu begreifen …

Ich lass meine Zigarette fallen und stürze mich aus dem Gebüsch heraus. Die verdammten Blutspuren! Ich könnte kotzen vor Entsetzen! Ich glaubs einfach nicht! Beim Duschen habe ich noch daran gedacht. Pfotenabdrücke auf dem Boden. Mizi muss Abdrücke hinterlassen haben. Doch dann bin ich Vollidiot einfach hinausspaziert und einkaufen gegangen! Ich spurte das Tuf hinunter, dann die Kirchgasse hinauf. Erst kurz vor der Einfahrt zur Cosenzstrasse halte ich kurz inne. Ich stemme meine Hände in die Hüften und atme schwer. Ich beginne zu weinen. Ich merke wie es dem Ende zu geht. Ich spüre diesen Hass, ich spüre meine Verzweiflung. In diesen Momenten muss ich immer an Nina denken. Die einzige

Person, die ich jemals richtig geliebt habe. Angela, Melina und Giulia sind nur ein weiter Versuch gewesen, von ihr wegzukommen. Ich blicke auf meine Armbanduhr. Es ist 18:45 Uhr. Würden Jan und Mateo die Bullen rufen? Bestimmt haben sie Seraina bereits gefunden. In fünf Minuten würde ein Bus von der Haltestelle Gaidla wegfahren. Ich könnte einsteigen. Allerdings, wo soll ich denn hin? Wenn die Polizei mich sucht, komme ich nicht weit. Rasch durchsuche ich meine Handtasche nach meiner Geldbörse. Noch bevor ich sie finde, entdecke ich die beiden Handys. Natürlich! Ich habe das Handy von Mateo aufgelesen und das von Jan habe ich vom Sofarand stibitzt. Sie können den Bullen gar nicht anrufen. »Si chönn aber d Nochbura froga«, sagt meine innere Stimme nervös. Ja, könnten sie. »Und der Silvian hätt sis sicher au derbi!«, antworte ich mir selbst. Ich spare mir die Mühe zu flüstern. Es ist mir scheissegal wenn mich jemand hört. Der Bus fährt an mir vorbei. Ich habe mich gegen eine Flucht entschieden. Das ganze verdammte Leben habe ich mich hindurchgequält, bin von mir selbst weggelaufen, spielte eine Rolle wie in einem Theaterstück, doch nun ist Schluss damit. Ich laufe weiter. Durch die Quadrella und dann die Quadergasse hoch. Ich habe es nicht mehr eilig. Ich versuche meine Gedanken zu ordnen. Ich muss mich für eine Variante entscheiden. Doch selbst jetzt, am Ende, weiss ich es noch nicht so genau. Traurig und mit leerem Blick biege ich auf den Dorfplatz ein. Ich könnte hier, bei der ehemaligen Linda-Beiz, ganz einfach auf die Bank sitzen und warten bis die Bullen kommen. Ins Gefängnis zu gehen wäre für mich beinahe eine Erlösung. Dort muss ich nichts mehr tun. Und doch werde ich noch einsamer sein als jemals zuvor. Keine Freunde, die ich um mich haben werde. Will ich das wirklich? Kommt mich jemand besuchen? Vielleicht sogar Nina? Doch nachdem ich Seraina entführt und gequält habe, bezweifle ich das sehr. Tränen kullern mir aus den Augen. Verschmiert mein Make-Up, doch es ist mir egal. Ich würde Nina so gerne noch einmal sehen. Nur einmal. Sie umarmen, sie küssen … Ich könnte sie in der Wingertsplona besuchen gehen. Ich wühle in meiner Handtasche und ziehe ein Taschentuch hervor. Ja. Ich will sie noch einmal sehen. Es spielt keine Rolle mehr! Ich blicke in die Handtasche um meine Knarre zu suchen. Ich sehe den Griff und ich sehe das Handy, das daneben liegt. Langsam ziehe ich es heraus. Spielt es jetzt noch eine Rolle? Nein, einer der beiden Varianten wird Tatsache werden! Ich muss lachen, als ich den Zahlencode in das Handy eingegeben habe. 2210, das Geburtsdatum von Nina. Wie berechnend Jan doch ist. Mein Lächeln weicht allerdings einer wütenden Miene, als ich das Hintergrundbild seines Smartphones betrachte. Jan und Nina. Sie hat ihren wunderschönen Kopf an seine muskulöse Brust gelegt. Voller Zorn drücke ich auf WhatsApp. Sie ist gleich zuoberst. Ich klicke auf die Unterhaltung und bin versucht sie durchzulesen, doch dafür habe ich keine Zeit. Nur wie sie sich begrüssen, das muss ich anschauen, dann klingts als hätte er es geschrieben. Ich fange an zu tippen.

»Hei duuu, chasch gschwind... «. Ich halte inne. Ja wohin denn? Mein Blick fällt auf den Glockenturm. Ich könnte noch ganz kurz Mama besuchen gehen und dann könnte ich sie ... ja. Warum auch nicht. Dort werden mir meine Sünden vielleicht verziehen werden! Ich schnaube verächtlich auf. Dann tippe ich weiter.

» … in d katholisch Chircha cho? Der Mateo wit no sini Mama bsuacha. Nor gömmer ind WG.« Ich setze noch ein Herz und ein Kusssmile hinter den Text. Das dürfte genügen. Ich wäge die Zeit ab. Wenn ich Glück habe und sich die Jungs erst um Seraina kümmern, könnte es klappen. Ich stehe auf und bewege mich auf die Kirche zu. Wieder solch ein von Geschichte geprägter Ort. Mein Herz rast. Ich bin so nervös. Es ist das erste Mal seit 10 Jahren, dass ich wieder mit Nina sprechen werde. Mache ich sie zu meiner letzten, einzig wahren Freundin? Ich weiss es noch nicht.

Ganz kurz besuche ich das Grab meiner Mutter. Ich werfe ihr einen Handkuss zu. Dann öffne ich die Türe und schreite in die dunkle Kirche hinein. Ich entzünde einige Kerzen, lege Jans Handy gut sichtbar vor dem Altar hin. Dann verschwinde ich in der Beichtkammer.

XXVIII.

Jan blickt kurz auf das Loch im Gebüsch, das Livia hinterlassen hat. Für einen Moment ist er in Schockstarre. Er versucht sich einen Reim darauf zu machen, doch es will ihm nicht gelingen. Jan spürt den Drang ihr nachzurennen. Sie kann nicht viel Vorsprung haben. Doch der Gedanke an die Blutspuren im Haus lassen ihn erstarren. Kalter Schweiss rinnt ihm die Stirn herunter. Doch hat es Livia in ihrem Brief nicht geschrieben? Sie würde Seraina am Leben lassen. Die Blutspuren lassen Jan allerdings schlimmes vermuten. Es nützt alles nichts. Er muss nachschauen gehen. Jan begibt sich zurück in das Wohnzimmer. Mateo und Silvian sitzen noch immer auf dem Sofa. Sie starren schweigend auf den dunklen Bildschirm des Fernsehers. Möglichst unauffällig wendet sich Jan den Blutspuren zu.

»Was tuasch döt? Wo isch mini Schwee?«, fragt Mateo krächzend.

»Fuck!«, entfährt es Jan. Er kann es nicht vor Mateo verheimlichen. Ausserdem verstreicht mit jeder Sekunde die Chance Seraina noch lebend zu finden. Jan wendet sich der Fernsehkomode zu, packt den Brief und wirft ihn Mateo zu. »Hebna, Silvian! I will nid daser das gseht!«, sagt Jan bestimmt. Er dreht sich um und wendet sich den Blutspuren zu. Sie führt zu einer Türe. Am liebsten hätte Jan sich abgewendet. Sein Herz pocht vor Angst. Was wird er zu Gesicht bekommen. Hinter ihm beginnt Mateo herumzubrüllen, zu begreifen. Er hat es also auch kapiert. Jan gibt sich einen Ruck und öffnet die Türe. Eine Treppe führt steil nach unten in einen Keller. Bedächtig steigt er nach unten. Er steht in der Dunkelheit des Kellers und versucht etwas zu erhorchen. Nichts. Dann tastet er mit gewaltig zitternden Händen der Wand entlang und sucht den Schalter. Von oben her rumpelt und rumort es gewaltig. Er hört Mateo schreien. Dann findet er den Lichtschalter. Die schlimmsten Bilder hat er sich bereits ausgemalt. Würde er erneut eine Leiche sehen? Er muss es tun! Er drückt den Lichtschalter. Das Licht beginnt flackernd zu brennen. Ein offener Kleiderschrank mit einem schwarzen Mantel darin. Jans Augen huschen weiter. Auf einer Holzbank liegt sie. Seraina. Sie hat die Augen geschlossen und tiefe, blutige

Schnitte im Gesicht. Jan erschüttert dieser Anblick zutiefst. Überall Blut. Als seine Gefühle wieder zurückkehren gibt er sich einen Ruck. Er steht direkt vor Seraina und hält ihr den Zeigefinger unter die Nase. Dazu beobachtet er ihren Rumpf. Er muss ganz genau hinschauen, doch ihr Bauch bewegt sich. Flach, doch regelmässig. Und er spürt es auch. Erleichtert keucht Jan auf. Das ist der schlimmste Moment seines Lebens gewesen. Mächtiges Gepolter ertönt von der Treppe her. Jan dreht sich um und da kommt Mateo heruntergestürzt, Silvian hinterher mit einer blutigen Nase. Jan will seinem Freund gerade sagen, dass alles in Ordnung sei, doch Mateo schreit: »Seeeeeriiii!!«, und stürzt sich zu seiner Freundin. Seraina öffnet leicht ihre Augenlieder. Schwach stöhnt sie auf.

»Alles guat, Seraina, alles guat«, schluchzt Mateo und versucht sie von den Fesseln zu befreien, doch er zittert zu fest. Jan nimmt sich der Sache an. Er betrachtet dabei Serainas gebrochenen Arm, der blau angelaufen ist und unnatürlich von ihrem Körper absteht. »Lüt am Chrankawaga und der Polizei a«, befielt Jan an Silvian gerichtet. Silvian nickt und steigt sofort die

Treppen wieder hinauf. Jan löst nun die Fesseln des gesunden Arms von Seraina. Er will sich gerade den Beinfesseln zuwenden, doch Seraina packt ihn mit ihrem gesunden Arm am T-Shirt. Ihr Griff ist überraschend stark. Jan will sie beruhigen, doch Seraina zieht ihn näher zu sich heran. »D Nina … Jan, sie hett sie gliabt! Luag uf si!«, sind ihre Worte, ehe Seraina wieder in Ohnmacht fällt.

Jan muss diese Worte erst einmal auf sich einwirken lassen. Sie verarbeiten. Sie hat Nina geliebt? Was? Er schüttelt mit seinem Kopf. Er macht sich Gedanken, für welche er keine Zeit hat. Serainas Mahnung ist deutlich genug gewesen. Er dreht sich um und erschrocken stellt er fest, das Mateo hinter ihm steht. »Chumma mit«, sagt Mateo. Seine Stimme zittert ein wenig.

»Blib bi iara!«, antwortet Jan knapp angebunden und stürzt bereits auf die Kellertreppe zu. Mateo folgt ihm und sagt: »Si isch mini Schwee! Der Silvian luagt ufd Seraina!«

Jan hat keine Zeit für Diskussionen. Er will sich sein Handy schnappen um Nina anzurufen. Doch als er den leeren Fleck auf dem Sofarand sieht, wo sein Handy sein sollte, überkommt ihn das

Grauen. Mateo hat Silvian bereits befohlen, bei Seraina zu bleiben um auf die Ambulanz und die Polizei zu warten. Jan zieht sich hastig die Schuhe an und Mateo tut es ihm gleich.

Im Dorf ist es bereits dunkel. Der Spurt, der Cosenzstrasse entlang, die Sala hinauf und in die Wingertsplona dauert keine fünf Minuten. Rasch klingelt Jan und stützt sich schwer atmend an der Hauswand ab. Ninas Mutter erscheint an der Tür. Sie erschrickt heftig, als sie Jan und Mateo erblickt. »Scheisse!«, fluchte Jan. Er sieht es ihr am Gesicht an, dass Nina nicht mehr zuhause ist. »Wo ischsi hära?«, fragt Jan eindringlich an Ninas Mutter gerichtet.

»Si hett gseit si treffi eu in der Katholischa Chircha. Aber Jan, was isch lo …«

»Blieben dahai!«, ruft Jan über die Schulter. Er und Mateo sind bereits wieder unterwegs. Das Adrenalin treibt Jan voran. Immer schneller, immer weiter. Er hofft nur inständig, dass er nicht zu spät kommen würde.

Ich höre die Eingangstüre der Kirche knarzend aufgehen. Ich explodiere gleich vor Aufregung.

Alle Türen sind verschlossen, mit Ausnahme der Eingangstüre. Nina hat keine Fluchtmöglichkeit.

»Jan?«, höre ich sie rufen.

»Bitte luag füra. Bitt luag füra!«, denke ich mir in der Beichtkabine. Ich halte die Waffe in der Hand. Ich entsichere sie. Dann höre ich ihre Schritte. Auf dem kalten Steinboden ertönen sie dumpf und hallen an den Wänden wieder. Sie hat also das Handy entdeckt. Ich öffne die Tür einen Spalt breit. Ich sehe sie auf den Altar zuhasten. Sehr gut.

»Hoi Nina«, sage ich deutlich und doch zittert meine Stimme gewaltig vor Nervosität. Ich schlüpfe aus der Beichtkabine heraus. Nina bekommt einen gewaltigen Schreck, als sie sich umdreht und mich mit der Pistole in der Hand auf sie zukommen sieht.

»Livia! Was machsch du denn do?«, fragt sie mich zitternd und stolpert ein wenig zurück. Ihr blick bleibt auf der Knarre haften.

»I han di gseh müassa«, murmle ich ein wenig verlegen. Noch immer und trotz dem mächtigen Werkzeug in meiner Hand, fürchte ich ihre Antworten.

»Aber … Warum d Pischtola?«, stammelt Nina und ich sehe bereits, wie ihr Tränen über das Gesicht rinnen.

»Hockemer gschwind hära«, antworte ich und deute auf die Treppe vor den Alter. Ein roter Samtteppich liegt darauf. Zögernd nimmt Nina auf der Treppe platz. Sie hat kapiert, dass sie nicht flüchten kann. Ich nicke mit dem Kopf und setze mich neben sie hin. Ich spüre ihre Nähe. Ich rieche sie. Mandelöl. Ich bekomme Gänsehaut. Sie ist das schönste, was es auf der Erde gibt. Lange blonde Haare, die ihr bis zu den Hüften reichen. Die Augen könnten dem Ozean entsprungen sein. Tiefes Blau, die anziehend wirken. Schlanker Körper und seidig weiche Haut.

»I liaba di, Nina«, sage ich direkt und während ich diese Worte ausspreche breche ich in Tränen aus. Es schüttelt mich richtig durch. Mein Schluchzen hallt durch die Kirche wider. Ich bin so verzweifelt. Ich kann ihr nichts anderes sagen als das ich seit mehr als 10 Jahre für sie empfinde, auch wenn ich daran zerbrechen werde.

Dann zucke ich überrascht zusammen. Nina hat mir ihre Hand auf die Schulter gelegt. Sie versucht mich tatsächlich zu beruhigen. Mit geröteten Augen blicke ich sie an und sie blickt mich einfühlsam zurückann.

»Mer chönn drüber reda, Livia«, sagt sie mit einer unglaublichen Ruhe in der Stimme.

»Du häschmer gsait, das niameh drüber reda wit!«, keuche ich schluchzend und merke, dass ich etwas wütend werde.

»Mit 15i, Livia. Und du bisch döt 14i gsi. Miar sin beidi no jung gsi ... I han denkt dases bi diar nu a Phasa isch ... Dini Mama isch döt gra verstorba«, antwortet Nina und ihre Stimme klingt tatsächlich entschuldigend.

»Ischs nid, ischs nid nu a Phasa gsi«, sage ich flach atmend. Es schüttelt mich wieder durch, als ich an all die Jahre denken muss, in denen ich dieses Geheimnis mit mir herumgeschleppt habe, wie einen Sack Zement auf dem Rücken.

»Verzell, wasder ufam Härza liht«, antwortet Nina. Ihre Stimme ist so sanft, so herzlich. Ich spüre beinahe eine Freude in mir aufkommen. Sie will mir tatsächlich zuhören. Ich bedrohe sie schon längst nicht mehr mit der Pistole. Klar, sie würde mir nicht entkommen. Ich bin viel kräftiger als sie und doch spüre ich die Ehrlichkeit in ihrer Stimme. Ich beginne zu erzählen. Von meiner schlimmen Kindheit mit dem auffälligen Verhalten, dem Tod von meiner Mutter, der beschissenen Pubertät, dem Unterdrücken meiner Gefühle im Erwachsenenalter, bis hin zu den Frauen, die ich getötet habe, da ich so verzweifelt gewesen bin.

»Alls nu, willi di vergessa han wella«, lasse ich Nina mit nüchterner Stimme wissen, nachdem ich von Giulia, meiner letzten Freundin, erzählt habe. Nina nimmt sich Zeit mit ihrer Antwort. Ich bin mir bewusst, wie dieser Abend enden könnte, doch das hindert meine Gefühle nicht daran, eine Spur Hoffnung zu empfinden. An ein Weltwunder zu glauben. Dass Nina mich vielleicht trotzdem liebt.

»Livia …«, beginnt Nina schliesslich und rasch blicke ich in ihr bezauberndes Gesicht. Ich höre es allerdings bereits an ihrem verlegenen Tonfall an, es ist noch immer so wie es bei ihr schon immer gewesen ist.

»I channs nid ändera … I bin heterosexuell.«

Ich wende mich von ihr ab. Meine Eingeweide brennen vor Enttäuschung. Ich will gerade wütend werden, doch Nina unterbricht mich wehement.

»Aber, das heisst no lang nid, dass i di nid gära chann ha! Das i diar nid zualosa tuan, das i diar nid hälfa chann …«

»Mer wüssen baidi, dass i entwäder tot oder im Knascht sitza in as paar Stund. Dänn nützt das nütmeh!«, sage ich energisch und merke, wie die Tränen wieder in mein Gesicht steigen.

»Der Tod isch kai Option. Und i channder au im Gfängniss no hälfa«, antwortet Nina sanft.

Ich bewundere sie für ihre Ehrlichkeit. Sie versucht gar keine andere Option in Betracht zu ziehen, als das Gefängnis. Diese Worte sind für mich so herzergreifend, dass mir die Tränen erneut aus den Augen kullern. Dann geschieht das Schönste, was ich jemals in meinem Leben erlebt habe. Nina beugt sich vor und gibt mir einen brennenden Kuss auf die Backen. Aus dem Nichts. Fünf geschlagene Sekunden lang bin ich wie erstarrt. Ich fliege davon. Irgendwo hin wo das Leben schön ist. Ein wärmendes Gefühl macht sich in meinem Herzen breit. Ich beruhige mich. Dann umarme ich sie und sie umarmt mich. Sie klopft mir auf die Rücken, während ich an ihren Schultern alles auslasse, was tief in mir drinnen verborgen gewesen ist. Das ganze Leben lasse ich an ihren weichen Schultern heraus. Freude, Wut, Trauer, Wünsche, Träume. Ein Schwall von Tränen. Alle Tränen meines ganzen beschissenen Lebens.

Bumm! Die Eingangstüre fliegt mit voller Wucht auf. Ich lasse Nina sofort los, packe meine Kanone und ziele auf den Eingang. Dort stehen Jan und mein Bruder Mateo.

»Livia!«, keucht Mateo mit entsetztem Gesichtsausdruck und keuchend vor Anstrengung.

»Stoh bliba!«, krächze ich, doch die beiden Idioten schreiten weiter auf mich zu.

»Lohn sie goh, du häsch schu gnuag Schaiss gmacht!«, giftet Jan mich an. Die völlig falschen Worte in diesem Moment. Er ist wütend auf mich. Er hasst mich. Das würde ich nicht tun.

»STOH BLIBA!«, brülle ich laut, während ich hinter Nina krieche, ihr die Pistole auf die Schulter lege und weiterhin auf Jan und Mateo ziele. Noch immer schreiten sie auf mich zu. Ich rase vor Wut. Der Hass steigt wieder in mir hoch. Ich halte die Waffe an Ninas Schläfe. Sie keucht ein wenig, als das kalte Metall auf ihre Haut drückt. Und endlich bleiben sie stehen. Jan laufen Tränen die Backen herunter und Mateo hält abwehrend die Hände vor sich hin.

»Mach das nid, Livia. Mer chönn drüber reda!«, keucht Mateo mit zitternder Stimme. Es ist der falsche Satz. Er bringt mich zur Weissglut. Ich brülle los. So laut, dass die Kirche zu erzittern scheint. »Uaaaaaaaaaaaaah!« Ich drücke beinahe meine Eingeweide nach aussen. Mein Bruder, dieser ignorante Vollidiot!

»Genau du wit mit miar reda? DU wo der einzig bisch, wo schu immer über mini Homosexualität gwüsst hät! DU wo d Mama ummbrocht häsch!«, kreische ich in völliger Rage, spuckend und zeternd. Blitzschnell richte ich die Waffe auf Mateo. Ich drücke ab. Verfehle ihn allerdings. Gewollt. Der Knall ist ohrenbetäubend.

»I han gmeint das das nu a Phasa gsi isch früahner. Und i han d Mama sicher nid ummbrocht«, antwortet Mateo flüsternd und starr vor Schreck. Der Schuss und meine Worte bringen ihn zum Weinen.

»Wänn du nid abgholt hättisch müassa wärda, wärs nia passiart! Wänn du nid bsoffa in der Gossa gläga wärsch, mit 15i!«, brülle ich voller

Verzweiflung. Er hat mir meine Mutter weggenommen, ich kann es ihm nicht verzeihen.

Mateo antwortet nicht. Er blickt mich mit glasigen Augen an. Er macht sich Vorwürfe.

»Lohnsi go. Chasch mi verschüssa, aber lohn d Nina goh«, flüstert Jan verzweifelt.

»NAI«, schreit Nina auf. Die Ruhe ist nun auch bei ihr weg.

Ich blicke ihn an. Jan. Der hübsche Junge, der mit meiner wahren Liebe zusammen ist. Die Wut übersteigt die Grenze. Ich beginne wild zu Lachen. Nun habe ich endgültig den Verstand verloren. Ich drücke Nina die Pistole fester an die Schläfe. Ihr hübscher Kopf neigt sich vom Druck nach links. In mir herrscht totales Chaos. Ich atme schwer. Soll ich sie abknallen? Ich ziehe die Waffe wieder weg, richte sie auf Jan.

Wumm. Erneut fliegen die Türen auf. Ich sehe die blauen Männer, die mit gezückter Waffe auf mich zukommen. Sie schreien mich an. Das ganze Leben lang hat man mich nicht verstanden. Mich ausgelacht, mich verächtlich als etwas Unnormales betrachtet. Alle ausser Nina. Heute Abend, in dieser Kirche, in meinem Heimatdorf. Ich blicke kurz nach rechts. Meine Mutter hätte mich verstanden. Wenn ich es ihr doch nur gesagt hätte, bevor sie gestorben ist ... Nur die Wände der Kirche trennen uns ... Ich kann kaum noch atmen vor Verzweiflung und Wut. Der Entscheid ist gefallen.

Ich werde ruhig.

Ich bin eiskalt.

Ich ziehe die Waffe von Jan weg, halte sie mir an den Kopf und drücke ab.

ENDE